みいあやし

옮긴이 김소연

1977년 경북 안동에서 태어났다. 한국외국어대학에서 프랑스어를 전공하고, 현재 출판기획자 겸 번역자로 활동하고 있다. 옮긴 책으로 교고쿠 나쓰히코의 『우부메의 여름』, 『망량의 상자』, 『광골의 꿈』과 『음양사』, 『샤바케』, 『집지기가 들려주는 기이한 이야기』(이상 손안의책 출간), 미야베 미유키의 『마술은 속삭인다』, 『외딴집』, 『혼조 후카가와의 기이한 이야기』(이상 도서출판 북스피어 출간) 등이 있으며 독특한 색깔의 일본 문학을 꾸준히 소개, 번역할 계획이다.

AYASHI
by MIYABE Miyuki
Copyright © 2000 MIYABE Miyuki
All right reserved.

Originally published in Japan by KADOKAWA SHOTEN PUBLISHING CO., LTD., Tokyo.
Korean translation rights arranged with OSAWA OFFICE, Japan
through THE SAKAI AGENCY and SHINWON AGENCY.

＊ 이 도서의 국립중앙도서관 출판시도서목록(CIP)은 e-CIP 홈페이지(http://www.nl.go.kr/cip.php)에
서 이용하실 수 있습니다.(제어번호: CIP2008002366)

차
례
■

한국어판 서문

『괴이』는 북스피어에서 간행되는 제 열한 번째 책입니다.

소설, 만화, 영화 등, 하나의 픽션이 언어의 장벽을 넘기 위해서는 단순한 번역 작업만이 아닌 다방면에 걸친 섬세한 노력이 필요합니다. 이러한 노력을 계속해 주시는 북스피어에 깊은 감사를 드립니다. 또한 바다를 건너 도착한 제 작품을 애독해 주시는 한국의 독자 여러분께 진심으로 감사의 말씀을 드리고 싶습니다.

이 책 역시 여러분들에게 하룻밤의 즐거움이 되기를.

미야베 미유키(宮部みゆき)

OI

꿈 속 의
자 살

교와享和1801년에서 1804년까지 사용된 에도 시대의 연호 연간年間의 초기 무렵, 에도에서 속된 말로 '수건 자살'이라고 불리는 동반 자살이 일 년 반 사이에 네 건이나 이어진 적이 있다.

네 건 모두 서로의 손을 수건으로 묶어 떨어지지 않도록 하고 물에 몸을 던진 것으로, 그중 세 건은 성공적으로 두 사람 다 죽었으나 마지막 한 건만은 뛰어들다가 수건이 풀려 저도 모르게 물을 가르며 헤엄치고 만 남자가 목숨을 건졌다. 살아남은 남자는 당시 유행하던 수건이 아니라 동반 자살의 관습에 따라 허리띠로 묶었다면 자신만 이렇게 살아서 수치를 당하지는 않았을 거라고 크게 후회하여 구해준 사람의 눈시울을 뜨겁게 했다고 한다.

이 '유행하던 수건'이란 앞에 있었던 세 건의 동반 자살 때도 사용된 것으로, 당시 니혼바시도리아부라초에 있던 어느 염색 수건 도매상에서 만들어 그곳에서만 팔던 물건이다. 도매상이니 본래는 도매로 물건을 파는 것이 일이고, 직접 염색을 하거나 수건을 만드는 일에 손을 대지는 않았다. 본래는 멋 부리기를 좋아하던 이곳 주인이 무늬에 공을 들인 수건을 손수 만들어 오봉_{한국의 추석이나 백중날에 해당하는 명절}과 연말에 인사로 단골 가게에 돌렸을 뿐인, 말하자면 취미로 만든 물건이었다. 그 수건이 뜻밖에 평판이 좋아서 이 정도면 얼마쯤은 장사가 될지도 모른다는 생각에 팔아 보았더니 예상외로 잘 팔리는 바람에, 가장 놀란 것은 당사자인 주인이었다는 얘기다.

물건이 잘 팔리는 데는 이유가 있게 마련이다. 이곳 수건은 의장意匠이 좋았다. 소위 말하는 '이야기 무늬'라는 것으로, 겐지 이야기나 이세 이야기, 오토기조시 등 이야기의 한 장면을 그림으로 그려서 그것을 물들여 썼던 것이다. 예쁘게 만들기에는 역시 사랑 이야기의 장면이 좋았는지, 특히 인기가 높았던 것이 겐지 이야기였다. 앞에 있었던 네 건의 동반 자살 사건에서도 남녀가 서로의 손목을 묶기 위해 사용한 것은 하나같이 이 겐지 이야기판 수건이었다고 한다.

성공을 거둔 세 건의 동반 자살에서는 각각 '와카무라사키', '우키후네', '아카시'_{세 이야기 모두 겐지 이야기의 일부}에서 소재를 얻은 그림을 물들인 손수건이 사용되었다. 실패로 끝난 네 번째 동반 자살 때 사용된 수건의 그림은 '유가오'인데, 그림도 박꽃_{'유가오'는 박꽃이라는 뜻}에 외수레바퀴 무늬가 배치되어 있었다고 한다. 어느 모로 보나 한쪽만 남아 버릴 것 같은 쓸쓸한 의장이다.

안 그래도 동반 자살이나 정사情死는 금지되어 있었기 때문에, 미수로 끝났다고는 하지만 네 건을 헤아리기에 이르자 쇼군도 겨우 무거운 엉덩이를 들었다. 이 당시, 아직 그 엄청난 긴축 개혁은 시작되지 않았으나 본래 철저하게 실용적인 물건이어야 할 수건에 불필요하게 사치스러운 의장을 공들여 해서 팔아 치운데다 동반 자살한 남녀의 마음을 부추겼다는 죄목으로, 제조원인 수건 도매상의 주인은 귀양 보내지고 가족들은 재산을 몰수당해, 가게는 이대에서 망하고 말았다. 결국은 꽤 비싼 값을 치른 취미였던 셈이 된다.

세상 사람들은 얼마 안 있어 이 일을 잊었다. 하지만 이야기 무늬를 넣은 염색 수건에 대해, 동업자들 사이에서는 수군수군 이야기가 전해졌다. 장사를 하는 데 있어서 무엇이 중요한가 하는 훈화이기도 하고 공예품으로서 염색 수건이 갖는 매력을 실감할 수 있는 일화이기도 했으니, 즐겨 이야기하는 가게 주인이나 안주인이 있어도 이상할 것은 없다.

그리고 시대는 흘러 분카文化 4년—.

"오쿠로야의 주인은 고용살이 일꾼의 교육에는 엄격한 가게야. 힘든 일도 많겠지. 하지만 엄격한 게 결국은 편한 게다. 무엇보다 그곳에서 일할 수 있으면 어디에서나 일할 수 있지. 젊어 고생은 사서도 하라는 건 사실이야. 편하게 살기 위한 가장 가까운 길은, 결국 성실하게 일하는 거란다. 알겠지? 잊으면 안 돼."

긴지를 도리세토모노초에 있는 솜 도매상 '오쿠로야'에 보낼 때, 만넨야의 주인아저씨는 벗겨진 둥근 머리를 약간 오른쪽으로 기울이며 묘하게 차근차근한 어투로 그런 말을 했다. 긴지는 그 말을,

몇 번이나 가게를 소개받아도 고용살이를 계속하지 못해 결국은 백수건달이나 마찬가지로 전락하여, 지금은 어디에서 어떻게 지내고 있는지도 확실치 않은 둘째 형을 빗대어 욕하는 것으로 들려 몹시 비참한 기분이 들었다.

만넨야는 오덴마초 1번가에 있는 직업소개소이다. 아저씨 혼자 하는 작은 가게지만 오덴마초 일대에서부터 무로마치, 다카라초, 스루가초, 니혼바시도리초 근처에 줄지어 있는 수많은 솜 도매상에 오랫동안 고용살이 일꾼을 들여 온, 신용이 두터운 업자다. 이곳 아저씨를 나쁘게 말하는 사람은 오카와 강을 따라 우거져 있는 갈대 마디를 갈라 가며 찾아보아도 발견하지 못할 것이다.

긴지의 어머니는 젊은 시절에 이 아저씨의 도움을 받아 고용살이를 나갔다가 그곳에서 만난 긴지의 아버지와 가정을 꾸리고 여섯 명의 아이를 낳았으며, 이번에는 그 아이들을 순서대로 고용살이 보내기 위해 또 아저씨에게 의지하게 되었다. 만넨야 아저씨는 십오 년의 시간이 흘렀는데도 전혀 변한 게 없어서 마치 요괴 같다며 어머니가 놀라는 것을, 긴지도 들은 적이 있다.

맏형은 오 년 전, 만넨야의 소개로 오덴마초 1번가의 가시와야에 들어갔다. 얼마 전에 드디어 행수가 되었고, 주인의 신임을 받고 있는 모양이다. 하지만 둘째 형은 그 꼴이다. 둘째 형이 맏형의 좋은 실적을 전부 탕쳐 주었기 때문에 만넨야 아저씨의 신용이 없다면 긴지는 고용살이할 곳을 찾을 수 없게 된 판이었다.

긴지는 열네 살, 셋째 아들로 밑으로는 누이동생 둘과 막내 남동생이 하나 있다. 막내는 아직 어리니 그렇다 치고, 누이들은 각각 아이 보는 일이나 허드렛일을 하는 고용살이를 나갈 수 있는 나이이니 그 아이들의 장래 밥벌이에 지장이 없도록 하기 위해서도 매우 분발해서 일해야만 한다. 그로서는 어리지만 나름대로 굳은 결의를 품고 있는데, 그래도 '열심히 해라' 하고 거듭 당부를 받으니 마음이 울적했다.

그 때문인지, 실제로 고용살이를 시작해 보니 이것저것 걱정에 끙끙대고 부담을 가졌던 고용살이 전보다 훨씬 마음이 편해졌으니 재미있는 노릇이다. 분명히 오쿠로야는 잔소리가 많고 엄격한 가게로, 갓 들어온 견습 사환 따윈 인간 취급도 해 주지 않고 긴지의 이름조차 기억해 주지 않는다. '어이, 거기'라는 말로 매일같이 마구 부림을 당하고 있다. 하지만 그것은 고용살이 일꾼이라면 누구나 거치는 당연한 처우인지라, 뼈가 부서져라 일해야 하는 매일이지만 마음속은 편안했다.

이전에 휴가를 받아 집에 돌아왔을 때 맏형이 간곡하게 타이르며 들려준 이야기에 따르면 그가 고용살이를 하던 곳에서는 고참 고용살이 일꾼들이 방약무인하게 활개를 치고 다녔고, 나이 많은 행수들에게 그야말로 심한 괴롭힘을 당했다고 한다. 끼니를 거르게 하질 않나 변소에 밀어 떨어뜨리질 않나 이불을 뒤집어씌우고 괴롭히질 않나 때리고 차질 않나, 이야기만 들자면 형은 오덴마초의 솜 도매상이 아니라 감옥에 들어간 것이 아닐까 싶을 정도였다. 하지만 오쿠로야에 들어간 긴지에게 그런 일은 일어나지 않았다. 과연 만넨야의 아저씨는 거짓말을 하지 않았다. 엄격한 게 결국 편하다는 이야기는 이런 뜻일 것이다.

오쿠로야의 주인 부부는 둘 다 아직 사십 대 중반으로, 선두에 서서 부지런히 장사를 꾸려나가고 있다. 그들의 눈이 구석구석까지 미치고 있다는 것이, 이 가게의 기강이 똑바로 잡혀 있는 이유 중 하나일 것이다. 만넨야의 주인아저씨가 '오쿠로야는 주인 나리가 선장이라 좋다'는 식의 말을 했던 적이 있는 것을 떠올리고, 긴지는 어린 마음으로도 납득했다.

선대 주인은 십 년 전에 은퇴하고 지금은 무코지마에 있는 별저에서 낚시를 하거나 시를 짓는 등 취미 생활을 하며 지내고 있다. 긴지가 이 큰나리를 만날 기회는 보통은 없다. 하지만 초봄이 되어 날씨가 불안정할 때 큰나리가 고뿔에 걸려 앓아눕는 바람에 갑자기 심부름이 늘었다. 많을 때는 하루에 세 번이나 도리세토모노초와 무코지마 사이를 왔다갔다해야만 한다. 물건이나 편지를 전하고 받아 오는 소소한 일이 대부분이라서, 자연히 아직은 고용살이 일꾼으로서 제 몫을 해내지 못하고, 뛰어갔다 오라고 하면 정말로 뛰어서 무코지마까지 가는 우직한 견습 사환의 일이 되었다. 긴지는 자주 무코지마에 드나들었다. 큰나리의 얼굴도 보았다. 야위고 몸집이 작은 노인으로, 병 때문인지 검푸른 얼굴에 눈꺼풀이 묘하게 부어 있었다. 나중에 생각해 보면 고뿔 같은 것이 아니라 더 무거운 병이었을지도 모른다.

오쿠로야에는 후계자가 있다. 주인 부부의 외아들로 나이는 스무 살, 이름은 도이치로藤一郞라고 한다. 등나무藤 꽃이 한창 필 때 태어났고, 마치 인형처럼 이목구비가 단정한 아름다운 아기였다고 한다. 성인이 된 지금도 이름에 부끄럽지 않을 만큼 잘생긴 젊은이로,

니혼바시도리초 근처의 젊은 처녀들을 시종 깍깍거리게 만든다.

도이치로 도련님은 어린 시절, 무코지마의 큰나리에게 무척이나 귀여움을 받으며 자랐다. 지금도 큰나리가 가장 아끼는 손자다. 그래서 큰나리가 앓아눕고 나서는 병자에게 기운을 북돋워 주기 위해 자주 무코지마에 드나들었다. 그러다 보니 무코지마에 심부름을 다니는 긴지와도 두 번에 한 번은 함께 가게 되었다.

잘 자란 젊은이는 다 그런지 도이치로는 대범하고 상냥해서, 무코지마에 동행할 때는 아직 세상 물정에 익숙하지 않은 어린 긴지를 가엾게 여기는 것인지 매우 친절하게 대해 주었다. 긴지가 심부름을 갈 때 열심히 뛰어다니는 모습을 좋게 보았는지도 모른다. 점차 심부름을 갈 일이 없어도 도련님은 무코지마에 갈 일이 생기면 긴지를 불러서 비가 오는 날에는 우산을 씌우게 하고 밤길에는 등롱을 들게 하여 데리고 가는 습관이 생겼다. 이렇게 되니 긴지보다 위인 행수들 중에는 질투를 하여 긴지에게 심술을 부리기도 했고, 긴지도 자신이 특별히 도련님에게 도움이 되고 있다고는 생각하지 않아 사실을 말하자면 상당히 곤혹스러울 때도 있었다. 그러나 마음에 들어 해 주는 사람을 거절하기는 미워하고 괴롭히는 사람으로부터 도망치기보다도 어렵다. 별 수 없이 긴지는 도련님이 부를 때마다 따라갔다.

그렇게 도련님과 함께 길을 가노라면 자주 젊은 처녀가 말을 걸곤 했다. 대개 상대방도 계집종이나 나이 많은 하녀를 거느리고 있는 상가商家의 처자로, 대부분 어느 가게 주인인가의 딸인 듯했다. 공부를 하러, 물건을 사러, 참배를 하러 오가는 길에 갑자기 도련님과 마주쳐서 '어머나, 안녕하세요' 하고 인사를 하게 된 거라고, 처음에는 긴지도 생각했다. 하지만 그런 일이 여러 번 일어나자—특히, '어라, 그저께도 만난 아가씨다, 그러고 보니 요전에도 여기서 만났지'—하는 식의 일이 이어지자 이것은 계획된 만남이고, 상대방은 도련님이 무코지마에 다니는 사실을 미리 알고 지나가는 길에서 기다리고 있는 게 아닌가 하고 눈치를 채게 되었다.

긴지도 어리긴 하지만 남자이니, 여자들이 저렇게 쫓아다니는 도련님이 부럽지 않을 리 없다. 사람이 출생을 고를 수 없다는 것은 잘 알고 있지만, 부자에 잘생기고 아무런 고생도 없어 보이는 도련님과 일찌감치 집을 나와 땀투성이로 열심히 일하는 자신의 처지를 서로 비추어 보면, 둘째 형이 길을 벗어나 백수건달이 된 까닭도 왠지 모르게 이해할 것 같은 기분이 드는 긴지였다.

그런데 마침 단오 절기를 막 지난 무렵이었을까, 평소처럼 아픈 이의 기분을 살피러 간 무코지마의 별저에서 생각지도 못하게 큰나리와 도련님이 심하게 말다툼을 하는 모습을 목격했다. 이야기는 아무래도 장사에 관한 것인 듯, 큰나리가 쉰 목소리를 돋우며 '건방지다'거나 '십 년은 이르다'는 등 상당히 심한 말을 하는 것을 긴지는 깜짝 놀라면서 훔쳐들었다.

도련님을 모시고 별저에 가도 긴지는 결코 농땡이를 부릴 수 없다. 별저에는 큰나리의 시중을 드는 하녀와 하인이 있는데, 그들은 긴지가 도리세토모노초에서 오기를 이제나저제나 기다리고 있다가 잇따라 일을 시켜 댄다. 아무래도 가게 쪽에서 그렇게 하도록 시켰으리라. 실컷 부림을 당하는 것은 여기서도 똑같다. 이날도 우선 물을 긷고 장작을 패야 했다. 그러고 나서 뒤뜰의 조릿대가 너무 많이 우거져 보기 싫으니 네가 베어 오라며 낫을 한 자루 쥐어 주고 덤불 속으로 쫓아낸다. 별 수 없이 여름벌레에 쏘여 가며 서툴게 낫을 휘두르고 있는데, 다다미방 쪽에서 시비조의 대화가 들려온 것이다.

도련님은 수건이 어쩌니저쩌니 하는 말을 하고 있다. 오쿠로야에서는 수건을 상품으로 취급한 적은 없다. 의아하게 생각하고 있는데 염색이 어쩌니저쩌니 하는 말이 이어지고, 큰나리가 단호하게 "시끄럽다"며 나무랐다.

"대체 누구에게 그런 얘기를 들은 게냐. 그 이야기가 어떻게 끝나는지, 너는 거기까지 들었느냐?"

큰나리가 격한 어투로 말한다.

"알고 있습니다. 가게가 망했다지요? 하지만 이번엔 얘기가 다릅니다. 재산을 몰수당한 까닭은 어디까지나 개혁에 걸렸기 때문이고—."

"아니, 아니, 그렇지 않다." 큰나리는 서둘러 끼어들었다. "얘야, 잘 들어라. 무엇보다도 나빴던 것은 동반 자살을 하려고 한 남자와 여자를 끌어들이는 물건을 만든 거란다. 그게 애초에 잘못이었어. 장사를 할 때는 그런 짓을 해서는 안 된다."

"그건 이상해요."

도련님도 지지 않는다.

"이야기 무늬를 넣어 물들인 수건을 동반 자살에 사용한 것은 사용한 사람이 멋대로 한 짓입니다. 만든 쪽이 잘못한 게 아니에요. 팔리는 물건을 만들고 싶은 것은 상인의 정직한 본심 아닙니까."

"도매상은 물건을 만드는 일을 하는 게 아니다. 착각할 게 따로 있지 말도 안 되는 소리야."

긴지는 열심히 대화를 듣고 있다가 뒤뜰을 돌아 하녀가 다가오는 발소리를 들었다. 조릿대가 흔들리지도 쓰러지지도 않으니 긴지가 농땡이를 부리고 있지 않나 싶어서 혼내러 온 것이리라. 긴지는 서둘러 낫을 쳐들었다. 버석버석 하는 소리가 나기 시작하자 다다미방의 대화는 똑똑히 들리지 않게 되었다.

그날 가게로 돌아가는 길에 도련님은 몹시 기분이 언짢아 보였다. 지기 시작한 봄날 햇빛 속에서 긴지는 목을 움츠리고 묵묵히 도련님의 걸음을 쫓아갔다. 멀리 있는 잡목림 그늘에서 절기가 지났는데도 계속 나와 있는 한 쌍의 잉어 드리개_{종이나 천 등으로 잉어 모양을 만들어 색칠한 드리개. 단오절에 남자 아이의 성장을 기원하며 세운다}를 발견하고, 묘하게 쓸쓸해 보인다는 생각을 하고 있었다. 도련님을 위로해 드리고 싶다고 생각했지만 무슨 말을 하면 좋을지 알 수 없었고, 무슨 말을 해도 어긋날 것 같은 기분도 들었다.

그날 이후, 도련님은 무코지마에 들르지 않게 되었다. 아예 후련할 만큼 발길이 멀어졌다. 하녀들이 수군거리는 소문의 단편으로 추측해 보건대 큰나리 쪽에서는 도련님을 부르고 있는데 도련님은 갈 생각이 없는 모양이다. 역시 그날의 말다툼은 상당한 원한을 남기고 만 것이다.

긴지는 도련님을 모시고 가는 일이 없어지고 다시 바쁜 견습 사환의 생활로 돌아갔다. 장마가 오고, 장마가 가고, 여름 해님이 뜨겁게 내리쬐는 무렵이 되자, 긴지는 여전히 이름조차 불리지 못하지만 꾸중을 듣는 일도 적어졌으며, 땀 흘려 일하면 까다로운 대행수의 얼굴에도 희미하게 웃음이 보이는 것 같은 기분이 들었다. 그런 날은 밥도 맛있고 지칠 대로 지쳐서 드러눕는 얇은 이불도 부드럽게 느껴진다. 가장 가까운 지름길은 성실하게 일하는 것이라며, 꿈속의 만넨야 아저씨가 기뻐했다.

칠월 말의 일이다.

도련님에게 혼담이 들어왔다.

이전에도 이야기뿐이라면 얼마든지 있었다. 하지만 이번에는 아무래도 정식으로 결정될 모양인지, 오쿠로야 안은 갑자기 들끓는 듯한 밝은 기분으로 물들었다.

상대는 고이시카와 덴즈인_{고이시카와에 있는 정토종 절의 이름} 앞에 있는 된장 도매상의 딸로 나이는 열여섯, 이름은 오나쓰라고 한다. 이 집은 오쿠로야 마님의 친척뻘에 해당하며, 마님도 오나쓰에 대해서는 젖먹이 때부터 잘 알고 지내는 사이다. 이러면 고부간의 다툼도 없을 거라고, 하녀들이 반쯤은 시시하다는 듯이 말했다.

그렇다 해도 갑작스러운 이야기였다. 하지만 점차 사정이 들려오게 되어, 무코지마의 큰나리가 희망하는 일인 것 같다는 사실을 알게 되었다. 큰나리는 이제 그리 오래 살 수 없다. 귀여운 손자가 아내를 맞이하여 명실 공히 어엿한 남자가 되는 것을 지켜보고, 만일 가능하다면 증손자의 얼굴도 보고 싶다는 간절한 소원이다.

그 소원을 받아들인 오쿠로야 주인 부부 쪽에도, 도련님이 이웃 처녀들의 마음을 한껏 휘저어 놓는 것도 있고 하니 이쯤에서 자리를 잡게 해야지, 까딱 무슨 잘못이라도 저지르고 나서는 이미 늦을 것이라는 생각이 있었다. 그런 왈가닥 처녀들 중에서 좋아한다느니 반했다느니 하는 이유로 며느리를 들이는 것보다는 성품을 잘 아는 친척의 딸을 맞아들여 인형처럼 귀여운 젊은 부부를 만드는 편이 현명하다고 생각했다.

두 개의 마음이 수레의 양쪽 바퀴가 되어 이야기는 처음부터 술술 진행되었다. 양쪽 바퀴 위에 올라선 형태가 된 당사자인 도련님에게도 이의는 전혀 없는 것처럼 보였다. 긴지는 도련님 곁에서 완전히 멀어져 있었기 때문에 평소에는 도련님 곁에 갈 일도 없었지만 고참 고용살이 일꾼들이나 하녀들이 서로 수군거리는 말을 듣고 있으면 '아아, 도련님은 행복하시겠구나' 하고 안심할 수 있었고, 무코지마의 별저에서 있었던 싸움에 대해서 도련님은 도련님 나름으로 껄끄럽게 느끼고 있었으며 그렇기 때문에 큰나리를 기쁘게 해 드리려고 이 혼담을 순순히 받아들였다고 생각하면 문득 숙연한 기분이 들기도 했다.

어쨌거나 경사스러운 일이다. 도련님은 긴지에게 상냥하게 대해 주셨다. 자신이 고용살이 일꾼으로서 진정 도움이 되고 가게의 초석이 되는 것은 필경 도련님 대가 된 후의 일일 것이다. 그때까지는 수행이라 생각하고 부족한 데가 있더라도 열심히 일하며 가게에 정성을 다하자—그렇게 생각하는 자신이 조금쯤 어른이 된 것 같아서 기쁜 긴지였다.

그러나.

팔월도 중순을 지나고 양가 사이에서 이야기가 정리되어 이제는 내년 새해가 밝자마자 올리게 될 혼례식의 절차만 정하면 될 무렵, 터무니없는 큰 사건이 일어났다. 도련님에게 여자가 있었다는 사실이 발각된 것이다.

게다가 여자는 오쿠로야의 하녀였다. 오하루라는 이름으로 나이는 스물여섯, 고용살이를 시작한 지 열두 해가 된다. 안채를 관리하는 하녀 우두머리도 의지할 때가 많은 어엿한 중견 일꾼이다. 긴지는 평소에 그다지 그녀의 신세를 지는 일은 없었지만 일을 척척 해내는 오하루가 몹시 야무진 사람처럼 보여서 오히려 긴지 같은 신참에게는 다가가기 어려운 느낌도 들었다. 눈에 띄는 미인은 아니었다. 피부는 가무잡잡하고, 작고 앙다문 턱을 늘 바싹 당기고 똑바로 앞을 바라보는 오하루의 진지한 눈빛은 하녀라기보다는 오히려 장사 일을 배워 이제 막 한 사람 몫을 해내기 시작한 남자 고용살이 일꾼의 눈빛과 비슷했다.

일을 밝힌 쪽은 오하루였다. 안채 일을 맡고 있는 그녀는 마님과 직접 얼굴을 마주할 기회가 많다. 그런 때를 노려, 왈칵 울음을 터뜨리면서 일을 폭로한 것이다. 그때는 다른 사람도 아무도 없었다. 이야기를 듣고 당황한 마님이 허둥지둥 하녀 우두머리를 불러들이고, 달려온 하녀 우두머리가 또 허둥거리며 난폭하게 오하루의 어깨를 잡아 다다미방에서 끌어내려고 하자 오하루는 손을 뿌리치며 외쳤다.

"난폭하게 굴지 마세요. 내 뱃속에는 도련님의 아이가 있으니까!"

마님은 졸도하고 말았다. 생각지도 못한 복병이다. 경계해야 할 사람은 도련님의 비위를 맞추며 알랑거리는 새된 목소리의 마을 처녀가 아니라 평상시에 그의 옆에 있으면서 시중을 들고 그의 일희일비를 공유하며 그의 마음속에 있는 산과 언덕의 좁은 길을 묵묵히, 천천히 올라가려고 하는 과묵한 하녀 쪽이었다.

이야기를 듣고 격노한 주인은 도련님을 불러들였다. 도련님은 고개를 떨어뜨리며 자백했다. 모든 것은 오하루의 말이 맞다고 인정하고 말았다. 두 사람의 관계는 지난 이 년 정도 계속되었다. 도련님 쪽에서 관계를 끊으려고 시도한 적도 있었지만 어쨌거나 그녀와는 매일 얼굴을 마주하고 있었으니, 결국은 질질 끌려가듯이 지금까지 계속해 오고 말았다고 한다.

하지만 도련님도 오하루를 아내로 맞이할 생각은 털끝만큼도 없었다. 그럴 수는 없다고 오하루를 타이르기도 했다. 그녀는 그때마다 자신의 분수는 잘 알고 있다며 그를 안심시키곤 했다. 그러나 도련님도 아이가 생겼다는 이야기는 듣지 못했다. 이치로 따지자면 자신의 아이라고 생각하지만 아이가 생겨서 기쁘다거나 혼담을 거절하고 어떻게 해서든 오하루와 가정을 꾸리려는 마음은 들지 않는다ㅡ.

오하루에게는 가엾은 일이지만 대개 그런 것이다.

소동이 계속되고 있는 사이에 긴지는 옛날에 어머니가 해 주었던 이야기를 자주 떠올렸다. 어머니는 만넨야 주인아저씨의 중개로 하녀 고용살이를 시작할 때 엄하게 설교를 들었다고 한다. 하녀 고용살이를 하면서 길을 잘못 들지 않기 위해서 지켜야 하는 규칙이 딱하나 있다. 가게 도련님에게 반하지 말라는 것이다.

어머니는 그때, 그야 반하지 않도록 하는 것은 좋지만 만일 상대방이 자신에게 반해 손을 대면 어떻게 하느냐고 되물었다고 한다. 만넨야의 주인아저씨는 웃지도 않고, 도련님이 하녀에게 반하는 일은 없다, 만에 하나라도 없다, 설령 본인이 '반했다'고 말하더라도 그것은 착각이다, 그러니 그런 일은 결단코 없다고 단언했다. 상대방이 손을 대려고 해도 가게에는 많은 사람들이 있다. 이쪽에 그럴 각오가 있다면 몸을 지키는 것은 얼마든지 가능하다, 그러니 요는 네가 마음의 긴장을 느슨하게 하지 않으면 되는 일이라고, 그야말로 진지하게 말했다고 한다.

오하루는 만넨야의 소개로 들어온 하녀가 아니었던 걸까. 그런 설교를 듣지 못했을까. 듣고도 잊어버렸을까. 살아가는 데 있어서 중요한 내용을 담은 설교일수록 가장 중요한 순간에는 까맣게 잊어버리고 마는 것일까.

결국 오하루는 가게를 나가게 되었다. 오하루에게는 의지할 데가 전혀 없다. 도련님에게도 잘못이 있는 일이니 홀몸으로, 아니 홀몸도 아닌 채로 내쫓을 수는 없다. 후카가와 너머에 새로 생긴 오시마무라라는 동네에 집을 한 채 빌려, 달이 차서 아기가 태어날 때까지는 그곳에서 지내게 한다. 태어난 아기는 일단 오쿠로야에서 맡겠지만 가능한 빨리 적당한 양부모를 찾아 그곳에 맡기겠다. 두 번 다시 도련님에게 접근하지 않고 아기가 있는 곳도 찾지 않으며, 전부 포기하고 자신의 처신만 생각하겠다고 마음먹는다면, 오하루가 앞으로 어디에서 고용살이를 하건 오쿠로야에서는 참견하지 않을 것이고 십이 년의 고용살이에 걸맞은 보상은 해 주겠다—이것이 오쿠로야에서 오하루 앞에 내민, 가능한 호의적인 조건이었다.

오하루는 그것을 받아들였다. 달리 어찌할 길도 없었을 것이다. 사실 오쿠로야의 주인 부부가 온화한 성격이라 오하루의 주장을 들어준 것만으로도 다행이었다. 고용살이 일꾼의 신분으로는 욕을 듣고 무일푼으로 쫓겨난다 해도 불평할 수 없는 처지였다.

다부진 그녀는 결코 약한 소리를 하지 않았지만 처음 폭로할 때의 태도가 문제가 되어 하녀 우두머리를 적으로 돌리게 되었다. 이러다 보니 그녀 밑에서 일하는 하녀들도 오하루에게 등을 돌리게 되어, 오하루는 차가운 시선을 받으며 조용히 오시마무라에 빌린 집으로 떠났다. 그녀가 뒷문으로 도망치듯이 나간 후, 하녀 우두머리가 거기에 소금을 뿌리는 것을 긴지는 보았다.

"뻔뻔스럽기도 하지. 젊지도 않은 주제에 여색으로 도련님을 사로잡아서 가게의 재산을 노릴 생각이었겠지만, 그렇게는 안 돼. 아기도 정말 도련님의 아이인지 아닌지 알 게 뭐람."

이제 와서 그렇게 힐책하지 않아도 될 텐데 하고 긴지는 생각했지만, 이런 일에는 여자가 더 엄격한 것인지도 모른다고 다시 생각을 고쳐먹었다. 오하루는 분명 해서는 안 되는 일을 했다. 그 곧은 눈빛으로 꾸어서는 안 될 꿈을 꾸었다. 늦춰서는 안 되는 긴장을 늦추었다.

오하루를 떨쳐낸 오쿠로야는 도련님의 혼담을 진행해 나갔다. 이렇게 되니 오하루는 처음부터 가게에 없었던 것이나 마찬가지였다. 모두들 오하루를 잊는 것이 아니라 오하루를 지워 버림으로써 완전히 안심하고 있는 듯했다.

도련님은 정말 이대로 괜찮은 걸까 하고, 긴지는 긴지 나름으로

의아하게 여기는 구석도 있었다. 아이까지 생긴 사이인 오하루를 쫓아내고 다른 처녀를 아내로 맞이하다니. 긴지는 도저히 그럴 수 없을 것 같다. 분명히 오하루가 생각날 것이다. 아이도 신경이 쓰이지 않을까. 긴지가 그런 말을 불쑥 흘리자 가게 동료들은 코웃음을 쳤다.

"네게도 돈이 있고 뒷배가 있고, 여자들이 네 비위를 맞춰 대느라 정신이 없어서 얼마든지 네 마음대로 여자를 고를 수 있다면 오하루 따위에게 신경을 쓸 리가 없어."

"하지만 도련님도 한때는 오하루를 좋아했잖아요?"

"좋아해서 배가 맞는 건 아니야. 배가 맞을 때는 별다른 이유가 없어도 맞아 버린다니까. 남자는 그런 법이야. 그걸 모르다니, 역시 너는 아직 어린애로구나."

긴지는 그때, 갑자기 오쿠로야에 있는 것이 싫어졌다. 이대로 계속 고용살이를 해 나가다가 세월이 지나 도련님이 가게를 물려받아 당주가 되고, 관록이 붙어 훌륭해지고, 그 모습을 계속 우러르듯이 지켜보다 보면, 긴지는 오하루를 잊을 수 없을 것이고 오하루의 아기도 잊지 못할 것이다. 행복한 도련님의 뒷쪽에 야윈 오하루의 그림자와 그녀에게 안겨 있는, 아직 목도 가누지 못하는 작은 아기의 그림자를 그려 보고 말 것이다. 남자는 그런 법이라고 냉정하게 생각할 수 있는 지혜가 생기기 전에, 쫓기다시피 떠나간 오하루의 등을 보고 만 것이 불운이었다.

밖으로 심부름을 나가게 될 일이 있다면 달음질쳐서 만넨야에 들러 아저씨에게 이 일을 고백할 텐데. 아저씨라면 이럴 때 어떻게 하면 되는지 분명히 가르쳐 줄 텐데.

그렇게 생각하면서 혹독한 늦더위의 햇빛 속에서 지내던 어느 날, 혼자서 곳간 주변을 청소하고 있는 긴지에게 도련님이 슬그머니 다가왔다. 갑자기 말을 거는 바람에 긴지는 펄쩍 뛰어오를 만큼 놀랐다.

"놀라게 해서 미안하다. 부탁이 좀 있어서 왔어."

유행하는 표주박과 박쥐 줄무늬를 넣은 조금 화려한 기모노를 입고, 자그마한 턱에 맞춰 상투도 자그마하게 묶은 도련님은 혼담이 결정된 후로 한층 더 남자다워졌다.

"너 말이다, 나중에 내가 널 불러서 시바구치에 있는 나이토 씨 댁에 심부름을 가 달라고 부탁할 테니, 그러면 예 하고 나가 다오. 심부름의 내용은 나이토 아저씨에게 빌린 노래책을 가져다 드리는 일이다."

도련님은 단숨에 말하고 힐끗 주위를 살피더니 한 발짝 더 긴지에게 다가와 한층 더 목소리를 낮추었다.

"하지만 사실 심부름의 내용은 그게 아니야. 네가 오시마무라에 다녀와 주었으면 좋겠다. 오하루의 집에."

긴지는 저도 모르게 눈을 크게 떴다. 도련님은 그 눈을 바라보며 고개를 끄덕였다.

"그이의 상황을 보러 가 주었으면 한다. 나중에 시킬 테니, 옷을 건네주었으면 좋겠어. 내 최소한의 마음이라고 말하고 전해 주지 않겠느냐?"

긴지는 가까스로 말을 골랐다. "그런 짓을 해도 괜찮을까요?"

도련님은 심약하게 웃었다. "아버지도 어머니도 용서하지 않겠지. 하지만 나는 역시 그이에게는 미안하게 생각하고…….."

도련님은 양쪽 소매 사이로 보이는 하얀 팔로 가슴 앞에서 팔짱을 끼며 고개를 떨어뜨렸다.

"요즘 매일 밤마다 오하루의 꿈을 꾼다. 그이가 새파란 얼굴을 하고 찾아와 내 머리맡에 앉는 거야."

오하루가 죽은 것도 아닌데, 마치 유령 이야기 같다.

"생령生靈이라고 하나? 그이는 날 원망하고 있겠지. 가지고 놀다가 버린 것처럼 되고 말았으니. 그럴 바에는 처음부터 상대하지 않았으면 좋았겠지만."

슬퍼 보인다…….기보다도 도련님은 무서워하고 있다. 긴지는 겨우 그 사실을 깨달았다. 도련님의 어두운 눈동자는 긴지를 피해 발치만 보고 있다. 그리고 한 번 기울어져 버린 커다란 물병에서 물이 넘쳐나 그치지 않는 것처럼, 계속해서 말을 토해 내며 이야기를 이어 갔다.

"그이는 나와 깊은 사이가 된 후로 가끔, 이 세상에서는 함께할 수 없지만 저 세상에서는 함께 있을 수 있다는 둥, 서로 맺어지는 남자와 여자는 아기 때부터 발바닥에 표시가 되어 있어서 떼어놓을 수 없다. 억지로 떼어놓으면 두 사람 다 죽고 만다는 둥, 이상한 말을 하곤 했어. 심지가 무서운 여자였다. 내 아내가 되겠다는, 분수에 맞지 않는 바람은 품고 있지 않다고 말하면서도 속으로는 무슨 생각을 하고 있는지 잘 알 수 없는 데가 있었지. 그러고 보니 묘하게 아는 게 많아서, 어디에서 들었는지 모르겠지만 옛날에 남자

와 여자의 동반 자살에 사용된 염색 수건으로 큰돈을 번 도매상의
이야기 같은 것도 해 주고……. 그 이야기는 재미있었지. 나도 아버
지가 다져 준 길만 가서는 재미가 없으니 내 나름의 장사를 해 보고
싶었어. 그래서 그 염색 수건은 어떨까 싶어 무코지마에서 상의했
다가 할아버지에게 호되게 야단을 맞고 싸움을 하고 말았지. 그 얘
기를 오하루에게 했더니 그이도 화를 내더군. 지금 매일 밤 내 머리
맡에 서 있는 오하루의 얼굴도 그때와 똑같이 화난 얼굴이야. 무섭
기도 하고, 왠지 이대로는 그이가 나를 용서해 주지 않을 것 같은
기분이 들어서 말이다."

무코지마에서의 말다툼은 그런 것이었나. 그건 그렇고 도련님은
어째서 이렇게 말을 많이 하는 걸까. 오하루가 무서운 여자라는 말
을 일부러 하지 않더라도 심부름은 받아들일 텐데. 긴지로서는 듣
고 싶은 이야기가 아니다.

"알겠습니다." 긴지는 애써 정중하게 말했다.

"하지만 도련님, 저는 오시마무라에 있는 오하루 씨의 집을 모릅
니다."

"아아, 그거라면 괜찮아. 옷 보따리 속에 지도도 같이 넣어 둘 테
니. 너, 이제 글씨는 읽을 줄 알지?"

여름이 시작될 무렵부터, 긴지는 바로 위의 행수에게 읽고 쓰는
법과 주산을 배우고 있었다.

"예, 히라가나라면 대강은 읽을 수 있습니다."

"그럼 부탁한다."

도련님은 발소리를 죽이며 안채 쪽으로 돌아갔다. 묘하게 호리호

리한 뒷모습을, 긴지는 잠시 멍하니 바라보았다.

그로부터 얼마 후, 미리 계획한 대로 도련님이 긴지를 불렀다. 도련님의 말대로 심부름을 맡아 시바구치로 향하는 척하다가 도중에 발길을 돌렸다. 오시마무라는 오카와 강을 건너 후카가와에서도 좀 더 가야 한다.

빠른 걸음으로 걸으면서 나설 때 건네받은 보따리를 뒤져 보니, 새로 지어 단정하게 개킨 기모노 사이에 지도를 그린 종이가 끼워져 있었다. 아까 도련님이 입고 있던 기모노와 똑같이 표주박과 박쥐 줄무늬였다. 아마 무대에서 단주로_{가부키 배우 이치카와 단주로를 말함}가 입었다가 평판이 좋게 나서 불같이 유행했던 무늬일 것이다. 이렇게 화려한 옷을 오하루가 갖고 있으면 도련님의 선물이라는 게 금방 탄로나지 않을까. 무엇보다 도련님은 이런 기모노를 누구에게 만들게 한 것일까.

사실을 말하면 이날, 긴지는 아침부터 몹시 피곤했다. 이날뿐만 아니라 지난 열흘 정도는 내내 그랬다. 다름이 아니라, 매일 밤 잠들기 전에 주산 연습을 하고 있기 때문이다. 긴지는 읽고 쓰기는 좋아했지만 주산은 아무래도 서툴러서, 같이 배우고 있는 또 다른 견습 사환과 비교하면 뜀박질과 엉금엉금 기는 것만큼이나 배우는 속도에 차이가 있었다. 선생님 역할의 행수는 엄격해서 따끔하게 긴지를 꾸짖었고, 긴지 자신도 혼자만 다른 사환에게 지기는 싫어서 잘 시간을 줄여 가면서까지 연습을 하고 있었다. 달이 뜬 밤에는 불빛이 필요 없고, 그렇지 않을 때도 상야등_{常夜燈}이 켜져 있는 뒷문 쪽까지 나가면 누구에게도 방해받지 않고 마음 내킬 때까지 주판을 튕길 수 있다.

그러다 보니 피로가 쌓이는 것은 당연하다. 낮에도 누군가의 일을 거들 때는 그나마 괜찮지만, 혼자서 청소를 하거나 곳간에 있는 옷감의 수를 장부와 맞추어 보는 작업을 하고 있을 때면 자기도 모르는 사이에 꾸벅꾸벅 졸다가 고개가 툭 떨어지는 바람에 잠이 깰 때도 자주 있었다.

지금도 이야기할 상대 하나 없이 터벅터벅 걷고 있노라니 걸으면서 잠들어 버릴 것만 같다. 긴지는 졸음을 쫓기 위해 가능한 뛰어가기로 했다. 니혼바시 도리세토모노초에서 시바구치로 가는 길과 오시마무라로 가는 길 중 어느 쪽이 더 먼지, 긴지는 잘 모른다. 하지만 지도에서 보자면 후카가와사루에초에 있는 벼 창고 너머는 새하얗고, 눈에 띄는 건물이라곤 그려져 있지 않다. 아마 밭밖에 없는 것이리라. 게다가 오시마무라는 그보다 더 가야 있다. 새로 생긴 마을이라고는 해도 상당한 시골이다. 서둘러서 나쁠 것은 없다.

그렇게 해서 다다른 오시마무라에는 역시 생각한 대로 논밭이 이어져 있었고 말이나 소가 느긋하게 풀을 뜯고 있었다. 분뇨 냄새가 떠돌고 딛고 선 발밑의 흙은 감촉이 부드러웠다. 늦더위의 해님이 반짝이는 파란 하늘도 한층 더 높고 깨끗해 보였다.

도중에 김을 매고 있는 사람에게 길을 물으니 오하루가 빌려 살고 있는 집은 금방 알 수 있었다. 이 근처 마을 사람들에게는 타지 사람은 보기 드물었던 것이다. 김 매던 이가 금세 손가락질로 가르쳐 준 초가지붕의 단층집은 드넓은 밭 한가운데에 혼자 남겨져 오도카니 서 있었다. 오쿠로야에서 쫓겨났을 때의 오하루처럼 쓸쓸해 보였고 외톨이였다.

오하루는 혼자 있을 리 없고, 누군가 계집종 하나쯤은 붙어 있을 것이다. 집으로 가까이 다가간 긴지는 울타리 앞에 서서 주위를 한 바퀴 둘러보았다. 인기척이 없다. 이쪽이 말을 걸기 전에 누군가 나와서 발견해 주지는 않을까.

하지만 아무도 없었다. 별 수 없이 울타리 안쪽으로 들어가, 발치의 평평한 징검돌을 조심스럽게 밟으며 부엌문이 보이는 쪽으로 돌아갔다.

집 안은 쥐죽은 듯 조용하다.

"실례합니다."

대답하는 목소리는 들리지 않는다.

"실례합니다, 세토모노초에서 심부름을 왔습니다."

아무 소리도 나지 않는다.

긴지는 부엌 봉당 입구에 걸터앉아 한숨을 쉬며 가까운 기둥에 기대었다. 지칠 대로 지쳤다. 이제 어떡하나. 도련님이 전해 주라고 한 보따리만 놓고 돌아갈까. 하지만 그러면 받은 사람도 뭐가 뭔지 알 수 없을 것이다. 알지 못하면, 오하루가 도련님을 조금이라도 용서하고 이제 무서운 모습으로 머리맡에 서 있지 말자고 마음을 누그러뜨리는 계기도 되지 못할 것이다.

그래서는 용무를 다했다고 할 수 없다. 긴지는 도련님을 감싸는 것은 아니지만 조금쯤 동정하는 마음이었고, 오하루도 불쌍하긴 하지만 이제 와서 원망해 봐야 좋은 일은 아무것도 없다는 정도의 사리분별은 할 수 있었다. 부탁받은 일은 제대로 해내 도련님의 마음을 편하게 해 드리고 싶다. 그것은 역시, 긴지는 아직 어린아이이긴 하지만 남자이기도 하기 때문이다.

꽁차 하고 일어서서 다시 징검돌 언저리까지 돌아가 본다. 주위에 펼쳐져 있는 논밭에는 드문드문 사람이나 소의 모습이 보이지만, 거기까지 달려가서 저 집에 사는 사람이 어디 갔는지 아시느냐고 물어볼 기운이 나지 않았다.

긴지는 다시 부엌으로 돌아가 봉당에 걸터앉았다. 조금 기다려 볼까. 오하루는 계집종을 데리고 산책을 나갔는지도 모른다. 이렇게 외진 곳에서는 설령 머릿기름 하나를 사려 해도 후카가와까지 나가야 하리라. 기다리다 보면 조만간 돌아올 것이다. 어디 갈 데가 있을 리도 없으니까.

봉당은 시원해서 기분이 좋았다. 걸어오느라 지친 다리를 올려놓고 느긋하게 눈을 감았다. 길게 숨을 내쉬자 긴장이 풀렸다. 졸리기 시작했다. 졸음은 유혹하는 것처럼 편안해서, 스스로도 깨닫지 못하는 사이에 젖을 잔뜩 먹고 배가 부른 갓난아기처럼 잠 속으로 뚝 떨어지고 말았다.

그리고 꿈을 꾸었다.

긴지는 어딘지도 알 수 없는 깊은 물속을 들여다보며 캄캄한 밤의 어둠 속에 서 있었다. 올려다본 머리 위의 어둠보다도 발치의 물속이 훨씬 더 밝았다. 물은 은은한 빛을 뿜으며 파랗게 빛나고 있었다. 매우 맑고 차가워 보이는 물이다.

물 위로 한 쌍의 남녀가 하늘을 향해 누운 채 떠내려온다. 멀고 어두운 어둠 저편에서 긴지의 바로 발치까지 흘러온다.

도련님과 오하루였다.

두 사람은 똑같이 표주박과 박쥐 줄무늬 기모노를 입고 오른손과 왼손을 수건으로 꼭 묶고 있었다. 두 사람 다 눈을 감고, 잠든 것처럼 편안한 얼굴을 하고 있다. 두 사람이 긴지의 바로 발밑까지 흘러오자 물에 잠긴 오하루의 틀어 올린 머리가 반쯤 풀어져 검고 긴 수초처럼 물속에서 나부끼고 있었다.

숨을 죽이고 바라보는 긴지 앞에서 오하루가 눈을 번쩍 떴다. 어디선가 찰박 하고 물소리가 났다.

긴지는 흠칫 몸을 움츠리며 눈을 떴다. 자신이 완전히 잠들어 있었던 것을 깨닫자 식은땀이 났다. 심장이 두근두근 고동치고 있다. 얼마나 잠들어 있었을까? 해님이 크게 기울지는 않았으니 아주 잠깐 동안일 것이다. 하지만 알 수 없다. 머리는 멍하고, 기둥에 기대어 있었던 탓에 등이 아프다.

"실례합니다."

누군가 돌아와 있지는 않을까. 긴지는 부끄러움을 감추려고 공연히 큰 소리를 냈다. 부엌의 높은 천장에 긴지의 목소리가 울리며 사라진다.

"실례합니다, 오하루 씨, 안 계십니까?"

그러자 부엌에서 짧은 복도를 사이에 둔 맞은편 장지 너머에서 갑작스럽게 쿡쿡거리는 젊은 여자의 웃음 소리가 났다.

긴지는 안심했다. 누군가 있다. 긴지가 너무나도 기분 좋게 졸고 있어서 가만히 놓아둔 것이리라. 그것은 그것대로 부끄럽지만 그래도 용무를 다할 수 있게 되었으니 다행이다. 긴지는 옆에 놓아두었던 보따리를 가슴에 껴안고, 신을 벗고 봉당으로 올라섰다.

"실례합니다, 좀 들어가겠습니다."

큰 소리로 말해 놓고 장지로 다가가 열겠다는 말을 하고 나서 조심스럽게 손을 댔다. 문턱에는 기름이 칠해져 있는지 거의 힘을 주지 않아도 스윽 열렸다.

그곳은 세 평짜리 다다미방이었다. 작은 장롱과 수납장, 벽 쪽에는 옷걸이와 화로와 주전자.

방 한가운데에 남녀 두 명이 뒤얽히다시피 한 채 쓰러져 있었다.

여자는 위를 향해 누워 있었다. 틀림없는 오하루의 얼굴이다. 남자는 엎드려 있었지만 들여다볼 것도 없이, 살짝 옆으로 기울어진 얼굴의 높은 콧날만 봐도 도련님임을 알 수 있었다.

오하루의 눈은 웃고 있었다. 적어도 자신에게 일어난 생각지도 못한 일에 놀란 빛은 눈동자 어디에서도 찾아볼 수 없었다.

도련님의 왼쪽 손목과 오하루의 오른쪽 손목은 특이한 보라색으로 물들인 수건으로 단단히 묶여 있다. 뭔가 하얀 꽃 같은 무늬가 끝자락 쪽에 얼핏 보였다. 너무 꽉 묶여 있어서 도련님도 오하루도 아래로 피부 색깔이 변해 있다.

죽은 것일까. 아니, 죽은 것이 틀림없다. 하지만 긴지를 이곳에 보낸 도련님이, 어떻게 앞질러 와서 이곳에서 죽을 수 있을까?

도련님은 가게에서 입고 있던 기모노를 몸에 걸치고 있다. 오하루도 같은 무늬의 기모노를 입고 있다. 이상하다. 이 무늬의 기모노를 가져다주기 위해서 긴지는 이곳에 왔다. 긴지에게서 지금 그가 가슴에 안고 있는 보따리를 받아들지 않는 한, 오하루가 표주박과 박쥐 줄무늬 기모노를 입을 수는 없다.

그렇구나, 이것은 꿈이다. 나는 아직도 꿈을 꾸고 있다. 긴지는 생각했다. 잠에서 깨었다고 생각했지만 사실은 아직 졸고 있는 것이다.

부웅 하는 날개 소리가 나고 매미 한 마리가 날아왔다. 긴지의 코 끝을 스치고 지나간 매미는 망설이듯이 원을 그리고 나서 오하루의 부릅뜬 눈 위에 가볍게 내려앉았다.

또 젊은 여자의 깔깔거리는 웃음소리가 들렸다.

그러자 주박이 풀렸다. 이것은 꿈이다, 꿈이라고 생각하면서도 긴지는 부들부들 떨며 안고 있던 보따리를 발치에 떨어뜨렸다. 우와아 하는 소리를 지르며 구르듯이 방을 뛰쳐나가 신을 꿰어 신고 밖으로 도망쳐 나갔다.

달리고 또 달려서 세토모노초로 향했다. 바람보다 빠르게, 숨이 차도 멈추지 않고 귀신에게 쫓기는 것처럼 달렸다. 도중에 몇 번인가 성문 문지기가 불러세웠지만 대답하기 위해 걸음을 멈추는 짓은 무서워서 할 수가 없었다. 누군가가 큰 소리로 부르면서 쫓아왔지만 그것도 돌아보지 않았다. 그러다가 오카와 강을 건너는 에이타이 다리 바로 앞에서, 등 뒤에서 누군가가 달려오는 바람에 긴지는 왈칵 쓰러졌다.

"얘야, 꼬마야, 괜찮니? 거품을 물고 있지 않느냐, 대체 무슨 일이지? 무엇에서 도망치는 게냐, 말해 봐라."

단호하게 묻는, 제정신을 가진 목소리의 주인을 자세히 보니 하관이 튀어나온 우락부락한 얼굴의 사십 대 남자다. 턱을 달달 떨면서 바라보는 긴지에게, 남자는 이 근처를 담당하고 있는 오캇피키[범인의 수색·체포를 맡았던 하급 관리]라고 자신을 소개하더니 너는 뜀박질을 참 잘한다, 내 부하를 두 명이나 따돌렸다며 쓴웃음을 지었다.

"이대로 다리까지 달려가서 첨벙 뛰어들기라도 하면 귀찮아지겠다고 생각했지. 무슨 일이냐, 꼬마야, 여우한테 홀리기라도 했니? 후카가와 근처에는 여우가 많지."

모여든 구경꾼 중 한 명이 "하지만 대장님, 이 꼬마에게 분 냄새가 나는 여우는 아직 이른 것 같은데요" 하며 놀려 댔다.

긴지는 후두둑 눈물을 흘렸다. 입이 잘 돌아가지 않아서 처음에는 말을 제대로 할 수가 없었다. 또 눈물이 점점 늘어나고 몸이 떨리기 시작해서, 정신을 차려 보니 무작정 엉엉 울고 있었다.

긴지는 크게 열이 올라 앓아눕고 말았다. 오쿠로야로 돌아가지 못하고 일단 만넨야 주인아저씨에게 맡겨졌다. 그곳에서 사흘 밤낮을 고열에 시달렸고, 열이 내리고도 한동안 제정신을 차리지 못해, 겨우 제대로 이야기를 할 수 있게 되기까지 열흘이나 걸리는 바람에 만넨야 주인아저씨를 걱정시켰다.

에이타이 다리 동쪽에서 구해준 친절한 오캇피키는 긴지의 이야기를 그대로 오쿠로야에 전할 만큼 소홀한 사람도 아니었고, 긴지가 미친 듯이 달리던 것을 가볍게 보지도 않았다. 뒤집어 보자면 그만큼, 달리고 또 달리던 긴지의 모습에 심상치 않은 무언가가 있었으리라. 그는 오시마무라에 오하루가 빌린 집을 조사하러 갔다. 오쿠로야 근처에서 오하루의 평판도 물어보았다. 그렇게 조사를 해 두고, 겨우 자리에서 일어날 수 있게 된 긴지에게 이야기를 하러 왔다.

"오하루라는 여자는 그 집에 살고 있지 않았다." 오캇피키가 말했다. "무엇보다 네가 보았다는 시체도 없었어. 그곳에 갇힌 지 얼마 안 되어 야반도주하다시피 사라진 모양이다. 오쿠로야에서 붙여 주었던 계집종은 오하루가 시키는 대로 일찌감치 본가로 돌아가 있었어. 계집종의 이야기로는, 오하루는 처음부터 이런 곳에 얌전히 있을 생각은 없다, 나가고야 말겠다며 서슬이 퍼랬다고 하더구나."

긴지가 부르르 떨자 만넨야의 주인아저씨가 단젠방한용 전통 복장을 걸쳐 주었다.

"오쿠로야의 도련님은 멀쩡하게 살아 있다." 오캇피키는 말하며 떫은 얼굴을 했다.

"동반 자살은 하지 않았어. 네가 이상해졌다는 소식을 전해도, 뭐, 부모 앞이라 그랬는지 '무슨 말씀이십니까' 하는 얼굴을 하고 있었다. 다만……."

투박한 얼굴을 벅벅 긁으며, 오캇피키는 눈치를 살피듯이 만넨야 주인의 얼굴을 보았다. 만넨야 주인도 눈짓을 보냈다.

긴지는 물었다. "무엇입니까? 가르쳐 주세요, 대장님."

오캇피키는 한숨을 쉬며 말했다.

"내가 만나러 갔을 때, 오쿠로야 도련님의 왼쪽 손목에는 무언가로 세게 묶은 흔적 같은 청자색 멍이 나 있었단다. 이렇게, 둥글게 말이야."

긴지는 눈을 감았다.

만넨야의 주인아저씨가 담담하게 말했다. "긴지는 이제 오쿠로야에서 나오는 게 좋겠구나."

무뚝뚝한 말투였다.

"이런 일이 있으면, 가게라는 곳에는 좋은 일이 없는 법이야. 걱정하지는 마라. 네가 고용살이를 할 곳은 내가 찾아 주마."

"뭐, 세상에는 여러 가지 일이 있는 법이거든, 꼬마야." 오캇피키는 입 끝을 끌어올리고 씨익 웃었다.

결국 긴지는 오시마무라에 오하루가 빌렸던 집에서 본 광경이 꿈이었는지, 아니면 무슨 징표였는지, 아니면 징조였는지, 분명하게 알 수 없었다. 도련님은 그 후에도 잘 지냈고, 새해가 되자 오나쓰를 아내로 맞아들였다.

그 무렵은 긴지가 다음 고용살이를 시작한 후였다. 만넨야의 주인은 긴지가 오쿠로야 근방은 싫어할 것이라며 스루가다이시타의 약재상을 고르는 배려를 해 주었다. 새로운 가게에서의 일은 힘들지만 재미있었다. 게다가 이것도 만넨야 주인아저씨의 배려였는지, 이 가게의 후계자는 외동딸이었고 이미 고용살이 출신의 온화한 데릴사위가 있어 가게 안도 안정되어 있었으며 조금 미지근할 정도로 편했다. 긴지는 이곳에서도 읽기, 쓰기, 주산을 계속 배웠지만 더 이상은 잠도 자지 않고 무리하지는 않았다.

—그해 여름, 오시마무라의 그 집에서 너는 졸다가 나쁜 꿈을 꾼 거다. 그런 것으로 해 둬.

오캇피키의 말을 잊지는 않았다. 두 번 다시 졸지 않으리라 결심했다.

긴지가 스루가다이시타로 옮기고 이 년 정도 지나서 휴가를 받아 집에 돌아갔을 때, 역시 오덴마초의 가시와야에서 휴가를 받아 돌아와 있던 맏형으로부터 지난달에 오쿠로야의 젊은 부부가 죽었다는 이야기를 들었다. 아무 일도 없는 것처럼 침실에 들어갔는데 아침에 일어나지 않아 하녀가 살피러 가 보니 침상 위에서 피투성이가 되어 둘 다 죽어 있었다고 한다. 두 사람 옆에 부엌에서 가지고 나온 듯한 식칼이 떨어져 있었다. 동반 자살의 이유는 아무도 짐작가는 데가 없었고, 젊은 새댁의 뱃속에는 아이가 있었다. 오쿠로야의 마님은 상심한 나머지 앓아눕고 말았다고 한다.

긴지는 내심 떨었지만 어머니 앞이라 얼굴에는 드러내지 않았다. 다만, 형에게 한 가지 묻지 않을 수 없었다.

"두 분은 손목을 수건으로 묶고 있었을까?"

글쎄, 거기까지는 모르겠다고 형은 대답했다. 동반 자살 직후에 계속 아팠다 나았다 하던 무코지마의 큰나리도 돌아가셔서 오쿠로야는 아주 엉망이었다고, 가엾다는 듯이 덧붙였다.

그해 여름의 일은 이제 끝났다. 자신이 본 광경은 과연 나쁜 꿈이었을까, 아니면 앞으로 일어날 일에 대한 징조였을까. 그것은 몰라도 된다. 긴지는 그렇게 생각했다. 아아, 결국 오하루는 소원을 이루었구나 하는 생각도 했지만, 그런 생각을 하고 있으면 오히려 그녀를 불러들이고 말 것 같은 기분이 들어 허둥지둥 머리를 흔들며 그 생각을 쫓아냈다.

이런 일이 있으면 가게에는 좋은 일이 없다는 만넨야 주인아저씨의 말은 틀리지 않았다. 그로부터 반년쯤 후에, 물에 젖은 진흙 벽이 허물어지듯이 오쿠로야는 망했다. 집안사람들이 그 집을 떠난 후, 그곳을 산 새 집주인이 건물을 조사해 보니 겉으로는 훌륭한 집이지만 봉당 동귀틀이 완전히 썩어 있어서 결국은 부수어야 했다고 한다.

그 후로 도리세토모노초에는 가까이 가지 않았다. 긴지는 졸지 않고, 화려한 줄무늬도 싫어하고, 이야기 문양을 넣은 기모노나 수건도 사지 않는 어른이 되어, 약재상에서 열심히 고용살이를 하고 있다.

02

그 림 자
감 옥

예, 그렇습니다. 후카가와 롯켄보리초의 납 도매상, 오카다야의 최고 대행수를 맡고 있던 마쓰고로란 저를 말하는 것입니다. 이리 가랑비가 내리는데 일부러 찾아와 주셔서 고맙습니다.

이소베 님이라고 하셨습니까—실례지만 꽤 젊어 보이십니다. 오카다야의 일로 찾아오신 거라고 하셨는데—예에, 스물한 살—그러시면 히사이치로 님과 같은 해에 태어나신 게 됩니까? 용 띠시군요. 히사이치로 님을 아시는지? 하지만 상인인 제가 이렇게 훌륭한 무사님과, 어디에서 뵐 일이—.

예? 예에, 오치요 님. 오치요 님을 아십니까.

이소베 님—이소베 이소베—.

아! 그렇군요, 그렇다면 저도 납득이 갑니다. 노인이라 공연한 수고를 끼치는군요. 죄송합니다. 무사님은 오치요 님이 이 년쯤 예의 범절을 배우러 다니셨던 핫초보리 북쪽 구미야시키_{하급 무사들이 거주하던 주}

택지의 이소베 님이시군요. 그러면 제가 알고 있는 요리키하급 무사들을 지휘하며 사무를 분담·보좌하던 직책 이소베 님은 아버님이신 이소베 신에몬 님이시고요, 예, 오치요 님이 댁에서 예의범절을 배우기 시작했을 때 저도 함께 뵙고 인사를 드렸습니다. 아직 큰나리도 오타즈 님도 건강하실 무렵의 일, 그렇지, 벌써 칠 년쯤 지난 일일까요. 생각해 보니 그립군요.

아버님 되시는 이소베 님은 더욱 건승하실 줄로 압니다만……. 호오, 그렇습니까. 그거 축하드립니다. 무사님처럼 훌륭한 후계자가 계신다면 아버님 되시는 이소베 님도 안심하고 은퇴하실 수 있겠지요. 저는 오카다야에서 고용살이를 한 지 오십 년, 아무런 후회도 미련의 마음 한 자락도 없지만 평생 가게 지붕 아래만이 저 있을 곳이라 생각하고 사느라 처자식은 결국 갖지 못했으니, 당연한 일이기는 하지만 자식이나 손자 복은 없습니다. 이 나이가 되고 보니 문득 쓸쓸한 기분이 들 때도 있습니다. 저도 이렇게 지금은, 하나뿐인 친지인 동생 집에 신세를 지고 있는 몸. 동생도, 동생 안사람도 아이들도 하나같이 친절하게 대해 주기는 합니다만 역시 남은 남, 그쪽도 신경을 쓰는가 하면 이쪽도 같이 신경을 쓰는 식이다 보니 거북한 것은 틀림이 없습니다.

그래도…… 저처럼 별 볼일 없는 사람도 오카다야에 그렇게 슬픈 일이 일어나지 않았다면 그나마 늙은 몸을 달리 쓸 길이 있었을 텐데…….

아니요, 이제 와서 이렇게 우는 소리를 해 봐야 소용없는 일이지요. 아아, 아니요, 저는 괜찮습니다. 노인네는 눈물이 많아서 곤란하다며 그냥 웃어 주십시오. 무례를 저질렀군요.

그것보다 이소베 님은 다름 아닌 오카다야에 관한 일로 이 노인을 찾아오신 것이었지요. 그럭저럭 석 달은 지난 일이고, 어쨌거나 그렇게 흉한 사건이었으니 이소베 님이 제게 대체 무엇을 묻고 싶으신 것인지 조금 두려운 기분도 듭니다만……

예, 정말이지 말씀하신 대로 일의 경위는 이소베 님이 아시는 그대로입니다. 주인인 이치베에 님, 안주인 오나쓰 님, 장남이자 후계자인 히사이치로 님, 차남 세이지로 님, 하나뿐인 따님 오치요 님, 그리고 막내 하루지로 님—모두 돌아가시고 말았습니다. 두려움을 느낀 고용살이 일꾼들도 여기저기로 흩어지고 저만…… 이 늙은이만이 남게 되었지요.

오카다야는 더 이상 이 세상 것이 아닙니다.

*

호오……. 그 집에 가셨다고요. 그게 언제입니까? 어제? 그러면 어젯밤에는 무척 나쁜 꿈을 꾸시지 않았는지요?

하하, 그거 대단하시군요. 좌우간 도합 일곱 명이나 죽어 나간 집인데요. 다다미도 가구도 그대로 둔 채, 저희 고용살이 일꾼들은 그 집에서 목숨만 건져 간신히 도망쳐 나온 몸이니까요. 두 번 다시 가까이 가고 싶지 않습니다. 이소베 님은 아버님을 닮아 대담한 성격이시군요.

예……. 이런 말씀을 드리면 정도 없고 은혜도 모르는, 벌 받을 말처럼 들리리라는 것은 저도 잘 알고 있습니다. 그래도 저는, 지금 그 집이—한때 오카다야였던 그 집이 무서워서 견딜 수가 없습니다.

저는 오카다야에서, 정확하게 열 살 때부터 고용살이를 시작했습니다. 부모님은 모두 조슈 출신으로, 먹고살기가 힘들어서 함께 고향을 도망쳐 나와 혼인한 사람들입니다. 에도로 나온 후로는 둘이서 변변치 못한 일을 하며 입에 풀칠을 했고, 그러면서도 전형적인 가난뱅이처럼 아이는 많이도 낳아서, 제 밑으로 남자 아이 셋, 여자 아이 하나, 합쳐서 다섯 명의 아이를 낳았지요. 막냇동생은 제가 고용살이를 나섰을 때에는 아직 갓난아기, 오 년이 지나 첫 휴가를 받아서 집에 돌아가 보니 벌써 한창 개구쟁이 짓을 할 나이로 자라 있더군요. 그때는 제 동생이라는 실감이 전혀 나질 않아서 조금은 곤란했답니다. 하지만 참으로 얄궂은 일이지요. 지금은 그 막냇동생이 이렇게 저를 돌봐주고 있으니 말입니다.

다른 두 동생들 중 하나는 열다섯 살이 되기 전에 포창(천연두)으로 죽었고, 다른 하나는 어린 나이에 집을 뛰쳐나가 그 후로 행방을 알지 못하고 있습니다. 누이는 사창가에서 죽었고요. 제가 좋아서 몸을 팔았는지, 무능한 부모가 팔아넘겼는지, 그 무렵 저는 이미 오카다야에서 지내고 있었기 때문에 자세한 상황은 모릅니다. 그러고 보니 존재감이 별로 없는 아이였어요.

저는 오카다야에서 고용살이를 시작한 덕분에 제대로 된 인생을 보낼 수 있었습니다. 그 점에 대해서는 아무리 감사를 해도 모자랄 것입니다. 막냇동생도 이렇게 훌륭하게 목수 우두머리로서 세상을 살아갈 수 있는 것은 어릴 때부터 엄하게 단련하며 돌봐 주신 선대 도편수 덕분이라고 말하곤 했는데, 참말 그 말이 맞습니다. 저희들처럼 보잘것없는 사람들은, 모시는 집이나 사람에 따라 행복해지기도 하고 가난해지기도 하는 법이지요. 저도 막냇동생도 그런 뜻으로는 매우 운이 좋았습니다.

그러니 이소베 님, 오카다야라는 가게에 대한 제 감사의 마음은 조금도 달라지지 않았습니다. 그래도 지금의 그 집이 무서운 것 또한 확실하고…….

예? 제가요? 글쎄요, 그렇습니까? 그렇게 말씀드렸던가요.

그 말씀이 맞습니다. 저는 아까 '오카다야는 더 이상 이 세상 것이 아니다'라고 말씀드렸습니다. 보통 같으면 '오카다야 분들은 더 이상 이 세상에 없다'고 말해야 할 텐데 말입니다. 예, 예, 그 이유는 이소베 님의 말씀과 같은 생각이 제 마음속에 있기 때문이겠지요.

오카다야는 이번 일로 목숨을 잃은 주인 이치베에의 선대, 지로베에 님이 거의 혼자 힘으로 일으킨 가게입니다. 제가 열 살 때부터 모신 것도 지로베에 님입니다. 안주인인 오타즈 님은 제게는 어머니나 마찬가지랍니다. 두 분께 입은 은혜는 한시도 잊은 적이 없습니다.

지로베에 님이 겨우 오 년 전에 유행하던 고뿔을 앓으시다가 덜컥 허무하게 돌아가실 때까지는, 주인의 자리는 이치베에 님께 물려주셨지만 큰나리로서 오카다야의 키를 꽉 잡고 계셨습니다. 오타즈 님도 고생 모르고 곱게 자란 오나쓰 님께는 맡겨 둘 수 없는 일이 많다며, 큰마님으로서 안과 밖을 이으며 부지런히 일을 하셨지요. 그 모습은 저 같은 토박이, 말하자면 오카다야에서 자란 사람으로서는 정말이지 든든하고도 고마운 광경이었습니다.

다만—그렇게 가게 사람들이 모두 큰나리와 큰마님을 따르고 우러러보는 것이, 이치베에 님과 오나쓰 님께는 울화가 치미는 원인이 되고 말았지요. 큰나리 부부와 나리 부부는 날이 가고 해가 갈수록 사이가 나빠지는 것 같았습니다. 분명히 대물림은 이루어졌으니 주인은 이치베에 님이고 안주인은 오나쓰 님이었지요. 저희도 그렇게 생각하며 일하고 있었습니다. 하지만 위급한 일이 생겼을 때 오카다야의 키잡이 역할을 맡는 집안 어른은 역시 큰나리와 오타즈 님이었습니다. 오랫동안 거래를 해 온 단골 가게와 이야기를 하는 것이나 친하게 지내는 하타모토쇼군 직속의 가신들 중 봉록이 만 석 이하인 무사께 은밀하게 돈을 빌려 주는 일이나 회합에서의 교류, 쇼군께 적당한 선물을 보내는 일—그 모든 일들은 지로베에 님과 오타즈 님이 생각해서 결정하셨는데, 한편으로는 그런 탓도 있었습니다.

이치베에 님은 지로베에 님과 오타즈 님에게는 소중한 외아들이었습니다. 부부의 금슬은 남들도 부러워할 만큼 좋았는데 아이는 딱 하나, 이치베에 님밖에 갖지 못했지요. 어릴 때는 그야말로 바람 불면 날아갈 새라 애지중지 키우셨고, 저 같은 경우 고용살이를 막 시작했을 무렵에는 같은 아이인데 이렇게 애지중지 자라는 아이가 있구나 하고 조금은 멍해질 정도로 놀라기도 했습니다. 예, 마침 제가 고용살이를 시작한 해에 이치베에 님이 태어나셨으니 잘 알고 있습니다.

다만…… 꽤 나중 일인데, 제가 대행수를 맡게 되었을 때, 당시에는 아직 살아 계셨던 최고 대행수님께 직접 가르침을 받게 되었을 무렵, 지로베에 님은 이치베에 님을 잘못 키웠다며 후회하고 계신다는 얘기를 최고 대행수님의 입으로 직접 들은 적이 있습니다. 소중한 외아들이라고는 하지만 조금 더 엄격하게, 남들 위에 서는 사람으로서의 각오나 마음가짐을 가르쳐 두어야 했다, 대물림을 서두른다면 오카다야는 위태로워질 것이라면서 몹시 고민을 하셨다는 이야기였습니다.

대개 사람이란 어리광을 받아 주는 환경에서 자라면 길을 잘못 들기 쉬운 법입니다. 지로베에 님이라는 훌륭한 분의 피를 물려받은 이치베에 님도 그것은 마찬가지. 확실히, 제 눈으로 보아도 이치베에 님의 젊은 시절 방탕한 생활이나 가까이서 모시는 고용살이 일꾼에 대한 심한 태도, 변덕스럽고 제멋대로 말하는 버릇—어느 것을 보아도 과연 이분이 가게의 가장 높은 곳에 앉게 된 날에는 어떤 사고가 일어날지, 앞날이 걱정되는 구석이 있었습니다.

그래서 오카다야는 다른 가게에 비하면 대물림이 상당히 늦었습니다. 지로베에 님은 제게도, 나도 빨리 큰나리가 되어 유유히 은퇴 생활을 즐기고 싶다고, 그야말로 입버릇처럼 웃으며 말씀하셨지만 실제로는 일흔 가까이 되어서야 겨우 큰나리의 위치까지 물러나셨습니다. 그것도 몇 년이나 이치베에 님의 재촉을 받고, 또 이치베에 님이 마흔 줄에 접어들어 언제까지나 이대로 있다가는 체면도 서지 않게 되었을 때에야 마지못해 하신 것입니다.

이치베에 님 쪽에서는 그 사실을 꽤나 원망스럽게 생각하신 모양입니다.

이소베 님, 어쨌거나 저는 결국 아내도, 아이도 갖지 못하고 지금까지 살아온 부덕한 사람입니다. 낳아 주신 부모님 곁도 일찌감치 떠나 왔습니다. 부모와 자식의 관계에 대해서는 모르는 것이 더 많습니다. 그러니 가르쳐 주셨으면 합니다. 친자식이 친부모를 그렇게까지 집요하게 원망하거나 미워하거나, 두고 보라며 원념을 불태우는 일이 정말로 있습니까?

있을 거라고—생각하십니까.

그렇군요……. 하지만 저는 아직도 믿을 수가 없습니다.

*

그 집을 찾아가 보셨다니, 이소베 님은 이미 알고 계시겠지요? 예, 북쪽 안채의 땅 밑에 구멍을 파서 만들어 둔 방—튼튼한 방이 었지요? 그 감옥방은 큰나리인 지로베에 님이 돌아가시고 삼 년쯤 후에, 오타즈 님을 가두기 위해서 오나쓰 님이 만들게 한 것입니다.

오나쓰 님은 이치베에 님이 오카다야의 주인이 되실 때 서둘러 맞이한 안주인입니다. 나이는 이치베에 님보다 훨씬 젊으셨고, 친정은 유복한 비단 도매상 이스즈야였기 때문에 사치스러운 생활에 익숙하신 분이었습니다.

이치베에 님과 오나쓰 님의 혼담이 정해졌을 당시 세상 사람들은 의아해하며 여러 가지 소문을 수군거렸지요. 오카다야가 드디어 돼먹지 못한 방탕한 아들에게 주인 자리를 물려주려고 하는구나, 그것은 어쩔 수 없는 일이라 치더라도 어째서 이치베에의 아내로 오나쓰 같은 여자를 붙여 주려는 것일까 하고. 좀더 현명하고 사려 깊고 마음씨 고운 여자를 얻을 수는 없었을까 하고요.

그 무렵, 오카다야의 속사정을 잘 알고 있던 저희는 세상 사람들이 고개를 갸웃거리는 것을 알면서도 매일 조마조마한 마음이었습니다.

당시의 오카다야는 상당히 어려운 상황이었습니다. 모두 이치베에 님의 방탕함이 불러온 결과였는데, 여기저기 빚도 있었지요. 겉으로는 지로베에 님도 오타즈 님도 의연한 얼굴을 하고 계셨기 때문에 자세히 아는 것은 저희 가게 사람들뿐이었습니다. 참 힘들었지요.

오나쓰 님에게는 아직 어린 소녀였을 시절부터 나쁜 소문이 많았습니다. 이스즈야의 세 딸 중 막내로, 미모도 제일이지만 악평도 제일. 어른이 되기도 전부터 남자를 좋아해서 배우에게 미쳐 집을 뛰쳐나가기도 하고 고용살이 일꾼을 유혹하기도 하고……. 지저분한 이야기라 자세히 말씀드리지는 않겠지만 아비를 알 수 없는 자식을 가졌다가 남몰래 지운 적도 한두 번이 아니라는 소문까지 있을 정도였습니다.

그 무렵, 이스즈야의 주인이 말괄량이 딸 오나쓰 님을 감당하지 못해 쩔쩔매고 있다는 것은 옆에서 보아도 분명했습니다. 위의 두 언니는 착실한 성격이었고 후계자로도 훌륭한 사위를 맞아들였으니 무슨 짓을 저지를지 알 수 없는 오나쓰 님을 빨리 집에서 내보내고 싶었겠지요. 안 그래도 못된 장난이 지나쳐서 소문이 나는 바람에 시집갈 곳이 없어, 오나쓰 님은 스물다섯 살이 넘은 상태였습니다. 아무리 얼굴이 아름다워도 이대로 나이만 먹는다면 점점 혼인하기 어려워질 뿐이지요. 그래서 오카다야의 빚을 이스즈야에서 대신 깨끗하게 갚아 주는 대신, 오나쓰를 데려가 달라—는 거래가 이루어진 겁니다.

지로베에 님과 오타즈 님에게는 매우 원통한 혼인이었을 것입니다. 하지만 그렇다고 거절할 수도 없었지요.

그래도 오타즈 님은 오나쓰 님을 며느리로 맞아들이게 되자 정성을 다해 오나쓰 님을 가르치려고 하셨습니다. 그냥 엄하게만 해서는 안 된다며, 친정에서도 포기한 오나쓰 님께 시어머니라기보다는 오히려 어머니처럼 상냥하게 대해 주기도 하셨지요. 저는 그 모든 광경을 지켜보았는데, 이소베 님, 인간의 진심도 상대에 따라서는 통하지 않을 때가 있다는 이치를 배웠습니다.

예, 오나쓰 님은 오타즈 님을 싫어하셨습니다. 우선은, 자신에게는 시어머니라는 이유만으로. 게다가 시어머니가 나이는 먹었어도 아름다운 여자라는 이유만으로. 고용살이 일꾼들이 자신보다 오타즈 님을 훨씬 더 따른다는 이유만으로. 싫다는 말보다 오히려 '미워하고 있었다'고 하는 편이 어울릴 것입니다. 아니면 '질투하고 있었다'고 할까요.

그러다 보니 지로베에 님이 돌아가신 후로는 오타즈 님이 큰마님으로서 훌륭하게 지휘를 하셨지만, 물밑에는 언제나 분쟁의 씨앗이 숨어 있었습니다. 단지 오타즈 님은 웬만해서는 빈틈을 보일 어리석은 분이 아니셨기 때문에, 나름대로 위태로운 균형을 유지하면서 오카다야라는 배는 나아가고 있었던 것입니다.

그러다가—그런 일이 일어나서—.

오늘과 비슷한 날씨, 초봄인데도 하늘이 울고 있는 것처럼 차가운 비가 내리는 날의 일이었습니다. 다름이 아니라 지로베에 님의 상월죽은 지 두 돌 만에 지내는 제사를 치르는 달 기일이었지요. 오타즈 님이 가게 안쪽에 쌓아 올려 둔 짐에 깔려 다리뼈가 부러지고 말았습니다.

아실지도 모르겠지만 납은 저희들 같은 도매상이 물건으로 취급하는 단계에서는 덩어리 형태를 하고 있습니다. 한 관씩 달아 틀에 흘려 넣어서 네모나게 굳힌 것이지요. 그래서 그것을 짐으로 쌓아 두면 무게가 상당합니다. 어린아이라면, 밑에 깔렸다간 짓뭉개져서 숨을 거둘 수도 있지요.

그렇다 해도 이상한 사건이었습니다. 납이라는 물건은 어쨌거나 모양이 그렇다 보니 일단 짐으로 부려 쌓고 나면 좀처럼 무너지지 않는 법이거든요. 그런데 우연히 오타즈 님이 가까이 계실 때 마침 머리 높이만큼 쌓여 있던 것이 우르르 무너지다니.

하아……. 예, 짐작하신 그대로입니다. 저도, 가게의 다른 사람들도 누군가가 일부러 오타즈 님을 노리고 짐을 무너뜨렸다고 생각하고 있었습니다. 하지만 생각만이라면 어린애라도 할 수 있지요. 확실한 증거는 어디에도 없었습니다. 목소리를 돋우어 말하기는 망설여졌지요.

어쨌거나 그렇게 다치신 후로 오타즈 님은 완전히 몸이 약해지셔서 반쯤은 자리에 눕고 마셨습니다. 형세는 완전히 역전되었지요. 오나쓰 님은 희희낙락 감옥방을 만드셨습니다.

왜 감옥방이냐고요? 글쎄요, 그것은 저도 아직 모르겠습니다. 다만, 그 무렵 오나쓰 님이 말씀하시기로는, 어머님은 다치신 후로 정신이 약해지셔서 낮에도 있지도 않은 것을 보고 밤에도 잠에 취해 흐느적흐느적 돌아다니신다, 위험해서 두고 볼 수가 없으니 어머님의 안전을 위해 문을 잠글 수 있는 감옥방에 넣어 드리려고 한다는 말씀이었습니다.

저요? 예, 물론 반대했습니다. 크게 반대했지요. 오타즈 님의 몸은 분명히 약해지셨지만 정신은 오나쓰 님보다도 훨씬 말짱했으니까요. 가게 쪽의 고용살이 일꾼들도 마찬가지입니다.

하지만 이소베 님, 부려지는 자의 입장은 약한 법입니다. 게다가 또, 모두가 각자 자신의 일과 얼마 안 되는 급료에 매달리게 되는 것도 당연한 일입니다. 일하지 않으면 먹을 수 없고, 먹지 못하면 살아갈 수 없습니다. 오나쓰 님이나 이치베에 님께서, 분명히 큰마님이 밤중에 흐느적흐느적 복도를 걸어가는 모습을 보았다고 말해라, 그러지 않으면 그냥 두지 않겠다고 협박을 하시면 나이 어린 하녀들은 당장 벌벌 떨게 되고 맙니다. 한 사람, 두 사람, 입을 다물고 목을 움츠리고 눈에 눈물을 글썽거리며 이치베에 님과 오나쓰 님의 말에 따를 수밖에 없었습니다. 아무래도 견디지 못하고 가게에서 뛰쳐나간 사람도 두 명 있었습니다. 저도 그만한 패기가 있었다면 그렇게 했을지도 모릅니다.

아니, 그렇게 하는 편이 나았을지도 모릅니다. 이제 와서…… 정말 이제 와서 무슨 말을 한들 소용없다고 생각은 하지만요.

게다가 저를 포함해서 끝까지 반대하던 사람들을 설득한 사람은 오타즈 님 본인이었습니다. 너희가 괴로워하는 것을 볼 수가 없다, 자신이 감옥방에 들어가 얌전히 있으면 끝날 일이라면 그 정도는 고생도 아니라고 웃으시며……. 다만 마쓰고로, 최고 대행수로서 가게 일만은 꼭 부탁한다고 하시며 제게 머리를 숙이셨습니다.

지금…… 떠올려 보아도 안타까워서 눈물이 납니다.

제가 마지막으로 큰마님이신 오타즈 님의 웃는 얼굴을 뵌 것은 그때가—오타즈 님의 이불과 소지품을 감옥방으로 옮긴, 그날이 마지막이었습니다. 그 후로 이 년 동안, 저는 오타즈 님의 얼굴도 보지 못했을뿐더러 목소리도 듣지 못했습니다. 오나쓰 님이, 오나쓰 님 외에는 아무도 오타즈 님의 감옥방에 들어갈 수 없도록 조처했기 때문입니다. 이소베 님도 보셨다면 아시겠지요? 감옥방은 방 자체도 튼튼하게 만들어져 있지만 그곳으로 통하는 복도에도 두 군데나 자물쇠가 달려 있습니다. 그것은 오나쓰 님이 나중에 목수를 불러 만들게 한 장치입니다. 오나쓰 님은 하나밖에 없는 열쇠에 끈을 매달아 항상 목에 걸고 다니며 몸에서 떼어놓지 않으셨습니다. 그 목수는 오나쓰 님이 일부러 가와사키 쪽에서 부른 자로, 어디에 사는 무슨 도편수인지 아무도 모릅니다.

물론 저희 고용살이 일꾼들도 오타즈 님이 걱정되었습니다. 몸은 좀 어떠시냐고, 뵐 수는 없겠느냐고 오나쓰 님께 몇 번이나 부탁을 드렸습니다. 하지만 모두 거절당했고, 큰마님은 아무도 만나고 싶지 않다고 하신다, 조용히 누워 있고 싶다고 하신다, 쓸데없는 짓은 하지 말라고 꾸중을 하실 뿐이었습니다. 저희는 오나쓰 님의 말을 믿고 오타즈 님이 잘 지내고 계시리라 생각할 수밖에 없었습니다.

물론 이치베에 님은 이러한 일들을 모두 묵인하고 계셨습니다.

불평 한마디, 타이르는 말 한마디도 오나쓰 님께 던진 적이 없었습니다. 오히려—말하기도 끔찍한 일이지만 그렇게 오나쓰 님이 오타즈 님의 생사여탈을 쥐고 있는 모습을 재미있어하는 것처럼 보이기도 했습니다.

석 달 전에 그런 참사가 일어나고 뒤처리를 할 때, 드디어 감옥방에 들어간 마을 관리가 곧 새파란 얼굴을 하고 나와서는 한마디도 하지 않고 높은 열을 내며 사흘이나 앓고 말았다는 이야기를, 이소베 님은 아십니까?

오타즈 님은 침상 위에 앉은 자세 그대로 뼈가 되어 있었다고 합니다. 검시를 하는 관리의 이야기로는 돌아가신 지 일 년은 너끈히 지났다고 했습니다. 아마 굶주림과 갈증 때문에 숨이 끊어졌을 거라고—오타즈 님의 양손에는 수갑이 채워져 있고 감옥방 안은 마치 짐승의 소굴처럼 지저분하고 더러웠으며, 냄새가 너무 심해서 숨도 쉴 수 없을 정도였다고 합니다. 그렇게 꼼꼼하고 깔끔한 것을 좋아하시던 오타즈 님이 얼마나 원통하셨을지 생각하면 저는 지금도 눈앞이 깜깜해집니다.

이소베 님…… 한 번만 더 여쭙겠습니다. 아무리 제멋대로 자랐다고는 해도, 젊은 아내가 시키는 대로 자신을 낳아 준 어머니를 거리낌도 없이 그렇게 심하게 대하는 인간이, 대체 이 세상에는 있는 것일까요.

이소베 님은 오치요 님이 예의범절을 배우러 다니시게 된 경위에 대해서는 아시는지요? 오치요 님은 무슨 말씀이라도—그렇습니까. 예, 오치요 님은 정말로 마음씨가 상냥한 아가씨였군요.

이치베에 님과 오나쓰 님의 부부 사이는 나름대로 화목한—뭐, 화목하게 보이지 않는 것은 아니라는 정도였습니다. 하지만 그것은 두 분이 뭔가 통하는 데가 있어서가 아니라 큰나리와 오타즈 님에게 맞서려면 둘이 힘을 합치는 편이 여러모로 편리했기 때문이 아닐까 하고, 저는 생각합니다.

이치베에 님이 여자관계로 말썽이 끊이지 않는다는 것, 여색을 심하게 탐한다는 것은 도매상 동료들 사이에서도 잘 알려진 일이었습니다. 특히 큰나리가 돌아가시고 나서는 정신이 똑바로 박힌 직업소개꾼이라면 롯켄보리초의 오카다야에 젊은 하녀를 소개해서는 안 된다는 말이 있었을 만큼, 참으로 한심한 모습이었습니다.

그런 한편으로 오나쓰 님도 처녀 시절부터 남자와 놀아나는 일을 멈추지 않았고, 뿐만 아니라 한층 더 돈을 들여 화려하게 계속하셨습니다. 결국 오카다야의 재산은 이치베에 님과 오나쓰 님이 내부에서 야금야금 파먹은 것이나 마찬가지입니다.

이번 일로 세상에도 알려지고 말았지만 장남이신 히사이치로 님은 오나쓰 님이 낳으신 자식이 아닙니다. 차남이신 세이지로 님은 이치베에 님의 씨가 아닙니다. 막내이신 하루지로 님은 두 분 부부의 아이이지만 태어나면서부터 병약해서, 돌아가셨을 때는 가엾게도 아직 열다섯 살이었는데, 그런 일이 일어나지 않았다 해도 앞으로 일 년이나 사실 수 있었을지⋯⋯. 지난 이삼 년은 거의 집에서 밖으로 나가지 않고 방에 틀어박혀 하루종일 콧노래를 부르시거나 종이에 뜻을 알 수 없는 그림을 그리곤 하셨습니다.

이소베 님이 알고 계시는 오치요 님은 실은 버려진 아이였습니다. 지금으로부터 십구 년 전, 롯켄보리초의 다리 밑에 버려져 있는 갓난아기를 지나가던 사람이 발견했지요. 그대로 놔두면 관리인에게 맡겨져 자라게 될 판이었는데, 안됐다고 생각하셨는지 오타즈 님이 지로베에 님께 부탁해서 양녀로 들인 아가씨입니다. 그러니—조금 노골적으로 말하자면 이치베에 님과 오나쓰 님의 독기를 쐬지 않았다고 할까, 곧은 성격의 아가씨였습니다.

지금이니까 드릴 수 있는 말씀입니다만, 칠 년 전이라면 오치요 님은 아직 열두 살. 그런 순진한 아이를 '예의범절 교육'이라는 명목으로 이소베 님 댁에 맡기게 된 데에는 어두운 사정이 있었습니다. 그것은—이런 말을 하면 제 입도 더러워지는 기분이 듭니다만—이치베에 님이 여색을 탐하던 끝에, 오치요 님께 눈독을 들이셔서……. 예, 무서운 일이지만 사실입니다.

이것은 내버려둘 수 없었습니다. 그래서 저와, 고참 하녀—이 하녀가 오치요 님의 시중을 들고 있어서 위험을 알아차렸습니다만—둘이서 상의해서, 당시에는 아직 건강하셨던 큰나리와 오타즈 님께 말씀을 드렸습니다.

본래 같으면 고용살이 일꾼의 신분으로 주인에 대한 중상모략을 하다니, 용서받을 수 없는 일입니다. 게다가 이런 일이라면 더욱 그렇지요. 저도 해고당할 각오 정도는 하고 있었는데, 큰나리도 오타즈 님도 속마음은 어떠셨는지 몰라도 분노하는 기색도 없이 '말하기 힘들었을 텐데' 하시며 곧 저와 고참 하녀의 부탁을 들어주시고 손을 써 주셨습니다. 그래서 이소베 님, 큰나리가 평소부터 친분이 있던 이소베 님의 아버님과 상의한 후 핫초보리 북쪽에 있는 이소베가에서 오치요 님을 잠시 맡아 주시기로 이야기가 되었습니다.

저로서는 '아아, 이제 오치요 님을 무사히 도망시켜 드렸구나' 하는 기분이었습니다. 바라건대 그대로 오치요 님을 이소베 가에 있게 해 주시고, 거기에서 다른 집으로 시집을 보내 주시거나 아니면—이런 말씀은 이제 와서 드리기도 뭣하지만—예? 그렇습니까, 그렇군요. 이소베 님 댁에서도 오치요 님을 이소베 님과 맺어 주자는 이야기가 있었습니까. 아아…… 일이 그대로 되었다면 얼마나 좋았을까요.

하지만 저의 얄팍한 만족은 오래 가지 않았습니다. 아시다시피 큰나리가 돌아가시자마자 오치요 님은 오카다야로 도로 불려 오시고 말았습니다. 그래도 오타즈 님이 눈을 번득이고 있을 때는 겨우 무사히 지내고 계셨지만, 이윽고 오타즈 님은 감옥방에 갇히셨고 한편으로 오치요 님은 더욱더 아름다운 아가씨로 자라서서—.

결국, 석 달 전 그날 밤의 참극은 오치요 님이 오카다야로 도로 불려 오셨을 때부터 이미 시작되었는지도 모릅니다.

*

올해—막 정월이 된 눈 내리는 날의 일이었습니다. 오치요 님이 쥐약을 먹고 죽으려고 하셨습니다. 오치요 님이 약을 먹고 괴로워하시는 모습을 우연히 하루지로 님이 발견하는 바람에 가까스로 목숨을 건졌지요.

오치요 님이 자살을 하려고 한다, 이유는 물어볼 필요도 없었습니다. 저희들은 끝내 오치요 님을 지켜 내지 못했습니다. 그것은 얼마 전부터 시작된 일이었던 모양이고, 게다가 끔찍하게도 이번에는 상대가 이치베에 님 한 분이 아닌 것 같았습니다.

……싫은 이야기입니다. 이소베 님, 더 이상 듣고 싶지 않으시겠지요. 계속해도 되겠습니까?

그러십니까. 그렇다면 저도 마음을 단단히 먹고 이야기하지요.

오치요 님은 그렇게 아름다운 아가씨였고 히사이치로와 세이지로 두 사람은 모두 일그러진 부모를 닮은 성격의 소유자였는데, 그들이 한 지붕 아래에 머물러 있었으니 오치요 님께 더 이상의 재난은 없었습니다.

아무래도 그 일들이 일어나고 있다는 것을 오나쓰 님도 알고 계시는 것 같았습니다. 내버려두었으면 길바닥에서 죽었을 아이를 친절하게 거두어 주었으니 저런 계집은 아들들이 하고 싶을 대로 하도록 내버려두면 된다고, 웃으면서 하시는 말씀을 들은 사람이 있습니다.

가까스로 목숨을 건진 오치요 님은 울면서 제게 모든 것을 고백하셨습니다. 저는 아무것도 할 수 없었어요. 그저 함께 울기만 할 뿐이었습니다.

그때ー.

문득 저는 오타즈 님의 목소리를 들었습니다. 마쓰고로, 걱정하지 마라. 오치요의 원수는 내가 갚아 주마. 같은 여자의 몸으로 오치요의 괴로움을 더 이상 내버려둘 수는 없구나, 내게 맡겨라, 하고.

아까도 말씀드렸다시피 오타즈 님은 계속 감옥방에 갇혀 계셨습니다. 그 무렵에는 아직, 오타즈 님이 이미 돌아가셨을 줄은, 산 채로 뼈가 되어 있었을 줄은 전혀 몰랐습니다. 그래서 그때는 오타즈 님이 완전히 건강을 회복하셔서 몰래 감옥방을 빠져나오셨다고 생각했습니다. 어느새 누군가가 오타즈 님을 구해 드렸구나. 오타즈 님의 손으로, 오카다야는 이제야 원래의 제대로 된 가게로 돌아가는 것이다—그렇게 생각했습니다. 너무나 기뻐서 펄쩍펄쩍 뛰고 싶은 기분이었지요. 그래서 큰 소리로 집안사람들에게 말하고 다녔습니다. 나는 오타즈 님의 목소리를 들었다, 이제 곧 오타즈 님이 건강하게 돌아오시고 모든 일은 다 잘 굴러갈 거라고. 이치베에 님도 오나쓰 님도, 고용살이 일꾼들조차 그런 저를 미친 사람을 보는 눈으로 쳐다보았지만 저는 아랑곳하지 않았습니다. 오타즈 님의 말을 믿었기 때문이지요. 그리고 저의 그런 생각을 뒷받침하듯이 그날 이후로 오카다야에서는 밤낮을 가리지 않고 오타즈 님이 자주 모습을 나타내게 되었습니다.

저 말입니까—아니오, 저는 덕이 부족한 탓인지 가게 안에서 소동이 퍼져 가는 동안에도 오타즈 님의 모습을 직접 본 적은 없습니다. 지금 말씀드린 것처럼 딱 한 번, 오치요 님의 고백을 들었을 때 오타즈 님의 목소리를 들었을 뿐입니다.

이치베에 님과 오나쓰 님은 처음부터 꽤 위협을 받으신 것 같았습니다. 두 분이 보신 오타즈 님은 매우 무서운 얼굴을 하고 있었나 봅니다. 하기야 당연한 일이겠지요. 히사이치로 님과 세이지로 님은 오타즈 님이 머리맡에 서서 그들의 목을 힘껏 조른다고 호소하며, 밤에는 잠을 자지 않은 채 불을 밝히고 낮에도 빛 속에서 흠칫거리며 지내게 되었습니다.

이상한 것은 하루지로 님이 끊임없이 오타즈 님의 얼굴 그림을 그리게 되었던 것입니다. 대개 웃는 얼굴의 오타즈 님이었지만,

—할머님이 오셔서 눈처럼 하얗고 차가운 얼굴로 가만히 나를 쳐다봐. 이건 그 얼굴을 그린 그림이야.

그런 말씀을 하셨습니다.

그렇지, 오나쓰 님이 머리를 묶으려고 하는데 거울 속에 오타즈 님이 있다가 오나쓰 님의 머리를 잡으려고 손을 뻗었다—는 얘기도 있었습니다. 오나쓰 님은 온 집안이 뒤집힐 정도로 큰 소리를 지르셨고, 놀란 하녀가 경기를 일으키기도 했지요.

오치요 님은—점점 정신을 놓고, 오치요 님 이외의 사람 눈에는 보이지 않는 오타즈 님과 하루종일 친밀하게 이야기를 하게 되었습니다.

석 달 전 밤에 일어난 사건의 첫 번째 계기가 무엇이었는지 이제 와서는 확실히 알 수 없습니다. 하지만 이치베에 님도 오나쓰 님도, 히사이치로 님도 세이지로 님도, 모두 엄청나게 취해 있었던 것은 분명합니다.

부엌에 있던 물병의 물에 쥐약을 섞은 것이 대체 누구인지—그것도 저는 모릅니다. 하지만 아마 하루지로 님이 하신 짓이 아닐까 생각하고 있습니다. 그분의 완전히 망가진 마음속에 그리운 할머님이 나타나, 이 집을 깨끗하게 하기 위해서는 그렇게 해야 한다고 명

령하셨는지도 모릅니다. 적어도 하루지로 님 본인은 숨이 끊어지기 직전에, 구하러 달려온 사람에게 그런 말을 했다고 합니다.

본래 하루지로 님은 부모에게도 두 형에게도 괴롭힘을 당하고 소외당하며 지내던 분이었습니다. 오치요 님이 쥐약을 먹고 죽을 뻔한 것을 계기로 모자란 머리를 굴려, 미운 가족을 길동무 삼아 죽을 생각이었는지도 모릅니다. 오타즈 님의 명령을 받았다는 것은 하루지로 님 나름대로 갖다붙인 변명일지도 모르지요.

그렇다 해도 가게의 고용살이 일꾼들이 가족 분들과는 다른 물병에서 물을 마시고 있었던 것은 참으로 다행스러운 일이었습니다.

안채 쪽에서 독을 마신 것을 안 일가가 서로를 욕하며 자신만 살겠다고, 아니 그렇게는 못한다고 서로 발을 걸고 때리고 차다가 마지막에는 피투성이가 되어, 결국은 아무도 목숨을 구하지 못했다—그런 과정을 떠올리는 것도 슬픈 일입니다. 단 한 사람, 오치요 님만은 자신의 침실에서 편안한 얼굴로 돌아가셨다는 사실이 제게는 마음의 위안이었습니다.

오나쓰 님은 숨이 끊어지기 전에 몇 번이나 오타즈 님의 이름을 부르며 욕을 퍼부었다고 합니다. 저리 가, 다가오지 마, 하면서 양팔을 휘두르고 발길질을 하고, 서로 멱살을 잡고 싸움이라도 하는 모습이었다더군요. 고참 하녀는 그 미친 듯한 모습을 보고 머리카락이 새하얘지고 말았습니다. 오나쓰 님의 욕설이 너무나도 무시무시했기 때문에 하녀는 아주 잠깐 동안, 오타즈 님이 감옥방에서 나오셔서 바로 옆에 있는 장지 그늘에 서서 오나쓰 님이 죽어가는 모습을 지켜보고 있는 게 아닌가 하는 생각을 했다고 합니다. 하지만 자세히 주위를 둘러봐도 오타즈 님은 계시지 않았습니다. 있을 리 없지요. 하녀도 저도 몰랐지만, 오타즈 님은 적어도 일 년 전에 감옥방 안에서 혼자, 무참하게도 굶주림과 목마름으로 돌아가셨으니까요.

저희는 그걸 몰랐어요. 하지만 오나쓰 님은 알고 있었지요. 이치베에 님도 알고 있었을지도 몰라요. 히사이치로 님이나 세이지로 님도 어렴풋이 눈치 채고 있었는지도 모르고요. 그래서 그분들에게는 오타즈 님의 유령이 보인 게지요. 원령이 보인 거예요. 그랬던 것이 아닐까요.

*

이런…… 가랑비가 그친 모양이군요. 이제 돌아가십니까. 이런 슬픈 얘기를 다시 들으신다고 해서 뭐가 어떻게 되는 것도 아닐 테지만, 마음은 후련해지셨는지요.

―예? 목수? 목수가 왜요? 가와사키의? 오나쓰 님이 데려와서 감옥방을 만들게 하고 복도의 자물쇠를 만들게 한 목수 말씀이십니까?

이소베 님은 그 목수를 만나셨다고요?

뭐라고―말하던가요. 그 목수는, 혹시―.

저를―최고 대행수 마쓰고로를 만난 적이 있다고 하던가요. 딱한 번, 오타즈 님이 감옥방에 갇히신 지 얼마 되지 않아, 마쓰고로가 목수를 찾아가서 머리를 땅에 조아리며 열쇠를 만들어 달라고 부탁했다고요?

호오…… 그래서 목수는 마쓰고로의 부탁을 들어주었다고 하던가요?

마쓰고로는 그런 열쇠를 손에 넣어서 대체 어떻게 할 생각이었을까요. 이소베 님, 어떻게 생각하십니까.

그건 그렇고 이상한 사람이군요, 마쓰고로도. 열쇠를 손에 넣었다면 얼른 오타즈 님을 구해 드리면 되었을 텐데. 그것이 현명한 자가 해야 할 일입니다.

마쓰고로가 간신히 열쇠를 손에 넣어 감옥방에 숨어들어 갔을 때는, 오타즈 님은 오나쓰에게 실컷 괴롭힘을 당해 이미 약해질 대로 약해져서…… 죽어가고 있었던 것은 아니겠느냐고요…….

하아, 이소베 님은 그렇게 생각하십니까.

마쓰고로는 오타즈 님을 도망치게 해 드릴 수 없다.

오타즈 님을 이대로 내버려둔다면 조만간에 괴롭힘을 당하다가 죽고 말 것이다.

그래서 마쓰고로는 생각했다―오타즈 님을 구하려면 방법은 하나밖에 없다고.

이 손으로, 지금 여기서 오타즈 님을 편하게 해 드리는 것이라고.

이소베 님은 그렇게 생각하시는군요.

그것은―이렇게 생각할 수도 있지 않을까요. 감옥방에 숨어들어 간 마쓰고로는 비참하게 죽어가고 있던 오타즈 님께, 빨리 편하게 해 달라는 부탁을 받았다고.

그리고 부탁받은 대로 한 것이라고.

마쓰고로는 오타즈 님의 뼈가 감옥방에 있다는 사실을 알고 있었
다. 오타즈 님은 기뻐하며 돌아가셨다.

그래서—마쓰고로에게만은, 오타즈 님의 망령이 찾아오지 않
았다.

그래도 마쓰고로에게 죄를 묻게 될까요, 이소베 님.

생각해 보면 망령은 쥐약 따위는 쓰지 않지요. 물병에 독을 넣는
것은 인간이 하는 짓입니다.

정말로 가시겠습니까. 저는 여기서 배웅하도록 하겠습니다. 무례
를 저질러 죄송합니다. 몸이 조금 약해졌어요. 저도 이제 그리 오래
살지는 못하겠지요.

매일 밤 잠이 들면 말입니다, 이소베 님. 저는 꿈을 꿉니다. 오타
즈 님과 함께 감옥방에 갇혀 있는 꿈을. 그곳에서는 오타즈 님도 저
도 그림자처럼 은밀하고 얇답니다. 그래서 튼튼한 감옥의 창살을
빠져나가 어디로든 갈 수 있습니다.

그것이 망령의 정체입니다.

발밑을 조심해 가십시오. 모쪼록 이제는 돌아오지 마시기를. 돌
아보지도 마시기를.

이것이 마쓰고로의 마지막 소원입니다.

03

이 불 방

후카가와 에이타이지永代寺 문전에 있는 히가시초의 술집 가네코야는 대대로 주인이 단명하는 것으로 유명하다.

초대 주인이 이 자리에 가게를 연 것은 호에이宝永 6년의 일인데, 그 후로 백 년 하고도 오 년이 지나는 사이에 주인은 7대째를 헤아리기에 이르렀다. 보통 같으면 고작해야 대가 네다섯 번 바뀌는 정도로 끝났을 것이다.

과거 여섯 명의 주인들의 죽음에 특별히 불길한 구석이 있는 것은 아니다. 딱 한 명 예외는 있지만 다른 다섯 명은 편안한 모습으로 죽음을 맞았고, 나이만 많았다면 주위에서도 호상이라고 인정할 법한 온화한 죽음뿐이다. 어쨌거나 밤에 침상에 든 채 눈을 뜨지 않아, 아침에 집안사람들이 깨우러 갔다가 비로소 죽었다는 것을 알게 되었으니.

이치를 따져 보자면 가네코야의 남자들은 운 나쁘게 조상 대대로 심장이 튼튼하지 못한지도 모른다. 실제로 가게의 후계자가 되지 않는 차남이나 삼남은 아직 어린 나이에 죽고 만다. 장남만이 가까스로 자라 어른이 된다. 열예닐곱 살이 되면 아버지가 일찍 죽고 허둥지둥 장남이 뒤를 물려받아 일찌감치 아내를 맞이하고 아이를 낳는다. 그 아이가 어떻게든 열예닐곱 살이 될 때까지 자라면 이번에는 자신이 덜컥 죽는다—그 반복이었다.

한편 딸은 몇이든 튼튼하게 자란다. 며느리도 대대로 튼튼한 사람이 들어와, 자식복도 많고 산통도 심하게 겪지 않는다.

입이 거친 세상 사람들은, 가네코야에서는 여자들이 지나치게 강하기 때문에 남자들이 기를 빨려 일찍 죽는다고 떠들어 댄다. 과연 알기 쉬운 이야기다. 사실, 이제 막 후계자 자리에 앉은 젊은 주인에게 할머니뿐만 아니라 증조할머니까지 건강하게 살아 날카롭게 눈을 빛내고 있을 정도이니, 꼭 허풍이라고 웃어넘길 수만은 없을지도 모른다. 그러나 가네코야에는 남자를 잡아먹는다는 병오년丙午年이 해에는 화재가 많고, 이 해에 태어난 여자는 남편을 죽인다는 속설이 있다 출생의 여자뿐이다, 그 집에는 병오년에 출생한 며느리밖에 들어가지 않고 병오년에만 딸이 태어난다는 소문은 헛소문으로, 실은 병오년에 출생한 여자는 한 명도 없다.

다른 소문도 있다. 과거 여섯 명의 주인들 중 한 명만이 죽은 모습에 예외가 있다고 했다. 그것은 4대째 주인 기에몬인데, 그는 서른세 살 때 새해가 밝자마자 마진痲疹으로 죽었다. 어른이 된 후에 걸리는 마진은 무서운 병으로, 목숨을 잃게 되는 일도 드물지는 않다.

그러나 당시 기에몬의 죽음은 신벌神罰이라는 소문이 돌았다. 어느 신의 벌인고 하니, 5대 쇼군 쓰나요시 공&의 벌이라고 한다. 쓰나요시 공은 호에이 6년 정월에 마진으로 죽었다. 호에이 6년이라면 가네코야가 생긴 해이기도 하다. 다시 말해서 자신이 죽은 해에 술 가게를 시작한 가네코야에 대해서, 신이 되신 쓰나요시 공의 영혼이 분노하여 벌을 내렸다는 말이다.

어쨌거나 억지도 심한데다 지어낸 이야기이기 때문에 얼마 퍼지지는 않았다. 5대 쇼군 쓰나요시 공은 천하를 다스리는 자로서의 위세를 휘두르며 서민들을 마구 괴롭히던, 이쪽이야말로 벌을 주고 싶어질 법한 쇼군이었다. 게다가 만일 정말로 쓰나요시 공의 영혼이 잔소리 많은 신이 되어 발칙한 가네코야에 벌을 준 것이라 해도, 굳이 4대째까지 기다릴 필요는 없다. 1대, 2대, 3대는 어린 시절에 무사히 마진을 앓았기 때문에 4대까지 기다려야 했다는 해석을 늘어놓는 사람도 있었지만, 이치에 닿지 않는 소리도 그 정도까지 가면 우스운 법이라 듣는 사람들은 모두 배를 잡고 웃곤 했다.

그것은 그렇다 치고, 일찍 죽는다는 평판이 정착되고 주인이 죽을 때마다 시답지도 않은 소문이 난다면 상가商家로서는 괴로운 일이다. 파는 물건이 술인 만큼 죽음에 얽힌 이야기는 종교와 연관되게 마련이다. 그래서 대대로 가네코야의 주인들은 다른 가게보다 몸을 낮추고 다른 곳에서는 받지 않는 무리한 주문도 받아 상인으로서 열심히 일하고 성의를 보임으로써 단골손님의 신용을 이어왔다.

그렇게 되면 자연히 고용살이 일꾼에 대해서는 엄해진다. 그래서 가네코야에는 주인이 단명한다는 평판만큼 눈에 띄지는 않지만 또

한 가지, 고용살이 일꾼에 대한 교육이 엄하다는 평판도 있었다. 엄하지만 그만큼 급료를 많이 주는 것도 아니다. 그저 단순히 엄할 뿐이다.

그래도 가네코야에서는 고용살이 일꾼이 도망쳐 나가거나 불상사를 일으킨 적은, 7대까지의 역사 속에서 한 번도 없었다. 또 가네코야의 고용살이 일꾼들은 매우 부지런히 일하고 불만도 말하지 않으며 말썽도 일으키지 않는다. 이것은 문전 마을_{사원의 문전에서 발달한 마을} 근처의 상인들이 이상하게 여기는 점이었다.

고용살이 일꾼의 교육은 가게 주인에게는 가장 머리가 아픈 일이고, 어떻게 해도 완벽하게는 할 수 없다는 게 상식이다. 열 명의 고용살이 일꾼을 들여 십 년을 키웠을 때 가게에 도움이 되는 인재로 자라는 자가 한두 명만 있어도 아주 잘한 것—이라고 할 정도로 어렵다. 그만두고 나가는 사람, 고용살이의 괴로움 때문에 도망치는 사람도 많다. 병에 걸리거나 다쳐서 일할 수 없게 되는 경우도 적지 않다.

심할 때는 돈을 훔쳐 가지고 도망치거나 불한당이 되어 은혜를 입었던 가게를 습격하고 재산을 훔치려는 자들까지 나타난다. 고용살이 일꾼이 주인에게 상처를 입히거나 주인의 집에 불을 지르려고 하는 경우에는 어떤 이유나 사정이 있다 해도 목을 쳐서 효시하도록 법으로 정해져 있는 것은, 뒤집어 보면 그런 예가 무시할 수 없을 만큼 많이 있었기 때문이다.

고용살이 일꾼은 어른만 있는 것이 아니다. 사환이나 아기를 돌보는 여자 아이는 아직 어릴 때부터 가게에서 일을 한다. 가게는 그들에게 부모를 대신해 교육을 시켜야 했는데, 이것도 어려운 일이다. 일을 게을리 하고 놀거나 몰래 음식을 훔쳐먹거나 조는 아이들을 야단치고, 설교를 하고, 때로는 강한 체벌을 주어서라도 어엿한 고용살이 일꾼으로 키워 내는 데에는 상당한 시간과 노력이 필요하다. 그래도 잘되는 경우가 더 적다.

그 어려운 일을 가네코야의 주인은 대대로 몹시 쉽게 해내 왔다. 가네코야에서 고용살이를 시작하면 그때까지 감당할 수 없을 만큼 난폭했던 젊은이도, 눈물 많고 패기 없는 어린아이도, 겨우 열흘 만에 다른 사람처럼 야무진 가게 일꾼이 되고 만다. 병이나 상처에도 엄청나게 강해진다.

이러니 이웃 상인들이 이상하게 여기고 부러워하는 것도 무리는 아니었다. 어떤 비결이 있냐고 물어도, 가네코야의 주인도 안주인도 대행수도, 글쎄요 하며 고개를 갸웃거리고는 미소를 지을 뿐이라 수수께끼가 더욱 깊어진다. 과연 어떤 비결이 있는 것일까—.

그러나 그런 가네코야에 젊은 하녀 하나가 갑자기 엄청나게 코피를 쏟으며 급사하는 사건이 일어났다. 분카 11년 시월 중순, 가네코야의 7대째 주인인 시치베에가 서른다섯 살 때의 일이다.

급사한 하녀의 이름은 오사토라고 한다.

사루에 목재 저장고 동쪽의 오시마무라에 사는 소작인의 장녀로, 열한 살 때 가네코야에서 아기 보는 일을 하면서 고용살이를 시작했고 죽었을 때는 안채에서 일하는 하녀였다. 나이는 열여섯. 도합 오 년 동안 가네코야에서 교육을 받은 셈이다. 마음씨가 착하고 부지런했는데, 몸은 말라깽이였지만 나이에 비해서는 차분한 표정을 하고 있었고 행동거지도 어른스러워서 언뜻 보기에는 스물이 넘은 어른 같은 인상을 주는 여자였다.

가네코야는 큰 가게는 아니다. 고작해야 중간에도 못 미치는 규모를 가진 가게다. 단골 중에는 음식점이나 무가 저택도 있지만 물론 가게에서도 열심히 술을 판다. 후카가와 전체의 어느 가게보다도 늦게까지 바깥문을 닫지 않는 것을 신조로 하고 있기 때문에, 고용살이 일꾼들은 목욕탕이 문을 닫는 시간에 대지 못하는 경우도 종종 있었다. 자주 가는 목욕탕 쪽에서도 사정을 잘 알고 있어서 가네코야의 고용살이 일꾼들이 서둘러 뛰어들어 올 때까지는 문을 닫지 않고 기다려 주었다.

문제의 그날 밤, 오사토도 그렇게 마지막 목욕 시간에 허겁지겁 뛰어들어 왔다. 서둘러 목욕을 하고 입구에 앉아 있던 주인에게 인사를 한 후 밖으로 나갈 때까지는 평소와 다른 기색도 없이 멀쩡했다고 한다. 그러나 목욕탕을 나간 지 얼마 되지 않아 갑자기 코피를 흘리며 손으로 얼굴을 누른 채 마치 막대기가 쓰러지는 것처럼 길가에 쓰러지고 말았다.

가까운 곳에 있던 성문 문지기가 혼자였던 그녀를 발견하여 등에 업고 가네코야로 데리고 왔지만 도착했을 때는 이미 숨이 끊어져 있었다.

그런데 문지기의 이야기로는 가네코야까지 가는 길에 등에 업은 오사토는 조금도 괴로운 기색 없이, 작은 목소리로 계속 노래하는 가락을 붙여 이렇게 속삭이고 있었다고 한다.

—귀신아, 이쪽, 손뼉 치는 쪽으로.

—귀신아, 이쪽, 손뼉 치는 쪽으로.

그 목소리가 귀에 남아, 성문 문지기 남자는 그 후 사흘 정도 앓아눕고 말았다.

가네코야에서도 결코 아무것도 하지 않은 것은 아니었다. 포졸도 움직였고 마을 관리도 나섰지만 그래도 결국 오사토가 죽은 원인은 끝내 알 수 없었다. 저녁 식사는 다른 사람들과 똑같은 것을 먹었으니 식중독도 아니고, 독을 먹은 것 같지도 않다. 몸에 상처는 없었고 차가워진 피부에 이상한 반점이 생기지도 않았다. 죽은 얼굴은 편안해서, 코피의 흔적을 깨끗하게 닦아내니 잠들어 있는 듯한 표정마저 띠고 있었다.

가네코야의 고용살이 일꾼들은 그녀의 급사에 깜짝 놀랐을 뿐, 병이라든가 부상 등 짐작 가는 데는 전혀 없다고 고개를 저을 수밖에 없었다. 안채에서 일하는 고용살이 일꾼들을 통솔하는 자는 하녀 우두머리인 오미쓰라는 여자로, 나이도 마흔셋이 되었고 몸도 튼튼한가 하면 성격도 강해 어지간한 일로는 동요할 만한 인물이 아니었다. 하지만 그런 오미쓰조차 주인 부부의 물음에 오사토의 상태가 이상했던 적은 없다며 그저 송구해할 따름이었다.

오사토는 목욕을 하러 가기 직전까지 건강했다, 늦은 저녁밥도 평소처럼 잘 먹었다, 몸이 안 좋아 보이지는 않았다—오미쓰는 그렇게 되풀이하며 '제가 구석구석 잘 살피지 못한 탓입니다' 하고 주인 부부에게 울며 사과했다. 오미쓰는 하녀의 귀감 같은 여자로 주인 부부는 특히 그녀에게 의지하고 있었고, 오미쓰 같은 훌륭한 하녀 우두머리가 있는 것을 다른 가게에서 부러워하기도 했기 때문에 그녀를 탓할 생각은 하지도 못하고 오히려 위로하기에 바빴다.

가네코야에서는 결국 약간의 위문품과 함께 오사토의 시체를 일찌감치 부모에게 돌려보내기로 했다. 마을 관리에게는 병사病死라고 신고하고 깨끗이 마무리지었다. 문전 마을 근처의 상가에서는 생각지도 못한 가네코야 고용살이 일꾼의 괴이한 죽음에 이런저런 소문을 퍼뜨리며 수군거렸으나, 마을 관리가 납득한 이상 옆에서 어떻게 할 수도 없었다. 고작해야 한층 더 강한 호기심이 어린 눈으로 가네코야의 하루를 바라볼 수밖에 없었다. 그러나 매일같이 그러고만 있을 수 있을 정도로 유복한 가게는 적어서, 수군거리던 목소리도 자연히 줄어들어 갔다.

오사토의 급료를 가불받아 쓰고 있던 부모는 고용살이를 하던 곳에서 그녀가 급사했다고 해서 가네코야에 강하게 말할 수 있는 처지도 못 되었다. 뿐만 아니라 오사토가 빠진 몫을 메우기 위해 막내딸을 고용살이로 보낼 테니 써 주지 않겠느냐는 말을 꺼내 왔다. 둘 사이의 직업소개꾼도 오사토가 부지런한 일꾼이었다는 사실은 잘 알고 있었고, 찢어지게 가난한 부모의 사정도 알고 있었기 때문에 가네코야의 주인 부부를 열심히 설득했다.

이렇게 해서 오사토가 죽은 지 보름 후에 그녀의 막냇누이인 오유가 가네코야에서 고용살이를 시작하게 되었다. 오유의 나이 역시 열한 살이었다. 부모는 그녀가 죽은 언니와 같은 나이가 될 때까지의 급료를 미리 가불받고, 그녀에게는 작은 보따리를 하나 들려 집에서 내보냈다.

가네코야에 들어간 오유는 그때까지 언니가 쓰던 물건을 그대로 받아 쓰게 되었다. 요도 이불도, 밥상도 밥그릇도 젓가락도, 앞치마까지도 오사토가 쓰던 것을 물려받았다. 그리고 생전의 오사토가 쓰던 하녀방 한쪽에서 잠을 잤다.

이 방은 세 사람이 쓰는 방으로, 나머지 두 사람은 생전의 오사토에 대해서 잘 알고 있음이 분명했다. 나이도 오사토와 비슷하다. 하지만 그녀들은 오사토와의 추억 이야기는 한 번도 하지 않았다. 오유가 오사토의 동생이라는 사실을 알고 있을 텐데도 애도의 말 한마디 하지 않았다. 마치 오사토에 대해서는 깨끗이 잊어버린 듯했다.

괴롭히지도 않지만 신경을 써 주지도 않는다. 자세히 보니 두 하녀들도 그렇게 친하게 지내지는 않은 것 같다. 무언가 건조한 바람이 불고 있었다.

지금의 가네코야에는 돌봐줄 사람이 필요한 나이의 어린아이가 없기 때문에, 오유에게 주어진 일도 처음부터 나이 든 하녀들이 하는 일과 다르지 않았다. 물긷기, 청소, 이불 말리기, 빨래, 심부름—오유는 열심히 일했지만, 그래도 열한 살 소녀로서는 감당할 수 없는 일이 넘쳐났다.

오유는 자신이 죽은 언니에게는 한참 미치지 못하는 쓸모없는 존재라는 사실을, 아직 작은 머리로도 똑똑히 알고 있었다. 그래서 어떻게 하면 빨리 일을 익힐 수 있을지 나름대로 궁리도 했다. 그 정도의 지혜를 갖고 있었다. 그 지혜를 준 것은 다름 아닌 오사토였다.

가난하고 아이가 많은 오유의 집에는 여섯 명의 아이들이 있었지만, 여자 아이는 오사토와 오유뿐이었다. 부모는 생활에 쫓기고 있었기 때문에 오유는 거의 오사토의 손에 자랐다. 따라서 그녀가 고용살이를 가 버렸을 때에는 뒤를 쫓아가며 한참 울었고, 그녀가 휴가를 받아 집에 돌아오면 너무나 기뻐서 밤에도 자기가 아까울 정도였다.

그럴 때면 한 이불에 같이 들어가 둘이서 밤새 이야기를 했다. 오유는 언니가 없는 동안에 집에서 일어난 일들을 이야기하고, 오사토는 동생에게 고용살이 하는 곳에서 있었던 재미있는 일이나 즐거운 일을 골라 이야기해 주었다.

그랬다. 대개의 경우, 오사토의 이야기는 즐거운 것뿐이었다. 하지만 가끔, 약간 진지한 얼굴을 하고 이런 말도 했다.

—너도 나만 한 나이가 되면 아마 어디론가 고용살이를 하러 가게 될 게 뻔해. 그때는 몸을 아끼지 말고 열심히 일해야 한다. 결국은 부지런히 일한 쪽이 이기게 돼 있거든.

그런 언니의 말을 오유는 어린 마음에 단단히 새기고 있었다.

가끔 쓸쓸해져서 눈물이 날 때도 있다. 집이 그리워질 때도 있다. 그럴 때는 이불을 머리에서부터 뒤집어쓰고 조용히 몸을 웅크린다. 그러면 아직 이불에 남아 있는 생전의 오사토의 온기가 오유를 감싸 주는 느낌이 든다. 집에서 둘이 한 이불에서 자던 시절의 일이 생각나고 언니의 목소리까지 들려오는 기분이 든다. 언니는 늘 내 옆에 있고, 나를 지켜 주고 있다라는 생각이 든다. 이윽고 눈물이 마르면 '언니, 잘 자' 하고 중얼거리고 오유는 잠이 든다.

*

한 달이 지나자 오유는 대충 일을 익혔다.

어느 날 아침, 우물가에서 빨래를 하고 있는데 하녀 우두머리 오미쓰가 휘적휘적 다가왔다. 오유는 무슨 야단을 맞는 줄 알고 목을 움츠렸다. 이 덩치 큰 하녀 우두머리는, 평소에는 거의 오유와 말을 하지 않는다. 가네코야에서는 하녀들 사이에도 확실한 서열이 있어서 오미쓰가 직접 말을 걸고 지시를 내리는 것은 그녀 바로 밑에 있는 고참 하녀들뿐이다. 고참 하녀가 오유와 같은 방을 쓰는 젊은 하녀에게 일을 분배한다. 그리고 젊은 하녀들이 말단인 오유를 턱짓으로 부려 먹는다.

다만 꾸중을 들을 때만은 다르다. 두 단계를 건너뛰어 갑자기 오미쓰가 몸을 내민다.

이날 아침에는 달랐다. 손을 멈추고 일어서서 얌전히 잔소리를 들으려고 머리를 숙인 오유에게 오미쓰는 의외의 말을 했다. 일을 잘한다고 마님이 칭찬을 했다는 것이다.

주인 부부에게는 고용살이를 시작했을 때 딱 한 번 인사를 드렸을 뿐이고, 평소에는 오유가 얼굴을 뵐 일도 없다. 그 안주인이 오미쓰에게, 이번에 온 오사토의 동생은 꽤 일을 잘한다고 말씀하셨다고 한다.

오유는 기뻐서 가슴 깊은 곳이 따뜻해졌다. 자신뿐만 아니라 곁에서 지켜 주는 언니의 영혼도 함께 칭찬을 받았다고 생각했다. 머리를 깊이 숙이며 "고맙습니다" 하고 작은 목소리로 말했다.

오미쓰가 옆에 버티고 서서 움직이지 않아, 오유는 얼굴을 들고 머뭇머뭇 그녀를 올려다보았다. 오미쓰는 두 눈을 실처럼 가늘게 뜨고 물끄러미 오유를 응시하고 있었다.

오미쓰는 몸집이 클 뿐만 아니라 이목구비도 큼직큼직하다. 아름답지는 않지만 사람의 시선을 확 끌어당기는 얼굴을 하고 있다. 하녀들을 야단칠 때는 큰 눈알을 뒤룩거리며 입을 크게 벌리고 고함친다.

그런데 지금은 마치 다른 사람 같다. 가면을 쓴 것처럼 보이기도 한다.

오유는 갑자기 무서워져서 뭔가 말을 할까, 아니면 다시 고개를 숙여 버릴까 하고 머뭇머뭇 생각했다. 그러자 오미쓰가 당황한 마음을 꿰뚫어 보고 끼어들듯이 단호하게 말했다.

"너, 내가 무섭지?"

오유는 혀가 목구멍 속으로 쑥 들어간 것처럼 아무 말도 할 수 없었다.

오미쓰는 다그치듯이 또 말했다.

"오늘 밤에 내가 부르거든 이불을 들고 따라오너라. 안채 이불방에서 자야 하니까."

그렇게만 말하고는 빙글 발길을 돌려 가 버렸다. 오미쓰의 넓은 등이 보이지 않게 되고 나서야 오유는 갑자기 땀이 배어나오는 것을 느꼈다.

—안채 이불방에서 자야 하니까.

묘한 명령이지만 오유는 그리 놀라지 않았다. 그 말이 의미하는 바에, 짐작 가는 데가 있었기 때문이다.

오유가 고용살이를 시작하고 나서 열흘 정도 지났을 때였을까. 같은 방의 하녀 두 사람이 오유만 따돌리고 수군거리기 시작했다.

—오미쓰 씨는 아직 이 애를 이불방으로 데려가지 않네.

—이상하지, 묘하게 늦잖아.

—나 때는 온 지 사흘 만에 데려가셨어.

—나는 그날 중에.

—어째서 오유는 데려가시지 않을까.

시간이 지남에 따라 두 하녀가 소곤거리는 횟수는 늘어 가고, 소곤거릴 때의 눈빛이나 일그러지는 입도 정도가 심해져 갔다.

짐작건대 '안채 이불방에 데려간다'는 것은 하녀에게는 무서운 벌인가 보다. 그래서 저 두 사람은, 자신들은 일찌감치 그것을 경험했는데 오유가 아직 경험하지 않아 수상하게 여기고 있는 것이리라.

그러나 그렇다면 그것은 그것대로 이상한 일이었다. 오유는 이미 오미쓰에게 실컷 야단을 맞았다. 동작이 조금 느릿느릿하거나 들은 말을 한 번에 이해하지 못하면 오미쓰는 사정없이 고함을 치고 때로는 손찌검을 한다. '이불방으로 데려간다'는 것이 새로 들어온 하녀에게 하녀 우두머리의 권위를 보여 주기 위한 징계라면, 두 하녀의 말대로 오유도 애초부터 끌려가지 않은 것이 이상했다.

오유는 이것저것 생각한 끝에, 밤에 셋이서 나란히 누웠을 때 같은 방의 하녀들에게 물어보았다. 두 사람은 베개 위에 머리를 올려놓은 채 흠칫하며 얼굴을 마주 보았다. 두 사람치고는 보기 드물게 생생한 표정이 떠올랐다.

이윽고 조심스럽게 왜 그런 것을 묻느냐고 되물었다. 오유는 두 사람의 이야기를 빠짐없이 들었는데 자신이 아직 이불방으로 끌려가지 않은 이유는 가네코야의 하녀로서 제대로 인정받지 못했기 때문이고, 따라서 조만간 해고되어 부모님에게 도로 쫓겨가는 것이 아닌가 생각한다, 그게 걱정되어 견딜 수 없다고 대답을 했다.

두 하녀는 조금 기분이 좋아졌던 모양이다. 새로 온 고용살이 일꾼을 이불방으로 데려간다는 것은 이 가게의 풍습이라고 가르쳐 주었다.

―꼭 하녀에게만 그런 것은 아니야. 남자 고용살이 일꾼한테도 그렇게 하지.

안채 이불방은 오유도 이미 알고 있었다. 정확하게 이 집의 북동쪽 모서리에 있는 두 평 반짜리 어둑어둑한 방이다. 창문도 벽장도 없고 지금은 전혀 사용되지 않는 빈방이지만, 옛날에는 한때 이불방으로 사용했던 적도 있다고 해서 그렇게 부른다.

―귀문鬼門에 있는 방이라 혼자 자기에는 으스스하지만 요괴가 나오는 건 아니야. 나는 내 방에서 잘 때보다 더 푹 잤을 정도였어.

한 하녀는 의기양양하게 그렇게 말했다.

―새로 들어온 고용살이 일꾼에게 담력 시험을 시키는 것뿐이지 않을까?

다른 한 사람도 고개를 끄덕였다.

―그날 밤에는 오미쓰 씨가 이불방 복도 장지 앞에 앉아서, 안에

서 자는 고용살이 일꾼이 도망치지 못하도록 지키고 있지.

이상한 풍습이지만 그것뿐이라고 두 사람은 말하고 함께 웃었다. 하지만 그 웃음은 잠시 후에 잘라 낸 것처럼 뚝 그쳤다. 놀란 오유가 두 사람 쪽을 보니 두 사람은 모두 두 눈을 부릅뜬 채 멍하니 천장을 올려다보고 있었다. 마치 조종하는 사람을 잃은 꼭두각시 인형 같았다.

오유는 더 이상 아무것도 묻지 않고 가르쳐 줘서 고맙다고만 말하고 이불을 뒤집어썼다.

그리고 그날 밤, 몹시 또렷한 꿈을 꾸었다. 어디인지 확실하게 알 수 없는 캄캄한 곳을 언니와 손을 잡고 걸어가는 꿈이었다. 오사토는 잡은 손을 부드럽게 흔들면서 되풀이해서 같은 말을 속삭였다.

—너한테는 언니가 함께 있으니 괜찮아.

무엇이 괜찮냐고 물으려고 해도 꿈속이라 목소리가 나오지 않았다. 앞도 뒤도 캄캄해서 아무것도 보이지 않았지만 기척만은 느껴졌다. 등 뒤의 어둠 속에서 뭔가 정체를 알 수 없는 것이 오사토와 오유 뒤를 쫓아 바싹 따라오고 있었다. 그것의 질질 끄는 듯한 발소리와 격렬한 숨소리가 어둠 속에서 들려오는 기분도 들었다.

이것은 꿈이라는 걸 알고 있으면서도 오유는 무서워서 몸이 떨렸고 언니의 손을 잡은 자신의 손에 축축하게 땀이 배어 있는 것을 느꼈다. 등 뒤의 존재는 몹시 천천히 걷는 것 같기도 하고 가끔 갑자기 걸음을 빠르게 해서 거리를 좁혀 오는 것 같기도 했다. 그것이 바로 옆까지 다가오면 어둠 속에서 무슨 냄새가 났다. 그것의 숨결

냄새일지도 몰랐다. 몹시 뜨거운 숨결로, 새액새액 목을 울리는 소리가 들릴 때가 있었다.

—냄새가 나는구나.

똑바로 앞을 본 채, 오사토답지 않은 차가운 어투였다.

—저것은 말이지, 굉장히 배를 곯고 있어.

오유는 순간 언니가 '저것'이라고 내뱉듯이 부르는 것의 정체를, 돌아보아 이 눈으로 확인하고 싶다고 생각했다. 하지만 돌아보려고 하기 직전에 '그것'의 으르렁거리는 소리가 들려와 그럴 마음이 사그라들었다.

등 뒤에 있는 것의 걸음이 느려졌는지 질질 끄는 발소리가 멀어져 간다. 오사토는 그래도 걸음을 늦추지 않고 성큼성큼 나아간다. 그때 문득 오유는 '저것'은 아마 배가 고플 뿐 아니라 몹시 고독하다는 사실을 깨달았다.

다음 날 아침에 잠에서 깨니 왠지 몹시 슬픈 기분이 들었다. 해가 높이 떠오르고 꿈에 관한 세세한 부분은 잊었어도, 생강이나 양하 잎을 씹었을 때처럼 슬픔의 끄트머리 냄새만은 꽤 오랫동안 입속에 남아 있었다.

한편으로는 전에 꾼 꿈을 떠올리고, 다른 한편으로는 '이불방에서 자는' 것은 어떤 것일지를 생각하고 있었기 때문에 그날의 오유는 그다지 빠릿빠릿하게 일을 하지 못했다. 반나절 동안 세 번이나 오미쓰에게 꾸중을 듣는 실수를 저지르고 말았다.

그래서 우물가에서 들은 말대로 그날 밤 이미 한밤중이 가까워지

고 나서 오미쓰가 데리러 왔을 때에는 오히려 조금 안도하는 마음
이 들었다. 이것저것 생각하며 고민하기보다 빨리 끝내 버리는 게
편하다. 오유는 오미쓰의 명령대로 얌전히 이불을 개고 위에 베개
를 올려놓은 후 양손에 들고 뒤를 따라 안채 이불방까지 따라갔다.

복도를 걷는 동안에 오미쓰는 한마디도 하지 않았다. 이불방 앞
에 도착해 장지에 손을 대더니 오유 쪽을 보지 않은 채 갑자기 의외
의 질문을 했다.

"오사토의 사십구재는 아마 지났지?"

그렇다, 어제가 사십구재였다. 사람은 죽은 후 사십구일까지는
영혼이 이 세상에 머물지만 그것이 지나면 저세상으로 간다고들 한
다. 그래서 언니의 사십구재가 언제 오는지 오유는 정확하게 세고
있었다. 그날이 지나면 언니의 기척이 사라질지도 모른다고 생각하
니 걱정이 되어 견딜 수 없었기 때문이다.

"예, 어제였으니까요."

오유가 대답을 하자 오미쓰는 고개를 끄덕이고 장지문을 가볍게
열었다.

"안으로 들어가거라." 재촉하는 말에 오유는 방에 발을 들여놓았
다. 곰팡이 냄새가 나는 젖은 공기가 오유를 감쌌다. 숨이 막히는
것 같았다.

"베개를 내려놓고 누워서 이불을 뒤집어써라. 요는 없으니 바닥
에 그냥 누워야 해."

오미쓰는 방 안에 발을 들여놓지 않고 입구 장지 앞에서 촛불을
비추며 시원스럽게 명령했다. 오유가 그 말대로 눕자 오미쓰는 거

기에 버티고 선 채 말했다.

"내일 아침에 내가 깨울 때까지 거기서 자도록 해라. 밖으로 나가려고 해선 안 돼. 내가 밤새도록 복도에서 감시하고 있을 테니 도망치려고 하면 금방 알 수 있다."

오미쓰는 도망치면 가게에 있을 수 없다고 못을 박고 장지를 닫았다. 기다리고 있었다는 듯이 축축하고 짙은 어둠이 오유 위로 떨어져 내렸다.

처음에는 도저히 잘 수 없을 거라고 생각하고 있었다. 눈을 감고 있어도 뜨고 있어도 똑같이 캄캄하고 쥐 죽은 듯 조용해서 아무 소리도 나지 않는다. 같은 방 하녀들의 코 고는 소리나 이 가는 소리에 완전히 익숙해져 버려서, 조용하니까 오히려 눈이 말똥말똥해진다. 오유는 몇 번이나 이불에 몸을 만 채로 몸을 뒤척였다. 그렇게 몸을 움직이다 보니 오늘 밤은 특히나 이불에 밴 오사토의 머리카락 냄새가 강하게 나는 기분이 들었다.

―언니가 함께 있으니 괜찮아.

꿈속에서 언니가 했던 말은 이것이었을까. 언니도 나와 같은 나이에 이곳에 고용살이를 하러 와서, 똑같이 담력 시험을 받아야 했다. 무척 무서웠을 것이다. 불안했을 것이다. 하지만 너에게는 내 영혼이 함께 있을 테니 무서워하지 않아도 된다고, 꿈속에서 위로하러 와 주었던 것이다.

그렇게 생각하니 안심하고 눈을 감을 수 있었다. 얼마 지나기도 전에 오유는 쌕쌕거리는 숨소리를 내며 잠들고 말았다.

그리고 또 꿈을 꾸었다.

·전에 꾼 꿈과 같은 꿈이었다. 오사토와 손을 잡고 앞뒤도 분간할 수 없는 어둠 속을 걷고 있었다. 언니의 손은 오유의 손을 꽉 쥐고 있었고, 지난번 꿈을 꾸었을 때보다도 기분 탓인지 걸음이 빠른 것 같았다.

등 뒤에서 무언가가 뒤를 쫓아온다. 그 기척도 전에 꿈을 꾸었을 때와 똑같이, 아니, 한층 더 강하게 느껴진다. 귀를 기울여 보니 철벅, 철벅 하고 그것의 발소리가 들렸다.

—돌아보면 안 돼.

옆에서 오사토가 그렇게 말했다. 언니의 입가는 웃음을 띠고 있었지만 두 눈은 무언가와 대결하는 것처럼 강한 빛을 뿜고 있었고, 조금 화가 난 것처럼 눈초리가 올라가 있었다.

철벅, 철벅. 발소리가 쫓아온다. 그것의 호흡인지 콧김인지 속이 울렁거릴 것 같은 냄새가 나는 숨결이 오유의 목덜미에 닿았다. 그 냄새에 오유는 삼 년쯤 전에 할아버지가 죽었을 때의 일을 떠올렸다. 할아버지는 뱃속에 물이 고이는 병으로 죽었다. 앓아눕고 나서도 변함없이 마음씨가 착해서 간병하는 사람에게 거의 수고를 끼치지 않는 환자였지만, 임종할 때 내쉬는 숨만은 현기증이 날 정도로 냄새가 났다. 나중에 아버지에게 물어보니 아무리 마음이 깨끗한 사람이라도 죽을 때는 내장이 썩기 때문에 숨에서 냄새가 나게 된다고 가르쳐 주었다.

그러면 뒤에서 쫓아오는 이것은 죽어가고 있는 사람일까. 그래서 발소리도 저렇게 무거운 것일까.

그때 갑자기 오사토가 노래를 부르기 시작했다.

"귀신아, 이쪽, 손뼉 치는 쪽으로."

큰 소리다. 활기찬 목소리다. 언니는 뒤에서 쫓아오는 것의 정체를 알고 있고, 그것으로부터 도망치기 위해, 따라잡히지 않으려고 스스로를 고무하기 위해 그렇게 노래를 부른다고 생각했다. 그래서 오유도 함께 노래를 불렀다.

"귀신아, 이쪽, 손뼉 치는 쪽으로."

"귀신아, 이쪽, 손뼉 치는 쪽으로."

오사토는 오유의 손을 끌고 성큼성큼 걸어가면서 가끔 격려하듯이 상냥하게 오유의 얼굴을 내려다본다. 오유도 그런 언니의 얼굴을 올려다보며 눈과 눈으로 미소를 짓고, 오로지 다리를 앞으로 옮기는 것만을 생각하고 있었다.

얼마나 걸었는지 모르겠다. 이윽고 캄캄한 어둠 앞쪽에서 희미하게 하얗게 빛나는 것이 보이기 시작했다.

—아아, 날이 밝았어.

오사토가 기쁜 듯이 소리를 질렀다.

—오유, 뛰어.

오사토가 손을 잡아당겨서 오유는 달리기 시작했다. 둘이서 계속해서 달려가자 하얀 빛이 점점 가까워진다. 그것이 퍼져서 머리 위까지 닿을 정도로 강한 빛이 되자 오사토가 환성을 질렀다.

—자아, 이제 무사히 도망쳤다!

오사토는 그렇게 소리를 지르고는 오유를 데리고 하얀 빛 한가운데로 뛰어들었다. 눈부신 빛이 오유 주위를 에워쌌다.

거기에서 잠이 깨었다. 오유는 몸을 벌떡 일으켰다. 방 안은 아직 캄캄했다. 그러나 오유 바로 뒤에서 무언가가 몸을 움직이는 기척이 났다.

오유는 재빨리 돌아보았다. 어둠 속에서 오유의 머리맡에 어둠보다도 어둡고 검은 것이 웅크리고 있었다. 오유는 그것이 몸에서 내뿜는 악의 같은 것을 눈으로 볼 뿐만 아니라 손으로 만지고 있는 것처럼 선명하게 느낄 수 있었다.

그것은 신음하듯이 말했다.

"사십구일은 지났는데" 하고 자못 분한 듯이 내뱉고는 갑자기 사라졌다. 그 뒤에는 어둠밖에 남지 않았다.

오유는 이불을 몸에 두르고 가만히 긴장한 채 앉아 있었다. 이윽고 장지 밖에서 오미쓰의 목소리가 났다. 일어났느냐고 부르는 소리에 오유는 예 하고 대답을 했다.

장지가 열렸다. 새벽빛이 복도에 비쳐들고 있었다. 오미쓰는 그곳에 정좌를 하고 날카롭게 오유를 노려보았다.

그 눈은 마치 밤새 한숨도 자지 않았는지 새빨갛게 충혈되어 있었다.

그날 오후에 오유는 또 오미쓰에게 불려갔다. 곳간 안을 정리해야 하니 도와달라는 것이다.

하녀들은 의아하게 여겼다. 곳간 정리는 오미쓰가 준비를 하고 고참 하녀들끼리만 하는 것이 관례다. 곳간에는 중요한 것이나 돈이 될 만한 물건이 많이 들어 있기 때문에 당연한 일이다.

그러나 아무도 오미쓰에 거역할 수는 없다. 오유는 두근거리는 가슴을 안고 오미쓰를 따라 곳간으로 들어갔다. 두 사람이 들어가자 곧 오미쓰는 곳간 문을 닫아 버렸다. 벽의 높은 곳에 나 있는 창문으로 비스듬하게 비쳐드는 금색 햇빛 속에서 가느다란 먼지가 춤추고 있었다. 곳간 안에서 움직이는 것이라곤 그것뿐이었다.

"거기 앉아라."

오미쓰는 바닥을 가리키고는 자신도 먼저 앉았다. 그 동작은 전에 없이 느릿하고 나른해 보였다. 오유는 오늘 아침에 본 오미쓰의 새빨간 눈을 떠올리고, 역시 오미쓰 씨는 어젯밤에 전혀 자지 않았다고 생각했다.

"너를 부른 것은 정리를 하기 위해서가 아니다. 하고 싶은 얘기가 있었기 때문이야."

오미쓰는 느릿한 말투로 그렇게 말을 꺼냈다. 이렇게 가까이서 보니 뺨 아래쪽이나 눈 주위 등, 오미쓰의 피부는 거칠고 거스러미가 있었으며 안색도 좋지 않았다. 다만 눈만이 차분하게 가라앉아 오유를 응시하고 있다.

오유는 바닥에 단정하게 정좌를 했다. 그래도 언제든지 도망칠 수 있도록 발가락을 꼼지락거리고 있었다.

"무서워할 것은 없다." 오미쓰는 엷게 미소를 지었다. 오유는 가네코야에 와서 처음으로, 이 하녀 우두머리가 미소를 짓는 것을 보았다.

"어젯밤에는 잘도 나를 이겼더구나." 오미쓰가 말했다. 그리고 오른손을 들더니 피곤한 듯이 목덜미를 문질렀다.

"널 쫓고 있었던 건 나다. 네 몸에서 영혼을 빼내려고 했는데 오사토의 영혼이 방해를 해서 결국 그러지 못했지. 사십구일이 지났으니 오사토의 영혼도 이제 네 곁에 없을 거라고 생각하고 있었는데, 아직 가까운 곳에 머물면서 널 지키고 있었구나."

─사십구일은 지났는데.

오유는 이불방의 어둠 속에서 그 악의를 가진 존재가 내뱉던 말을 떠올리고 목덜미의 털이 오싹하니 곤두섰다.

그러면 그것은 오미쓰였다는 말일까.

"그렇고 말고, 그것은 나다." 오미쓰는 고개를 끄덕였다. "아니, 나이면서 내가 아니라고 하는 게 좋겠구나. 애야, 잘 들어라. 나는 네가 도와주었으면 하는 마음으로 이야기하는 거니까."

가네코야는 저주를 받고 있다며, 오미쓰는 이야기하기 시작했다.

"이 가게는 지금의 나리까지 합하면 7대째가 된다. 훌륭한 가게야. 하지만 먼 옛날, 초대 나리께서 이 가게를 만들기 위해 한 남자를 죽이고 시체를 감추었다. 아마 돈 때문이었겠지. 나도 자세히는 모른다."

살해된 자의 혼백은 원한을 품고 이 세상에 남아, 그의 피 위에 쌓아올려진 가네코야에 들러붙었다. 가네코야의 주인이 대대로 일찍 죽는 것도 그것 때문이라고 한다.

"하지만 이 집에 씌어 저주를 하고 있는 존재는, 나리의 목숨을 줄이는 것만으로는 만족하지 않게 되었다. 그것이 이 세상에 형태를 갖고 머물기 위해서는 살아 있는 사람의 혼을 먹어야 해. 마치 우리가 밥을 먹지 않으면 살 수 없는 것과 마찬가지로. 그래서 그것을 위해 우선 고용살이 일꾼 중 한 명의 몸으로 옮겨가 집안으로 들어간 후, 다른 고용살이 일꾼의 영혼을 빼내게 되었다."

대대로 한 명씩 몸을 빼앗기는 고용살이 일꾼이 있었다고 한다. 그것은 대행수일 때도 있고 하녀 우두머리일 때도 있다. 몸을 빼앗긴 자가 손을 써서 이불방으로 고용살이 일꾼들을 데리고 가 영혼을 빼앗는다는 관례를 만들어 냈다.

"그게 지금은 나다. 내 몸은 이 가게와 이 집에 원수를 갚으려고 씌어 있는 마물에게 빼앗긴 거야."

오미쓰는 열두 살 때 이곳에서 고용살이를 시작했다. 나쁜 것에 씌인 것은 스무 살 때로, 그때 그녀는 가네코야의 역사 속에서도 제일 젊은 하녀 우두머리가 된 직후였다. 출세를 자랑스럽게 생각하고 동료 고용살이 일꾼들을 업신여기는 교만한 마음이 마물에게 파고들 틈을 주었다고, 오미쓰는 쓴 것을 씹는 듯한 말투로 말했다.

"영혼이 빠져나가면 사람은 불평을 하지 않게 된다." 오미쓰는 말했다. "게으른 마음도 없어지고 욕심도 없어지지. 놀고 싶다는 어린아이의 마음도 없어져. 집을 그리워하지도 않게 된다. 언뜻 보기에는 보통 사람처럼 보이고 보통 사람처럼 행동하지만 속은 텅 비어 있는 거야. 꼭두각시 인형 같지. 그렇기 때문에 가네코야의 고용살이 일꾼은 모두 다른 가게에서 눈을 휘둥그렇게 뜰 만큼 부지런한 일꾼이 될 수 있는 게다. 병에도 걸리지 않고 다치지도 않아. 어쨌거나 절반은 살아 있는 존재가 아니니까 말이다."

그리고 가게는 번성한다. 세상 사람들은 고용살이 일꾼에 대한 가네코야의 교육은 대단하다며 감탄한다.

하지만 대대로 가네코야의 주인들은 번영이나 평판을 진심으로 즐길 수는 없었다. 왜냐하면 그는 자신이 보통 사람의 절반 정도의 나이에 목숨을 빼앗겨 이 세상을 떠나야 한다는 사실을 알고 있기 때문이다. 선대, 선선대 모두 일찍 죽는 일이 계속되면 다음 주인도 서른 줄에 접어들까 말까 하는 나이부터 자신에게는 언제 죽음이 찾아올지 걱정하게 되는 것은 당연한 일이다.

주인의 아내도, 자식도, 인생의 일정 시기부터 남편의, 아버지의 갑작스러운 죽음을 두려워하며 매일을 살아가야 한다. 사신의 낫이 뒷목에 닿아 있는 생활은 아무리 유복하더라도 결코 즐겁지 않다. 정말로 마음 편할 날이 없다.

그것이 바로 가네코야가 입고 있는 진짜 저주였다.

"너는 내일로 해고될 것이다."

오미쓰는 다시 오유를 향하며 말했다. 그 눈이 살짝 젖어 있었다.

"내가 나리와 마님께 그렇게 말씀드릴 테니까. 네가 있으면 가게에 좋지 않은 일이 일어난다고 고자질을 할 테니 말이다. 분명히 해고될 거야. 그게 좋아. 너는 더 이상 이곳에 있어서는 안 된다."

다만 나가기 전에 해 주었으면 하는 일이 있다며 오미쓰는 무릎걸음으로 한 발 앞으로 나섰다.

"부엌에 있는 물병 뒤에 비쭈기나무예로부터 신성한 나무로, 제례 등에 사용되는 경우가 많았다 한 묶음과 소금 한 꾸러미를 숨겨 둘 테니, 오늘 밤 축삼시丑三時가 되면 몰래 이불방에 가서 방 안에 그것을 던져놓고 와 다오. 알겠지, 꼭 해야 한다. 그 일만 해 준다면 이제 아무것도 무서운 일은 없을 거야."

알겠지, 부탁한다, 하며 오미쓰는 오유의 어깨를 꽉 잡았다. 힘도 보통이 아니지만 옷 위로도 또렷하게 느낄 수 있는 차가운 손에, 오유는 몸을 떨었다.

"예, 약속할게요" 하고 떨리는 목소리로 대답했다. 그러자 오미쓰는 씩 웃으며 오유의 어깨에서 손을 떼고 일어섰다.

"네게는 오사토의 영혼이 함께 있으니 무서워하지 않아도 괜찮아. 그 애에게는 졌다. 역시 대단한 배짱이 있는 야무진 아이였어" 하고 조금 부드러운 목소리가 되어 말했다.

"저, 어젯밤에 이불방에서 언니 꿈을 꾸었어요." 오유가 말했다.

"그래?"

오미쓰는 고개를 끄덕이고는 잠시 생각에 잠기듯이 고개를 갸웃거리고 나서 미안하다고 중얼거렸다.

"실은 말이다. 내게 씌어 있는 나쁜 존재도 네 언니의 영혼만은 어떻게 해도 빼낼 수가 없었어. 이곳에 고용살이를 하러 온 지 벌써 오 년이나 지났는데, 몇 번을 이불방에서 재워도 아무리 해도 안 되었다. 분명히 오사토가 동생인 너나 떨어져 사는 가족을 계속 소중하게 여기고 있었기 때문일 테지."

오유는 언니를 생각하고 가슴이 메었다.

"언니는, 제게는 어머니 같은 사람이었어요" 하고 저도 모르게 말했다.

"그래? 오사토는 떨어져 있어도, 한시도 널 잊지 않았을 게다. 그래서 빈틈이 없었겠지."

오미쓰는 납득한 듯이 눈을 감고는 한동안 그대로 꼼짝 않고 있었다.

"하지만 말이다, 그 때문에 오사토는 그렇게 죽고 말았다. 원귀에게 죽임을 당했어. 나는 이제, 그런 짓은 질색이다."

오미쓰는 그렇게 중얼거리더니 결심한 듯이 눈을 번쩍 뜨고는 곳간 문에 손을 대고 세게 밀어 열었다. 그녀가 바깥 햇살 속으로 나가자 땅바닥 위에 그림자가 드리워졌다. 별 생각 없이 그것을 보았다가 오유는 하마터면 비명을 지를 뻔했다.

오미쓰의 그림자는 덩치 큰 그녀의 모습을 비추며 검고 크게 드리워져 있었는데, 머리에 두 개의 뿔이 돋아 있었다.

그날 밤 축삼시, 오유는 오미쓰가 부탁한 대로 일을 했다. 어둠 속에서 이불방에 던져넣은 비쭈기나무의 강한 풀냄새가 든든했다.

다음 날 아침, 오유가 얕은 잠에서 깨어나자마자 오미쓰는 그녀를 불러 주인 부부의 방으로 데려갔다. 일하는 태도에 부족함이 많다며 해고당했다. 주인 부부는 당혹스러운 듯이 시종 오미쓰의 얼굴을 살피고 있었다.

오유는 순순히 절을 하고 소지품을 작은 보따리에 챙겨 가네코야를 떠났다. 전송하는 사람은 한 명도 없었다.

오유는 오시마무라 앞까지 와서야 처음으로 무서워졌다. 무릎이 덜덜 떨려서 더 이상 한 발짝도 걸을 수가 없었다. 지나가던 마을 아저씨가 오유를 발견하고 등에 업어 집까지 데려다 주었다.

그로부터 열흘쯤 지나, 가네코야에 불이 났다는 소문이 들려왔다. 원인이 확실하지 않은 화재로 주인이 불에 타 죽고 집도 가게도 흔적도 없이 타 버렸다고 한다. 그 며칠 전, 하녀 우두머리인 오미쓰가 가게를 나가 모습을 감추었기 때문에 마을 관리나 오캇피키는 그녀가 이 수상한 화재와 관련이 있는 것은 아닐까 생각하여 행방을 찾고 있다고 한다.

오미쓰가 가게를 나간 것도 이상한 일이었다. 그녀의 소지품은 전부 방 안에 남아 있었고, 그녀가 가네코야를 나가는 모습을 아무도 보지 못했던 것이다. 다만 그녀가 모습을 감춘 것과 같은 날, 그녀의 방에서 붉은 기모노를 입은 스무 살 정도의 낯선 여자가 나타나 그대로 훌쩍 밖으로 나가는 모습을 하녀들 중 한 명이 발견했다. 그녀의 이야기를 들은 최고 대행수가 그 이상한 여자의 모습이나 기모노 무늬가 젊을 때의 오미쓰와 매우 비슷하다고 말했지만, 사람이 갑자기 회춘할 리도 없기 때문에 이야기는 거기서 끝나고 말았다.

화재가 있고 나서 얼마 후, 가네코야가 서 있던 곳을 파 보니 북동쪽 모퉁이 부근에서 사람의 뼈가 나왔다. 몹시 오래된 뼈로 완전히 변형되어 거의 원래의 형태를 찾아볼 수 없었다고 한다. 그 때문인지 머리에 뿔이 돋은 형태였다고 한다.

어디 사는 누구의 뼈인지는 끝내 알 수 없었다. 어쩌면 사람의 뼈가 아닐지도 모른다.

오유는 다른 가게에서 고용살이를 하기로 결정되었다. 그곳의 하녀 우두머리도 무서운 사람이라 야단을 맞으면 간담이 서늘해졌다. 하지만 이 하녀 우두머리의 그림자는 언제나 사람의 모양을 하고 있기 때문에 무서워할 일은 없었다.

가네코야에 대해서는 얼마 지나지 않아 잊었다. 이제 꿈을 꾸는

일도 없다. 다만 언니의 냄새가 밴 이불에 대해서는 생각난다. 불이
날 줄 알았더라면 그 이불은 가지고 나올 걸 그랬다고, 오유는 그리
워하는 기분으로 절실하게 생각했다.

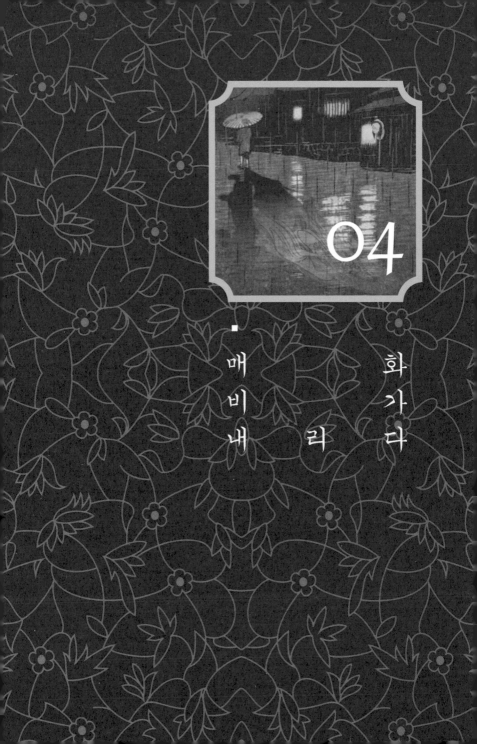

04

매
비
내

리

화
가
다

무라타야의 부엌문을 나서서 하녀에게 인사를 하고 지푸라기로 손을 닦고 있는데, 뒷길 쪽에서 미노 씨, 미노 씨 하고 부르는 목소리가 들려왔다. 돌아보니 오코가 이쪽을 향해 손을 흔들며 달려오고 있다.

"아아, 다행이다, 만나서."

오코는 뒷문인 나무문을 빠져나오더니 양손을 무릎에 짚고 숨을 헐떡이며 말했다.

"오늘은 사일ㄷㅂ이니 제일 먼저 무라타야를 돌 거라고, 오이토가."

"우리 집사람이 어떻게 되기라도 했습니까?"

오이토는 산달을 맞은 몸이다. 공동 주택 아주머니들의 진단으로는 산기가 있으려면 아직 보름 정도 남은 모양이지만, 이것만은 알 수 없는 일이다. 미노키치는 불안을 느끼고, 아직도 몸을 굽힌 채

숨을 헐떡이고 있는 오코 쪽으로 몸을 내밀었다.

오코는 마구 손을 흔들며,

"아니, 아니야, 오이토는 괜찮아, 아무렇지도 않아."

오에초의 공동 주택에서 이 사가초까지 쉬지 않고 뛰어온 모양이다. 오코는 정말 힘들어 보여서, 미노키치는 문득 아주머니도 나이를 먹었구나 하고 느꼈다. 무리도 아니다. 오코와 미노키치 일가는 그가 턱받이를 하고 있을 무렵부터 이웃사촌이었고, 화재 때문에 살던 집에서 쫓겨나 집을 옮기거나 부득이하게 이사를 할 때도 쭉 함께였다. 아주머니, 아주머니 하고 이것저것 의지해 온 미노키치가 곧 부모가 되려고 하는 참이니, 오코의 다리가 약해지는 것도 당연한 일이다.

그래도 오이토에게 별일이 있는 게 아니라는 말을 듣고 미노키치는 침착함을 되찾았다. 무라타야의 하녀가 이야기 소리를 듣고 불쑥 얼굴을 내밀었기 때문에 미노키치는 오코에게 물었다.

"아주머니, 물을 한잔 얻어올까요?"

오코는 아직도 헉헉거리면서 고개를 끄덕였다. 미노키치가 부탁하자 하녀는 쾌히 승낙하며 큼직한 찻잔에 물을 채워 가져다주었다.

"아아, 살았다." 오코는 찻잔의 절반 정도를 한 번에 마시고는 크게 숨을 내쉬었다. "미안하다, 정말이지 도움도 안 되면서 서두르기만 했구나. 나도 이제 늙었어."

그렇게 말하며 오코는 그제야 미노키치의 얼굴을 보았다. 그 눈이 살짝 붉어져 있는 것을 미노키치는 비로소 알아차렸다.

"오엔이 죽었어."

오코가 말했다.

"네가 나가고 나서 곧바로 가즈사야에서 심부름꾼이 와서 알려 주더구나. 오늘 아침에 깨우러 가 보니 이불 속에서 싸늘하게 식어 있었대."

오코의 작은 눈에서 갑자기 눈물이 뚝뚝 떨어졌다.

"가엾게도. 하지만 이제 겨우 편해지지 않았겠니."

미노키치는 당장은 아무 말도 하지 않고 천천히 등을 펴며 그저 양손을 몸 옆에 늘어뜨리고 있었다. 무릎이 후들거린다. 오늘 아침에는 아직 장사를 시작한 지 얼마 안 되어, 통 안에는 종유種油가 가득 들어 있다. 정신 차리지 않으면 짊어지고 돌아갈 수 없다—멍하니 그런 생각을 하고 있었다.

"뒤처리할 일이 이것저것 있을 테니, 너는 빨리 가즈사야로 가는 게 좋겠다. 오늘 들러야 할 단골집은, 가르쳐 주면 우리끼리 나눠서 돌도록 하마. 마쓰한테도 내가 알려 주러 가고."

단숨에 말하며 오코는 살집이 좋은 손등으로 얼굴을 쓱 닦았다.

"오엔이 몇 살이더라?"

"스물여덟입니다." 미노키치는 대답했다. 그들 남매는 연년생이었다.

"그러면 십오 년이나 앓고 있었구나." 새삼 느꼈다는 듯이 오코는 중얼거렸다.

"길었구나, 얘야."

얘야라는 말은 미노키치를 향한 것이 아니라 이미 몸이라는 족쇄를 떠나 지금 이 자리에, 그들 바로 옆에 떠돌고 있을지도 모르는 오엔의 영혼을 향해 한 말처럼 여겨져서, 미노키치는 저도 모르게 얼굴을 들고 주위를 둘러보았다.

물론 누가 있을 리도 없었다. 무라타야 부지 어딘가에 매화나무가 있는지, 옅은 향기가 날 뿐이었다. 그러고 보니 누나는 매화꽃을 좋아했다—미노키치는 새삼 떠올렸다. 아름답기만 할 뿐 지고 나면 아무 쓸모도 없는 벚꽃이나 영산백은 싫다, 나는 매화꽃이 훨씬 더 좋다. 그런 드센 소녀의 말투까지 선명하게 생각났다.

십오 년 전, 딱 요맘때의 일이다.

그 무렵 미노키치 일가는 기타롯켄보리초의 뒷골목에 있는 공동주택에서 살고 있었다. 아버지와 어머니와 오엔, 미노키치, 제일 막내인 마쓰키치, 이렇게 다섯 명으로 이루어진 가족으로, 아버지는 기름을 팔러 다녔고 어머니는 사가초에 있는 쪽잎물감 도매상 가즈사야에서 벌써 이십 년 가까이 하녀 고용살이를 하고 있었다. 막 열두 살이 된 미노키치는 드디어 아버지의 장사를 도울 수 있게 되어 본인으로서는 어엿한 어른의 입구에 섰다는 양 슬슬 건방진 말을 하기 시작했다.

누나 오엔은 일고여덟 살 때부터 바쁜 어머니 대신 동생들을 돌보아 왔다. 열 살이 넘었을 무렵에는 식사 준비도 훌륭하게 해내어 이웃에서도 야무진 아이라는 평판을 얻은 소녀였다. 이 무렵 미노키치네 앞집에 살던 오코 부부도 무슨 일이 있으면 오엔에게 의지했고, 또 끊임없이 그녀의 부지런함을 칭찬했다. 우리한테도 오엔 같은 딸이 있으면 얼마나 든든할까—하는 것이 오코의 입버릇이었다. 아버지는 물론이고 평소에 좀처럼 거만한 말을 하지 않는 어머니조차도 오엔의 평판에 대해서만은 솔직하게 으쓱해했다.

오엔은 미노키치에게 때로는 어머니 이상으로 엄한 존재였다. 그녀는 남매간의 배려라고는 없이 남들 앞에서도 아무렇지도 않게 미노키치를 칠칠치 못하다는 둥 지저분하다는 둥 눈치가 없다는 둥 멍텅구리라는 둥, 제대로 날카롭게 꾸짖었다. 막냇동생 마쓰키치는 아직 어리다는 이유로 눈에 넣어도 안 아플 듯이 귀여워하면서, 엄청나게 불공평한 대접이다.

그러나 오엔이 꾸짖는 말은 틀리지 않았고, 미노키치가 스스로는 아무리 어른이 되었다고 생각해도 막상 중요한 순간에는 절반도 대꾸할 수가 없었다. 대개 여자는 말을 잘하는데다 나이도 더 위이고 지혜도 있는 상대이다 보니 처음부터 승부는 정해져 있었다. 그래서 그 즈음 미노키치는 오엔이 얄미워서 견딜 수가 없었다. 누나 따윈 빗자루로 쓸어 내버리거나 거적으로 둘둘 말아 롯켄보리 해자에 가라앉혀 버리고 싶다는 것이 솔직한 심정이었다.

그러나 초봄에 매화가 피기 시작할 무렵, 적이라곤 없는 줄 알았던 오엔에게 불운한 일이 닥쳤다.

일의 발단은 후카가와 하치만 신사_{신도와 불교가 결합한 형태의 하치만 신을 모신 신사} 근처에 있는 음식점에서 새로 고용살이를 시작한 하녀가 주인 부부의 기분을 크게 상하게 하는 일이 있어 일찌감치 해고되어서 급하게 대신할 사람을 찾고 있다―그런 이야기가, 평소부터 신세를 지고 있던 직업소개꾼을 통해 오엔에게 들어오게 된 데에 있었다. 직업소개꾼의 이야기로는 그쪽은 교육에 엄격한 가게이기 때문에 지난번 하녀를 잘못 소개해서 자신도 면목을 잃었다. 두 번의 실패는 허락되지 않으니 이번에는 정말로 틀림없는 아가씨가 필요하다고 한다. 다시 말해서 오엔은 직업소개꾼의 눈에 든 것이다.

지금까지도 고용살이 이야기가 없지는 않았다. 하지만 아버지도 어머니도 오엔이 동생들을 야무지게 돌보고 집안을 꾸려나가 주는 덕분에 돈벌이에 전념할 수 있는 셈이어서, 그렇게 쉽게 그녀를 다른 곳에 보낼 수는 없다며 그때마다 거절해 왔다. 하지만 이번에는 직업소개꾼이 머리를 숙이며 꼭 오엔으로 해 달라고 들고 온 이야기다. 고용살이를 하게 될 음식점도 최근 들어 니노하시에 있는 히라세이와 어깨를 나란히 둘 정도로 평판을 얻게 된 유명한 가게다. 게다가 내키지 않아 하는 부모를 젖혀 두고, 무엇보다도 본인이 가장 의욕적이었다.

미노키치는 그런 일에는 관심이 없는 척하면서도 실은 마음속으로 크게 기대하고 있었다. 눈엣가시인 누나가 고용살이를 나가 주면 더 이상 꾸중을 들을 일도 없다. 한번 고용살이를 시작하고 나면 오 년 동안은 휴가를 받아 집에 돌아올 수도 없을 테니 집안은 미노키치의 천하가 될 것이다. 오오, 가 버려라, 가 버려. 하루라도 빨리 가는 게 좋아. 그런 기분이었다.

이렇게 해서, 미노키치의 바람이 통했는지 오엔의 열의에 졌는지, 부모님은 곧 뜻을 꺾고 직업소개꾼에게 긍정적인 대답을 하게 되었다. 이때의 꽃이 핀 것 같은 웃는 오엔의 얼굴을, 미노키치는 지금도 똑똑히 기억하고 있다. 오코도 매우 기뻐하며 오엔을 위해 서둘러 새 기모노를 지어야겠다고 말해 주었다. 마침 롯켄보리 공동 주택 앞에 있던 아직 젊은 매화나무가 꽃을 활짝 피워, 미노키치는 그 밑에서 오엔이 오코와 기쁜 듯이 뭔가 상의하고 있는 모습을 보고 흥 하며 코웃음을 쳤다.

그러나.

어머니가 오엔을 데리고 직업소개꾼에게 대답을 하러 가자 그의 태도는 싹 바뀌어 있었다. 음식점에는 이미 다른 사람을 보내기로 결정되었다. 오엔에게는 더 좋은 곳을 찾아올 테니 잠시 기다려 달라고 했다.

평소에는 얌전한 어머니도 여기에는 벌컥 화를 냈다. 그렇게 오엔이 아니면 안 된다고 하더니 대체 다른 누구로 정해졌다는 말이냐, 오엔에게 뭔가 부족한 데가 있다는 소리냐, 이유를 설명하라며 직업소개꾼을 붙들고 늘어졌다. 직업소개꾼은 곤란해하며 횡설수설 변명을 늘어놓았으나 모녀가 납득하지 않자 결국 사실을 말하지 않을 수 없게 되었다.

그 음식점에서 먼저 들어온 하녀를 해고한 까닭은 시골 사람이고 행동거지도 굼떴으며, 게다가 개가 재채기를 하는 듯한 얼굴이었기 때문이라는 것이다. 안주인의 말에 따르면 음식점이란 사치스러운 장사이기 때문에 음식을 나르거나 부엌에서 일하는 하녀들도 나름대로 화려한 맛이 없으면 곤란하다, 교육은 나중에도 할 수 있지만 용모만은 나중에 고칠 수 없다는 것이다.

오엔이 거절당한 까닭도 실은 그 때문이었다. 앞의 시골뜨기에게 완전히 질린 안주인은 직업소개꾼이 추천하는 처녀의 용모를 사전에 몰래 확인하고 있었다. 그래서 오엔보다도 더 얼굴 생김새가 아름다운 처녀 쪽에 마음이 끌려, 그쪽으로 정하고 말았다—는 말이다.

미노키치는 이 이야기를, 공동 주택에 돌아온 어머니가 울고 화내고 하면서 아버지에게 털어놓는 것을 듣고 알았다. 오엔은 풀이 죽지는 않았지만 돌처럼 입을 굳게 다물고 있었다. 양쪽 눈가에는 지금까지 미노키치가 본 적이 없는 날카로운 선이 떠올라 있었다.

소문은 눈 깜짝할 사이에 공동 주택 안에 퍼져, 이튿날에는 롯켄보리초 사람들이 모두 알게 되었다. 미노키치는 오엔이 불쌍한 기분도 들었지만 어쨌거나 지금까지 적이라곤 없던 누나의 첫 번째 패배에 약간 통쾌한 기분도 있어, 이웃 친구들이 그녀를 사정없이 놀릴 때 함께 장단을 맞추다가 나중에 어머니에게도 오코에게도 따끔하게 야단을 맞았다.

실제로 오엔은 결코 미인이 아니었다. 중간보다도 아래일지 모른다. 한창 나이에 접어든 누나가 그 사실을 실은 몹시 신경 쓰고 있다는 것을 그 무렵의 미노키치는 전혀 모르고 있었다.

보름이 지나자 오엔의 고용살이가 무산된 이야기에 대해서 아무도 더 이상 떠들어 대지 않게 되었다. 장난꾸러기 꼬마들조차 완전히 잊어버리고 아무 말도 하지 않게 되었다. 당사자인 오엔도 평소와 다름없이 부지런히 일하며 아무 일도 없었던 얼굴을 하고 있다.

하지만 미노키치만은 조금 사정이 달랐다. 오엔에게 야단을 맞을 때마다 친구들과 함께 그녀를 놀렸을 때 하던 말이 목구멍까지 치밀어올랐지만 뒷일이 무서워서 꾹 참는다—그런 매일이었다. 누나의 가장 아픈 곳을 알게 된 이상, 그곳을 찌르는 것은 진짜 필요할 때만 해 두자는 어린아이 나름의 못된 꾀도 있었다. 지금 생각하면 자신은 꽤나 성격이 비뚤어진 아이였다는 생각에 미노키치는 몸이 움츠러들 것만 같다.

매화가 지고 벚나무 가지에 연한 붉은빛이 비치기 시작할 무렵, 미노키치 남매는 오코에게 이끌려 장에 나갔다. 롯켄보리초에서 동쪽으로 2정쯤 간 곳에 있는 신사의 장날로, 옛 전설에 따르면 이곳에서 모시는 신체神體는 먼 옛날 이곳이 아직 바다였을 무렵에 어디에선가 흘러온 거울이라고 한다. 이 거울은 사람의 마음속에 있는 옳고 그름을 정확하게 비추어 마魔를 쫓는 신비한 힘을 갖고 있다고 전해지고 있었다.

작은 신사지만 '5'가 들어가는 날에 열리는 장은 시끌벅적해서, 지금까지도 미노키치네 형제들은 종종 오코와 함께 놀러오곤 했다. 오코의 집은 부부가 함께 등롱 만드는 일을 생업으로 삼고 있었고, 그날의 일이 끝나면 일손도 쉴 수 있다며 홀가분하게 살고 있었다. 부부의 사이가 좋은데도 아이가 생기지 않아 그만큼 이럴 때는 미노키치네 형제들을 한껏 귀여워해 주었다.

다만 오코는 신심이 깊은 사람이어서 아이들이 장날이면 나오는 가게에 정신이 팔려 소란을 떨어도 반드시 먼저 참배를 끝내게 했다. 미노키치는 신심 같은 것은 몰라서 오코가 머리를 누르면 고개를 숙이고 손뼉을 짝짝 치는 정도였다. 마쓰키치는 아직 아무것도 모르는지라 얌전히 오코를 따라한다. 그날따라 오엔은 왠지 진지하게 잠시 동안 합장을 하고 나서 본전을 향해 깊이 머리를 숙이더니 그제야 속이 후련해진 표정으로 오코에게 말했다.

"아주머니, 저 신점 제비를 뽑아 보고 싶어요."

본전 옆에 있는 건물에 신점 제비를 뽑는 곳이 있다. 오엔은 장이 설 때마다 이곳에 와서 신점 제비를 뽑고, 그것을 띠 사이에 소중하게 끼워 넣어 가져온다. 미노키치는 그런 게 재미있다는 생각은 들지 않았지만.

"그러렴, 다녀오너라."

오엔은 자갈 소리를 내며 달려가 좁은 경내를 오가는 사람들 사이로 사라져 보이지 않게 되고 말았다. 미노키치는 오코와 손을 잡은 마쓰키치가 저걸 먹고 싶다느니 이걸 사 달라느니 하며 조르는 것을 들으며 자신도 그 말에 크게 마음이 끌리면서도, 난 이제 어엿한 어른이니 장날 따윈 관심 없다는 듯한 얼굴을 하느라 열심이었다.

오엔은 한동안 돌아오지 않았다. 잠시 후, 인파 사이로 얼굴을 내민 그녀는 평소처럼 신점 제비의 희고 길쭉한 종잇조각을 띠 사이에 끼우지 않고, 뭔가 쥐나 벌레의 시체라도 들고 있는 것처럼 손가락 끝으로 집어 들고 있었다.

"아니, 왜 그러니?" 오코가 곧 이상하다는 얼굴을 했다.

"그게요, 아주머니."

오엔은 힐끗 동생들의 얼굴을 신경 쓰고 나서 작은 목소리로 말했다.

"대흉大凶이에요."

오코는 놀란 듯이 눈을 깜박거리다가 오엔의 손에서 신점 제비를 받아들고는 자세히 살펴보았다.

"흐음…… 이것 참."

"저 처음이에요."

오엔의 두 눈썹은 축 늘어져 있었다.

"신경 쓸 것 없다. 그런 말이 있잖니. 제일 아래까지 내려가면 그 뒤에는 운이 위로 올라갈 일만 남게 된다고 말이야. 저기 있는 가지에 묶어서 신께 돌려드리고 가면 된다."

오코는 불쑥 시선을 들어 경내에 있는 매화나무 쪽을 가리켰다. 완전히 꽃이 진 가지가 '자, 여기에 묶으렴' 하고 재촉하듯이 알맞게 튀어나와 있다. 이미 먼저 온 사람들이 묶은 몇 개의 신점 제비가 꽃 대신 가지를 드문드문 장식하고 있었다.

"그래요, 그러네요."

오엔은 그렇게 말하고 미간을 폈다. 그리고 매화 가지 쪽으로 몸을 뻗으면서,

"마쓰키치가 조바심을 낼 테니까 아주머니는 먼저 데리고 가세요. 이 애는 사탕 세공이 보고 싶을 거예요" 하고 웃어 보였다.

오코는 양손에 마쓰키치와 미노키치의 손을 잡고는 "자, 갈까?" 하며 왔던 길을 되돌아가기 시작했다. 미노키치는 오코 아주머니에게 손을 잡혀서 걷다니, 그런 어린애 같은 짓은 더 이상 하고 싶지 않았기 때문에 슬쩍 몸을 비틀어 오코에게서 도망치면서 그 김에 별 생각 없이 누나 쪽을 돌아보았다.

오엔은 매화 가지에 신점 제비를 묶고 있었다. 그것뿐이라면 이상할 것은 없었지만 미노키치는 누나가 끊임없이 입을 움직이고 있

는 것을 보고 어라 하고 생각했다.

오엔은 뭔가 혼잣말을 하면서 신점 제비를 묶고 있다. 옆얼굴은 묘하게 단호했고 눈매의 선은 음식점 고용살이를 거절당하고 돌아오던 날과 똑같이 날카로워져 있었다.

미노키치는 까닭도 없이 불길한 느낌이 들었다.

그때, 바라보고 있던 미노키치의 눈이 신점 제비를 다 묶고 손을 내리면서 이쪽을 향한 누나의 눈과 딱 마주치고 말았다.

누나는 미노키치를 응시했다. 시선에 물리기라도 한 것처럼 미노키치는 따끔한 아픔을 느꼈다.

오엔은 곧 시선을 피했다. 미노키치는 당황해서 앞을 향하며 서둘러 오코의 손을 잡았다. 이윽고 누나가 쫓아와 이런저런 이야기를 하면서 함께 걷기 시작했지만 미노키치는 얼굴을 들고 누나를 볼 수가 없었다.

그로부터 열흘쯤 후의 일이다.

미노키치가 아버지와 함께 장사를 마치고 돌아와 보니, 웬일로 어머니가 먼저 집에 돌아와 문 앞에서 오코와 이야기를 하고 있었다. 어머니는 아버지의 얼굴을 보더니 "아아, 여보" 하고 안심한 듯이 말했다.

"지금 오코 씨에게 들었는데" 하며 오코 쪽을 돌아본다. "그 음식점 말이에요. 그 왜, 오엔을 고용살이 일꾼으로—."

아버지는 통을 내려놓고는 끝까지 듣지도 않고 귀찮다는 듯이 고개를 끄덕였다. "무슨 일이오?"

"오엔을 제치고 고용살이 일을 시작한 하녀가 포창천연두에 걸렸다는군." 오코가 말했다. "하녀는 부모 집으로 돌려보내졌지만 손님 장사를 하는 집이다 보니 난리도 그런 난리가 없어."

"이렇게 되고 보니 오엔이 그 가게와 인연이 없었던 것은 오히려 다행스러운 일이었어요."

어머니는 양손으로 가슴을 쓸어내리는 몸짓을 했다.

"포창이 지나가기 전에는, 진짜 미인이라고 할 수 없지." 오코는 이 사이로 심술궂게 내뱉었다. "미모가 어쩌고저쩌고 하는 구실을 붙여서 오엔처럼 마음씨 착한 아이를 내친 벌을 받은 거야. 통쾌하지 뭐야."

"아니, 오코 씨. 그 처녀가 잘못한 건 아니지요." 아버지는 온화하게 그렇게 말했다.

"그보다 그 처녀의 집은 어디쯤일까. 아이들이 가까이 가지 못하게 해야지."

"그게, 모토마치래요. 다야스 님의 저택 뒷쪽."

"미노나 마쓰가 가을이 되면 밤을 주우러 가는 곳이잖아. 친구가 있을지도 모르는데, 조심해야겠네."

"가깝군." 아버지도 갑자기 무서운 얼굴을 했다.

"우리는 포창의 신을 열심히 모시고 있으니까." 어머니가 미노키치의 어깨에 손을 올려놓았다. "나도 가볍게 지나갔고, 너도 그럴 거다. 우리 애들은 괜찮을 거야."

"오엔은 어디 있지?"

"마쓰를 데리고 심부름 갔어."

한바탕 이야기를 하고 있는데, 이윽고 오엔이 돌아왔다. 어머니가 달려들 것처럼 맞이하며 자초지종을 이야기하기 시작하자 놀랍게도 오엔은 갑자기 새파래졌다.

"아니, 왜 그러니, 오엔. 꼭 피라도 빠져나간 것 같구나."

오코가 놀라서 오엔을 안으려고 했지만 오엔은 그 손을 그녀답지 않은 난폭한 동작으로 뿌리쳤다.

"오엔……."

왜 그러느냐는 물음에 그녀는 겨우 제정신으로 돌아온 것처럼 눈을 깜박거리며,

"아아, 죄송해요, 깜짝 놀라서요" 하고 떨리는 목소리로 속삭였다.

"그야 그렇겠지. 무리도 아니야. 오엔, 네가 그대로 고용살이를 했다면 어떻게 되었을지 생각하면 무섭겠지."

"아니, 오코 씨. 꼭 고용살이하던 곳에서 포창에 걸렸다고 할 수는 없지요." 아버지가 중재하듯이 말했다. "돌림병이니 어디에 있든 조심은 해야 해요."

"그건 그렇지만, 그래도 나는 조금 속이 후련해요." 오코는 그렇게 내뱉으며 콧구멍을 벌름거렸다. "그렇지, 오엔?"

오엔은 대답을 하지 않았다. 고개를 숙이고는 어딘가 몹시 어두운 곳을 열심히 들여다보는 얼굴을 하고 있다. 미노키치는 저도 모르게 그녀의 발치를 쳐다보았지만 오엔이 들여다보고 있는 어두운 곳은 오엔의 눈에만 보이는 것인지, 미노키치의 눈에는 아무것도 보이지 않았다. 어디에선가 봄바람을 타고 날아온 벚꽃 꽃잎이 먼

지가 보얀 땅바닥에 한두 장 쓸쓸하게 흩어져 있었을 뿐이다.

그날 밤, 오엔은 심하게 가위에 눌리다가 비명을 지르며 벌떡 일어나 가족뿐만 아니라 공동 주택의 모든 주민들을 놀라게 했다. 왜 그러느냐고 물어도 아무것도 아니다, 그냥 무서운 꿈을 꾼 거라며 이제 괜찮다고 이불을 뒤집어쓴다. 그러나 또 얼마 지나지 않아 벌떡 일어나 결국은 아침까지 한숨도 자지 못했다.

다음 날도, 그다음 날도, 밤이 되면 오엔은 그렇게 몹시 무서워하며 자지 않아 순식간에 몸이 약해졌다. 밥도 먹지 않고 말도 하지 않은 채 사나흘이 지나자 완전히 병자처럼 되고 말았다. 그렇게 기운차게 살던 사람이 겨우 며칠 만에 베개에서 머리도 들지 못하게 되다니, 이것은 포창보다 더 무서운 돌림병이 아닐까 하고 공동 주택 사람들은 벌벌 떨었다.

아버지와 어머니도 걱정이 된 나머지 밤에도 자지 못하고 장사도 나가지 못한다. 미노키치와 마쓰키치는 오코 부부의 집에 맡겨졌다. 관리인의 주선으로 와 준 마을 의원은 아무리 신중하게 진찰을 해 봐도 오엔의 몸에 이렇다 할 나쁜 데는 보이지 않는다, 이것은 마음의 병이라고 말했다. 최근에 이 처녀에게 뭔가 심하게 고민할 만한 일은 없었느냐는 물음에 사람들이 떠올린 것이라면, 음식점 하녀의 포창 사건 정도다. 이야기를 들은 마을 의원은, 그러면 포창을 두려워하여 병이 났나 하며 고개를 갸웃거렸다. 그러나 지금까지 그런 예는 본 적도 들은 적도 없다.

오엔이 앓아눕고 나서 며칠 후에 그 직업소개꾼이 문병을 왔다. 지난번 일에 대한 사과의 표시로 좋은 고용살이처를 생각하고 있었는데 이게 어떻게 된 거냐, 참 안된 일이라고, 마음에도 없는 소리 같지만은 않은 분위기로 마음 아파했다.

돌아갈 때 그는 음식점 하녀가 어젯밤에 숨을 거두었다는 말을 남기고 갔다. 꽤나 미인이었던 여자가 죽을 때는 온 얼굴이 마맛자국으로 뒤덮여 무참하게 죽었다고 한다. 미노키치는 그 말을 들은 어머니가 깊은 한숨을 쉬며 중얼거리는 것을 들었다.

"왠지 그 아가씨도 오엔도, 함께 나쁜 것에 씌인 것 같구나."

미노키치는 누나가 들여다보고 있던, 남에게는 보이지 않는 어두운 구멍 밑바닥에 대체 무엇이 있었을까 생각했다.

며칠이 지나도 오엔은 전혀 나아지지 않았다. 아버지와 어머니도 더 이상 생계를 도외시할 수는 없어서 돈을 벌러 나가게 되었다. 그렇게 되니 하루 종일 오엔 옆에 있으면서 오엔의 상태를 지켜보고 이것저것 보살피는 일은 미노키치의 역할이 되고 말았다.

오코도 도와주긴 하지만 하루 종일 오엔 옆에 찰싹 달라붙어 있을 수는 없다. 마쓰키치도 보살펴 주어야 한다. 미노키치는 우두커니 누워 있는 오엔의 모습을 시야 한구석에 담으면서, 지금까지 오엔에게만 맡겨 왔던 집안의 자잘한 일들을 혼자 대신 맡아 하는 처지에 빠졌다.

그렇게 되니 지금까지 오엔이 해 온 일에 대한 고마움을 절절하게 알 수 있었다. 오엔이 아무것도 아닌 것처럼 해내던 일들이 미노키치에게는 전부 힘에 겨웠다. 쌀을 씻거나 야채를 씻거나 빨래를 하거나 물을 긷는 등, 미노키치는 하루 종일 일했지만 오엔이 하던 일의 절반도 할 수 없었다.

오엔은 종일 이불 위에 누워 건강했던 무렵의 절반 정도로 야윈 채 그저 말없이 낡아서 거무스름해진 천장을 올려다보고 있을 뿐이다. 불러도 대답을 하지 않고 말을 걸어도 아무 말도 하지 않는다. 그래도 미노키치는 지금까지 누나를 꼴보기 싫다고만 생각하고 있던 자신이 몹시도 얄밉고, 머리가 나쁘고, 근성이 썩어 있었던 것처럼 생각되어, 오코가 만들어 준 미음을 오엔의 머리맡으로 가져갈 때 문득 지금까지 누나의 말을 듣지 않아서 미안했다는 둥의 말을 꼼지락거리며 했다.

그러자 오엔은 천장을 보고 누운 채 울기 시작했다. 급기야는 소리를 내어 울더니 이불에서 양손을 꺼내어 얼굴을 누르며 계속해서 울었다. 미노키치는 곤란해져서 서둘러 오코를 부르러 갔다. 오코가 달려온 후에도 오엔은 여전히 울고 있었고, 안아 일으켜도 훌쩍훌쩍 흐느껴 울다가 잠시 후 손으로 눈물을 닦으면서 미노키치에게 자신의 수건을 좀 갖다 달라고 부탁했다. 미노키치가 그렇게 해주자 오엔은 그것으로 얼굴을 닦더니 오코와 미노키치가 보고 있는 앞에서 그 수건으로 얼굴을 완전히 덮어 버렸다.

"오엔, 너 뭐 하는 거냐?" 오코가 걱정스러운 듯이 손을 뻗어 수건을 치우려고 하자 오엔은 부드럽게 몸을 뺐다.

"아주머니, 이렇게 놔두세요."

"하지만 너—."

"저는 다른 사람들을 볼 면목이 없는걸요. 제 마음이 풀릴 때까지 이렇게 놔두세요. 부탁이에요."

결국 오엔의 부탁에 져서 수건은 그대로 놔두게 되었다. 아버지도 어머니도, 굳이 오엔의 말에 거역하려고 하지는 않았다. 지금은 오엔이 말하는 대로 그녀의 기분이 풀리게 해 주고 시간이 그녀를 치유해 주기를 기다리는 것 말고는 방법이 없었다.

벚꽃이 한창인 봄을 오엔은 수건을 덮고 보냈다. 이제 그녀는 누구에게도 얼굴을 보이지 않고 아침부터 밤까지 수건 너머에 숨어 있게 되었다. 수건을 바꾸는 것은 한밤중, 모두 잠들어 조용해지고 아무도 보지 않을 때뿐이다. 목욕도 하지 않고 얼굴도 씻지 않는다. 밥은 겨우 먹게 되었지만 그것마저도 수건 뒤로 젓가락을 밀어넣어 입으로 가져간다.

공동 주택 사람들은 오엔이 결국 머리가 이상해진 모양이라고 수군거리게 되었다.

이렇게 한 달 이상이 지난 어느 날의 일이다.

아침부터 부드러운 봄비가 내리고 있었다. 아버지도 어머니도 벌써 나가고 마쓰키치는 오코의 집에서 놀고 있다. 미노키치가 우물가에서 빨래를 마치고 젖은 머리로 돌아와 보니 오엔이 침상에서 일어나 오도카니 앉아 있었다.

"누나, 왜 그래?" 미노키치는 서둘러 물었다. 최근에는 오엔이 남의 도움을 빌지 않고 일어나는 일은 좀처럼 없었던 것이다.

"측간에 가려고? 혼자 일어설 수 있겠어?"

미노키치가 다가가자 오엔은 수건을 덮은 채 천천히 얼굴을 이쪽으로 돌리고 살짝 고개를 기울였다.

"너, 집에 들어올 때 지금 저기서 어떤 여자랑 마주치지 않았니?"

속삭이는 목소리로 그렇게 물었다.

미노키치는 누구와도 마주치지 않았다. 어째서 누나가 그런 말을 꺼내는 걸까 싶어 으스스해졌다.

"아무하고도 마주치지 않았어."

"아아, 그래." 오엔은 그렇게 말하며 흔들흔들 고개를 끄덕였다. "네게는 보이지 않았구나. 그럼 됐어."

"누나, 무슨 소리야?"

미노키치는 누나의 이불 옆으로 다가갔다. 잠옷 소매 밖으로 엿보이는 오엔의 손목은 마쓰키치의 손목보다도 가늘어지고 노파처럼 주름이 가 있었다.

"아까 오치요가 왔었어." 오엔은 중얼거렸다.

"오치요가 누군데?"

"그 음식점에 고용살이를 하러 간 애야."

미노키치는 놀랐다. 누나가 그 처녀의 이름을 알고 있을 줄은 몰랐다.

"누나는 오치요를 잘 알고 있었어." 오엔은 동생의 기분을 읽은 듯이 앞질러 말했다. "예쁜 아이였거든. 오치요가 누나를 알고 있었는지 어떤지 모르겠지만, 나는 뭐든지 알고 있었어."

미노키치는 정말로 오랜만에 이야기하기 시작한 누나의 말허리를 자르고 싶지 않았다. 하지만 한편으로, 왠지 네네 하면서 듣고 있으면 안 될 것 같은 기분이 들었다. 누나가 이런 얘기를 하도록 놔둬서는 안 될 것 같았다.

"오치요는 얼굴은 예뻤지만 게으름뱅이였어." 오엔은 말을 이었다. "걸핏하면 남의 물건과 자신의 물건을 구별하지 못하곤 했지."

미노키치는 '누나, 그런 얘기는 그만해. 죽은 사람 얘기잖아'라고 말하고 싶었지만 할 수 없었다. 자신의 혀가 쑥 들어가 버린 것만 같다.

"그래서 나는 그 애가 고용살이를 하게 되고 내가 못하게 되었을 때, 정말 분했어. 그런 애에게 외모 때문에 지다니 분해서 속이 타 들어가고 밤에도 잘 수 없을 정도였지."

수건에 덮인 오엔의 머리가 천천히 좌우로 흔들렸다.

"너, 내가 신점 제비에서 대흉을 뽑았을 때의 일, 기억나니?"

갑자기 무슨 말을 하는 걸까 하고 미노키치는 놀랐다. 하지만 오엔의 말투에는 이의를 제기할 수 없게 하는 울림이 있었다. 게다가 미노키치는 기억하고 있었다. 그래서 "응" 하고 작게 대답했다.

"그래, 역시 그렇구나. 틀림없이 기억할 거라고 생각하고 있었어. 그때 나는 몹시도 무서운 얼굴을 하고 있었을 테니까."

그러고는 쿡쿡쿡 하고 낮게 웃었다.

"또 한 가지 기억나는 것 없니? 너는 어렸으니까 잊어버렸으려나. 그 왜, 오코 아주머니가 아주머니네 시골에 있는 산의 신 이야기를 해 주었을 때의 일."

오코 부부는 본래 조슈의 농가 출신이다. 아직 스무 살이 될까 말까 한 무렵에 먹고살기가 힘들어 에도로 도망쳐 왔다. 가끔 시골 마을 이야기를 해 줄 때도 있는데, 그것은 대개 오코 부부의 고생담이었기 때문에 미노키치는 귀 기울여 들어본 적이 없었다.

"아주머니네 고향의 산신님을 모신 신사에는 특이한 전설이 있었대. 그건 말이지, 신점 제비에서 흉을 뽑게 되면 신사 뒤에 있는 매화나무로 가서 신점 제비를 가지에 매달면서 이렇게 비는 거야—이 흉운凶運을 저 대신 누구누구에게 붙여 주세요, 하고."

미노키치는 그런 얘기를 들은 기억이 없다.

"소원을 빌 때는 반드시 소리 내서 말해야 해. 그러지 않으면 산신님께는 들리지 않으니까. 그런 짓을 하고 싶지 않다는 이유로 신점 제비를 매화나무 가지에 묶기만 하고 아무 말도 하지 않으면 흉운이 두 배가 되어 돌아온대."

미노키치는 등이 오싹해졌다. 봄비는 따뜻할 텐데도 발끝까지 싸늘해지는 기분이 들었다.

"그건 아주머니 고향 얘기잖아" 하고 일부러 난폭하게 말해 보았다. "지어낸 얘기일지도 몰라."

오엔은 또 소리 내어 웃었다. 그 목소리에 미노키치는 몸이 부르르 떨릴 것만 같았다.

"그렇지. 누나도 그렇게 생각했어. 어차피 진짜 그렇게 될 리 없다고. 그래서 그때 해 버렸던 거야."

"하다니—."

"대흉이 나온 신점 제비를 매화나무 가지에 묶으면서, 이 흉운을 오치요에게 붙여 주세요 하고 소리내서 빌었어."

미노키치는 잠자코 있었다. 빗소리만이 쏴아쏴아 들려온다.

"오치요가 포창에 걸린 건 누나 때문이야." 오엔은 작지만 또렷한 목소리로 그렇게 말했다. "그래서 오치요는 누나에게 화가 나 있어."

"그만해, 누나. 그런 말을 해 봐야 어쩔 수 없잖아."

"아까 왔었어, 바로 저기에."

오엔은 수건에 덮인 머리를 움직여 문 쪽을 향해 턱짓을 했다. 수건이 흔들리더니 아주 잠깐, 뾰족하게 야윈 하얀 턱이 보였다.

"오늘은 오치요의 사십구재거든. 역시 왔던 거야, 누나한테."

미노키치는 난폭하게 일어섰다. 무서움을 밀어내기 위해서 큰 소리로 화를 냈다.

"그만해, 누나. 난 이제 그런 얘기는 듣고 싶지 않아."

오엔은 가볍게 머리를 들고 쉰 목소리로 짧게 말했다.

"미안하다."

오엔은 손을 들어 수건을 슬쩍 걷어 냈다. 그녀의 얼굴이 나타났다. 미노키치는 수십 일 만에 누나의 얼굴을 제대로 보았다.

거기에는 익숙하던 누나의 얼굴은 없었다. 온통 검푸른 종기가 돋고 병에 무너져 코도 입도 거의 구별이 가지 않는다. 두 개의 눈만이 맑디맑아, 슬플 정도로 맑은 눈동자로 미노키치를 올려다보고 있다.

미노키치는 아무 말도 못하고 허둥거리며 밖으로 굴러나갔다. 다리가 엉켜 봄비의 진흙 속에 얼굴부터 처박은 후에야 비로소 비명 소리가 나왔다. 오코가 무슨 일인가 싶어 뛰어나왔다.

오엔은 이불 위에 오도카니 앉아 수건으로 덮은 머리를 위아래로 흔들면서 실실 웃고 있었다. 오엔의 웃음소리는 끊임없이 내리는 봄비의 부드러운 소리에 맞추듯이 높고 낮게 끊이지 않았다.

그것을 마지막으로 두 번 다시 제정신으로는 돌아오지 않았다.

*

미노키치가 공동 주택으로 돌아가 보니 오이토는 부푼 배를 양손으로 안다시피 하고 앉아 고리짝을 열고 버선이며 속옷 등을 늘어놓고 있던 참이었다.

"지금껏 가즈사야의 신세를 져 왔지만." 오이토는 눈가에 눈물이 고인 채 말했다. "관에 들어갈 때는 이걸 입혀 주라고, 어머님이 제게 말하곤 하셨으니까. 어머님이 지으신 거예요, 이거."

"내가 가져갈게."

오코의 이야기로는, 오엔의 시체는 가즈사야에서 장사를 치러 준다고 한다. 지금까지 보살펴 왔으니 마지막까지—라는 고마운 말이었다. 미노키치는 생전의 어머니가 가즈사야 쪽으로 발을 두고 자서는 안 된다고 몇 번이나 말했던 것을 새삼 떠올렸다.

십오 년 전의 그해 봄, 완전히 정신이 나가 버린 오엔을 미노키치와 가족들은 더 이상 어떻게도 할 수 없었다. 어머니는 종종 오엔과함께 죽겠다고 소리를 질렀다. 그때, 오랫동안 어머니가 고용살이를 해 온 가즈사야에서 무코지마에 있는 별장에 빈방이 있으니 거기에서 오엔을 살게 해 주겠다는 제의가 있었던 것이다. 마치 지옥에서 부처를 만난 것과도 같았다.

—손이 많이 가는 병자는 아니니 자네가 손이 빌 때 보살펴 주면되지. 그 대신 별장에서 먹고 자면서 고용살이를 해 주어야 하는데, 그래도 되겠나?

어머니는 울면서 기뻐했다. 험담하기 좋아하는 사람이 가즈사야에도 옛날에 마음의 병으로 죽은 아가씨가 있기 때문에 남의 일이라고는 생각할 수 없는 것이리라, 빈방도 그 아가씨가 갇혀 있었던 감옥방이라며 끊임없이 수군거렸지만, 그런 것은 이제 아무래도 상관없었다.

결국 어머니는 그 후로 십삼 년을 별장에서 살면서 일했고, 한편으로는 오엔을 돌보았다. 그 십삼 년 사이에 아버지가 생각지도 못한 돌림병으로 돌아가셔서 기름 파는 가업을 미노키치가 서둘러 물려받게 되었고, 마쓰키치가 고용살이를 나간 곳에서 주인의 마음에 들어 장가를 가는 등 여러 가지 일이 있었다. 그러나 어머니의 생활은 항상 오엔을 중심으로 돌고 있었다. 재작년 어머니가 어이없게 세상을 떠나고 만 후에는 미노키치도 각오를 굳히고 가즈사야에서 오엔을 도로 데려와야 할까 하는 생각을 했지만 상대방은 관대해서 이제 와서 오엔을 밖으로 내보내기도 불쌍한 일이니 이대로 우리 집에서 돌보겠다고 말해 주었다.

그리고 마침내 오엔은 가즈사야에서 인생을 마치게 되었다.

오이토를 집에 남겨 두고, 그녀가 꾸려 준 속옷 보따리만을 든 채 미노키치는 서둘러 무코지마로 향했다. 새벽에는 맑았던 하늘이 흐려지기 시작하더니 중간쯤 갔을 때 가랑비가 흩뿌리기 시작했다. 비 때문에 매화꽃 향기가 한층 더 강해지는 것 같았다.

가즈사야의 별장에서는 이곳의 안채 살림을 책임지고 있다는 나이 든 남자가 나와 안으로 안내해 주었다. 안내받은 방에서 몸을 움츠리고 기다리고 있자니 잠시 후에 나이가 마흔 정도 되어 보이는 자그마한 몸집의 하녀가 얼굴을 내밀었다. 처음 뵙겠습니다, 하며 바닥에 손을 짚고 인사를 하더니 오엔 일은 참 안되었다고 말했다.

"당신이 누나를 보살펴 주셨습니까?"

"네, 지난 이 년 정도는 마님의 명령으로 제가 돌보았지요."

"정말 고맙습니다." 미노키치는 깊이 머리를 숙였다. 계속해서 인사를 늘어놓으려고 하자 오콘이라는 이름의 이 하녀는 재빨리 가로막았다.

"나리도 마님도, 곤란에 처한 사람을 내버려둘 수 없었을 뿐이라고 말씀하셨어요. 세상 사람들은 이런저런 말을 했던 모양이지만 세상에는 그런 부처님 같은 분도 계신답니다."

"잘 압니다."

오엔 씨를 만나 주세요, 하며 오콘은 일어섰다. 미노키치도 그 뒤를 따라 복도로 걸음을 내딛었다.

발바닥의 차가운 판자 감촉이 갑자기 미노키치를 두렵게 했다.

"누나는—."

말하려다가 말이 끊어졌다. 얼굴의 종기는 끝내 그대로였을까. 그리고 그것을 감추기 위해 마지막까지 수건을 덮고 있었을까.

오콘은 앞지르듯이 말했다. "아름답게 죽었습니다. 마치 잠든 것처럼."

오콘보다 한 발짝 뒤에서 복도를 걷고 있던 미노키치는 저도 모르게 걸음을 멈추었다. "아름답게?"

"예." 오콘은 왜 그렇게 놀라느냐는 얼굴이었다.

"야위기는 했지만 몹시 편안한 얼굴이었어요."

"수건은—."

"쓰고 계셨지요, 마지막까지." 오콘의 목소리는 젖어들었다. "하지만 밑에 있는 얼굴은 아름다웠어요."

"나은 건가요?"

미노키치의 물음에 오콘은 눈썹을 찌푸렸다.

"낫다니요?"

"누나 얼굴의, 그."

"오엔 씨의 얼굴이 어떻게 되기라도 했나요?"

"아무것도 없었습니까?"

"아무것도라니······." 오콘은 미노키치의 얼굴을 뚫어지게 쳐다보았다. "오엔 씨는 처음부터 마지막까지, 눈에 보이는 곳에는 병이 없었어요. 그 사실은 가족 분들도 알고 계실 거라고 생각하고 있었는데요."

미노키치는 머리가 어질어질한 기분이 들었다.

"제가 막 곁에 있기 시작했을 무렵—우연히 머리가 조금 또렷했을 때였나 보지요, 오엔 씨는 '나는 세상 사람들을 볼 낯이 없는 나쁜 짓을 했기 때문에 그 벌로 수건을 쓰고 있는 것이다, 그러니 이 수건을 치우지 말아 달라'고 말했어요. 그 사실에 대해서는 마님께도 주의를 들었기 때문에 저는 알겠다고 말했지요. 그러니 수건을 치운 것은 오엔 씨가 숨을 쉬지 않고 있다는 것을 안 후의 일이에요. 그게 어떤 나쁜 짓이었는지 우리는 모르지만, 편안한 얼굴을 보면 이제 벌도 완전히 끝난 게 아닐까요?"

그런가요, 하고 미노키치는 겨우 말했다.

얼굴의 종기는 그럼 대체 뭐였을까. 자신이 본 무참한 얼굴은.

그것은 그때의 오엔과 미노키치에게만 보이기라도 했단 말인가.

그런 벌이라는 뜻일까.

"이쪽이에요."

미노키치는 오콘의 안내에 따라 어두컴컴한 복도를 나아갔다. 앞장선 오콘이 막다른 곳의 장지를 열려고 했다. 그때 미노키치의 코끝에 한층 강하게 매화꽃 향기가 났다.

그는 흠칫 놀라며 눈을 깜박였다. 그 옆으로, 부드럽게 옷 스치는 소리를 내며 아직 소녀 같은 어린 아가씨가 빠져나가는 기척이 느껴졌다.

"저어……."

오콘이 장지에 손을 댄 채 미노키치 쪽을 보고 있다. 미노키치는 몸을 돌려 아무도 없는, 잘 닦인 복도를 둘러보았다.

"아뇨, 죄송합니다."

미노키치는 그렇게 말하며 장지문 안쪽으로 조심스럽게 발을 들여놓았다.

오엔은 머리를 북쪽으로 두고 눕혀져 있다. 몸을 덮고 있는 이불은 거의 떠 있지 않았다. 바닥에 납작하게 붙어 있다.

베개에 받쳐져 약간 들어 올려진 오엔의 얼굴에는 새하얀 천이 덮여 있다.

미노키치는 털썩 무릎을 꿇고 오엔의 이불 옆에 앉았다. 오콘이 정중하게 합장하고 나서 오엔의 얼굴에 덮여 있던 천을 치웠다.

창밖의 빗소리가 갑자기 강해졌다.

"누나" 하고 미노키치는 불렀다.

오엔은 미소를 짓고 있었다. 그 얼굴은 소녀 시절, 부지런히 일하던 당시의 웃는 얼굴 그대로 맑고 밝았다. 어떤 불길한 그림자도 그 뺨에는 드리워져 있지 않았다. 십오 년의 세월이 소리도 없이 날아가는, 그런 기척을 또렷하게 느끼고 미노키치도 무심코 미소를 지었다.

　매화꽃 향기가 풍겨온다. 누군가가 저 복도를 따라 가벼운 발걸음으로 자박자박 멀어져 간다. 미노키치에게는 그 소리가 똑똑히 들렸지만, 찾아봐도 모습은 더 이상 볼 수 없다는 사실을 알고 있었기 때문에 그저 말없이 오엔의 손을 잡고 살며시 꼭 힘을 줄 뿐이었다.

05

치의 비

다 깨

아가 도

어머님이 돌아가셨을 때, 때마침 소나기가 심하게 내려 길에도 마당에도 온통 돌멩이를 집어던지는 듯한 소리가 울려퍼지고 있었습니다. 그 때문에, 눈을 감기 직전에 뭐라고 하신 말씀을 알아들을 수가 없었습니다. 제 귀에는 아무래도 사람의 이름을 부르는 소리처럼 들렸지만 확실하지는 않습니다. 어쨌든 잠이 들듯이 편안한 최후를 맞으셨고, 입가에는 희미하게 미소를 띠고 계셨습니다.

한 시간쯤 전부터 베갯머리를 지켜 주신 료안 선생님이 매끈하게 벗겨진 머리를 아주 살짝 기울이시며 상냥한 목소리로 '어르신께서는 임종하셨습니다' 하고 저와, 제 바로 옆에 정좌하고 있던 남편 도미타로에게 말씀하셨습니다. 그날은 저희 둘 다 아침부터 계속 어머님 곁에 있었습니다. 말을 나누지도 않고, 도미타로는 가끔 물끄러미 어머님의 얼굴을 들여다보고는 생각에 잠긴 눈만 하고 있었습니다. 그 얼굴이 그제야 울음을 참는 듯 무너졌습니다.

"편안하고 좋은 얼굴이군요."

어머님의 양손을 가슴 위에서 맞잡게 하면서, 선생님은 말씀하셨습니다.

"뭔가 즐거운 행사를 손꼽아 기다리는 소녀 같아요. 그렇게 생각지 않으십니까?"

선생님의 말씀대로였습니다. 저는 어머님의 표정에 이끌려 문득 미소를 짓고 말았습니다. 그리고 아까 알아듣지 못한 마지막 말씀이 아마 어머님의 '도깨비' 이름이었을 것이다, 아아, 끝내 제대로 이름을 듣지 못했구나—하고 맥락도 없이 생각하고 있자니 왈칵 눈물이 났습니다.

"길었군." 도미타로가 중얼거렸습니다.

"어머니는 그래도 만족하신 것 같아, 그렇지, 여보?"

도미타로는 위안을 구하듯이 제 팔에 손을 올려놓았습니다. 저는 남편의 손등에 제 손을 겹치고 고개를 끄덕이며 대답했습니다.

"네, 행복한 일생이셨을 거예요, 틀림없이."

제가 이 사사야에 시집을 온 것은 삼 년 전 봄의 일입니다. 그 무렵에는 이미 어머님의 몸이 많이 약해지셔서 일 년 중 절반 정도는 자리에 누워서 지내는 생활을 하고 계셨습니다. 열다섯 살 정도 된 오타마라는 몸집이 작고 영리해 보이는 생김새에 꽤나 드센 성질의 계집종이 곁에 붙어 있었는데, 그 빠릿빠릿한 점이 오히려 병자의 심기를 거스르는지 어머님께는 잔소리만 듣고 있는 상황이었습니다.

건강한 사람이 그러하듯 오타마도 병자를 돌보는 일에 있어서는 미처 신경을 쓰지 못하는 구석도 있었는데, 거기에 야단만 맞고 있으니 의욕도 사라질 법하지요. 제가 시집온 지 반년쯤 후에 오늘부터 어머님의 시중은 내가 들겠다고 말하자 오타마는 드러내놓고 기뻐했습니다. 아아, 시원하다, 하며 두 손을 머리 위로 쳐들고 정말로 기쁜 듯이 큰 소리로 외쳤습니다.

물론 이것은 오타마 같은 하녀의 입장에서 가게 주인의 아내를 향해 할 말은 아닙니다. 하지만 당시에는 저도 열여덟 살이라 나이도 가까웠고, 게다가 시집오기 전에는 사사야와 거래가 많은 종이 도매상 마쓰타케도에서 하녀 일을 하던 신분이라는 사실을 오타마는 잘 알고 있었습니다. 저는 하녀 출신이라는 것을 장점으로 시집을 온, 조금 특이한 아내였습니다. 그러니 오타마로서는 '뭐야, 나랑 같은 처지잖아'라는 생각이었겠지요. 거리낌 없는 말투였습니다. 그러고 보니 오타마는 끝끝내, 남들 앞에서는 몰라도 다른 사람들의 귀가 없는 곳에서는 저를 '마님'이라고 부르지 않았습니다.

"하루 종일 약냄새 나는 방에 틀어박혀서 노인네를 상대하니 기분이 울적해져서 말이야. 당신은 이제부터 힘들겠네. 가엾게도."

오타마는 뻔뻔스럽게 그렇게 내뱉고 입술 끝에 뭔가 가시라도 걸린 표정으로 웃었습니다.

사사야는 붓과 먹을 파는 작은 가게지만 땅을 조금 갖고 있는 탓도 있어서 살림살이는 풍요로운 집입니다. 집도 넓고, 같은 부지 안에는 가게와 집안사람들과 들어와 사는 고용인들이 생활하는 안채 외에 자그마한 안뜰을 사이에 두고 십오 평 정도 되는 별채가 지어져 있었는데, 어머님은 그곳에서 지내고 계셨지요. 저와 오타마는 그곳에서, 마침 어머님이 낮잠을 주무시고 계실 때 침소 옆에 있는 곁방에서 이야기를 하고 있었기 때문에 아무리 드러내놓고 이야기를 하더라도 큰 소리만 내지 않으면 다른 사람들이 엿들을까 봐 걱정할 필요는 없었습니다. 그래서 오타마는 매우 노골적이었습니다.

"저기, 당신, 마쓰타케도에서는 병든 선대 주인을 오 년이나 보살펴 왔다면서?"

분명 그랬습니다. 마쓰타케도의 선대 주인은 중풍을 앓은 지 오래되었는데, 저는 열 살 때 아기를 돌보는 고용살이를 시작했지만 아기가 자라 돌볼 필요가 없게 되자 이어서 선대 주인을 보살피게 된 것이었습니다. 몹시 제멋대로인 병자여서 아기보다 더 손이 많이 갔고 꽤나 곤란한 일도 많았습니다.

그 선대 주인은 제가 시집을 오기 석 달 전에 돌아가셨습니다. 아니, 선대 주인이 마침내 돌아가셨기 때문에 그때까지 병자를 돌보는 일밖에 한 적이 없던 저는 쓸모가 없어졌고, 그때 사사야에서 혼담이 들어왔다―고 하는 것이 순서에 맞겠군요.

손이 비게 된 하녀를 해고하는 것이 아니라 때마침 들어온 혼담을 들려준다―는 것도 평범하게 생각하면 이상한 일입니다. 사실 저도 마쓰타케도의 나리와 마님께 처음으로 이야기를 들었을 때는 여우에 홀린 기분이었습니다. 아까도 말씀드렸다시피 사사야는 부유한 가게라서 저 같은 신분의 사람에게는 상당한 출세였습니다. 사사야의 주인이 미인을 좋아해서―면 몰라도 저는 사사야 주인의 얼굴도, 사람 됨됨이도 몰랐고 무엇보다 그렇게까지 외모가 뛰어난 처녀도 아닙니다.

마쓰타케도의 나리는 이치에 맞지 않는 혼담에 오히려 겁을 먹은 제 얼굴을 쓴웃음을 지으면서 바라보고 계셨습니다. 마님은 시원스럽게 이 혼담의 진짜 '내용'에 대해서 밝혀 주셨습니다.

"사사야의 주인인 도미타로 씨는 올해로 서른 살이란다. 하지만 아직도 홀몸이고 아내를 맞이하지 않으셨어. 그렇다고 여자를 싫어하는 것은 아니다. 젊은 시절에는 우리 남편과 함께 나쁜 가게에도 실컷 드나들던 분이거든."

마쓰타케도 나리의 쓴웃음은 더욱더 깊어졌습니다.

"사사야에는 어르신이 계신단다. 도미타로 씨의 어머니인데, 이분이 몸이 약하고 나이도 나이이다 보니 절반은 병자 같은 분이야. 하지만 정신은 또렷하셔서 도미타로 씨는 어머니 말씀이라면 꼼짝도 못한다고 하더구나. 어쨌거나 사사야는 도미타로 씨의 부모님이 만든 가게거든."

사사야의 선대 주인—다시 말해 도미타로의 아버지는 도미타로가 스물다섯 살 때 급사했는데, 장사에 대해서는 상당히 눈치가 빠른 사람이었다고 합니다. 어머님도 그렇게 말씀하셨으니 틀림없겠지요. 나는 한 번도 그 사람을 사랑한 적은 없었지만 그 사람의 일하는 모습에는 반해 있었다—어머님이 제게 단호하게 그리 말씀하신 것은 한두 번이 아니었습니다.

"2대째 주인인 도미타로 씨도 아버지를 닮아 장사에는 밝으니, 사사야는 더욱 커질 테지. 그런 가게의 주인에게 혼담이 없을 리 없다. 실제로 혼담은 도미타로 씨가 파묻힐 정도로 들어왔어. 하지만 말이다, 이게 도미타로 씨의 소심한 점이라고 할까."

마쓰타케도의 나리는 턱을 문질렀습니다.

"뭐, 모친을 생각하는 마음이 지극하다고 해야 하려나. 어쨌거나 도미타로 씨는 좋은 혼담일수록 마음이 내키지 않는다고 하더구나. 좋은 혼담이란 그 뭐냐, 상대가 큰 가게 주인의 딸이라거나, 가난하지만 격식 있는 가문의 딸이라거나, 장사 동료의 딸이라거나, 여러 가지가 있지 않겠느냐? 도미타로 씨는 그런 혼담은 안 된다는 거야. 왜냐하면 그런 높은 집안에서 온 아내는 어르신을 우습게보고 진심으로 공손하게 대하지 않을 것이기 때문이라고 한다. 우리 부모님은 밑바닥에서부터 시작해서 부자가 된 분들이다, 일하고 또 일해서 가게를 이만큼 만들어 놓고 이제 겨우 느긋하게 살려고 하는 만년에 와서 격이 높은 가문 출신의 며느리 눈치를 보며 산다면 가엾은 일이다, 그러니 아내는 이름도 없는 집에서, 차라리 고용살이 일꾼들 중에서 고를 것이다—라고 하더구나."

"하지만 지금 사사야에서 고용살이를 하고 있는 하녀를 안주인으로 삼을 수는 없지." 마님은 엄하게 고개를 저었습니다. "그런 짓을 했다간 가게 안의 질서가 흐트러질 테니까. 어떻게 해서든 아내는 가게 밖에서 데려올 필요가 있는 거야."

알겠느냐, 그래서 너 같은 처녀가 딱 맞는다고 두 분은 입을 모아 말씀하셨습니다.

"게다가 너는 병자를 돌보는 데 익숙하지. 우리 집에서는 정말 열심히 일해 주었다. 사사야에서도 어르신은 하녀를 꽤나 번거롭게 하고 있는 모양이니 네가 시집을 가면 시어머니를 보살펴 드리면

될 게다. 도미타로 씨는 그런 마음가짐의 아내를 찾고 있으니까."

이런 혼담이었습니다. 아내는 밭에서 얻으라—는 격언도 있을 정도이니, 잘 생각해 보면 이상한 이야기도 아닙니다. 다만 도미타로 씨라는 사람은 분명히 효자일지도 모르지만 상당히 틀에 박힌 생각을 가진 사람이구나, 하고 당시에 저는 생각했습니다. 아가씨로 곱게 자란 처녀라고 해서 당장 콧대 높은 아내가 되리라는 보장은 없지 않습니까. 그것은 도미타로 씨 하기에 달려 있는 부분이 클 텐데. 뭐, 그만큼 진지한 성격이라는 뜻일 테니 사람 됨됨이는 나쁘지 않을 거라고도 생각했습니다만…….

게다가 저는 설령 사사야의 주인 도미타로의 이런 사고방식에 찬성할 수 없는 데가 있었다 하더라도 이 혼담을 거절할 수는 없었습니다. 그런 짓을 했다간 마쓰타케도의 주인 부부께 등을 돌리게 됩니다. 일찍 부모를 여의고 친척 집을 전전하며 자란 제게는, 아기 돌보는 일을 하던 시절부터 지금까지 오랫동안 키워 주신 마쓰타케도의 주인 부부는 부모보다 더 고마운 존재였습니다. 게다가 당장 달리 좋아하는 사람도 없고, 여자는 어차피 언젠가는 시집을 가는 법, 하녀 출신인 아내가 좋다고 생각해 주는 분이라면 저도 마음이 편하겠다는 생각도 있었습니다. 뭐, 애초에 아내가 아니라 하녀로서 고용살이하는 가게를 바꿀 뿐이다—그렇게 생각하면 결단이고 뭐고 필요 없었지요.

이렇게 해서 저는 사사야로 시집을 오게 되었습니다.

식은 올리지 않았습니다. 가까운 사람들을 불러 잔치를 열지도 않았습니다. 좋은 혼처를 모조리 거절해 놓고 일부러 하녀 출신의 아내를 맞이했으니 부끄럽기 짝이 없다, 요란하게 혼인식을 올리거나 잔치를 하다니 말도 안 된다며 사사야 주인의 친척들이 강경하게 반대했다는 것을, 나중에 집안 고용살이 일꾼들이 가르쳐 주었습니다. 물론 저도 사사야의 며느리로 인정할 수는 없다는 뜻이었습니다.

듣고 보니 저는 시집을 온 후로 친척들에게 인사를 다닌 적이 한번도 없었습니다. 친지나 가족을 가져 본 기억이 없는 저는 이런 부분에 대해서는 전혀 아는 바가 없었습니다. 당황해서 도미타로에게 사과하자 남편은 이렇게 위로해 주었습니다.

"뭐, 당신 같은 아내를 들이겠다고 생각했을 때부터 이런 말썽은 각오하고 있었소. 교류라고 해 봐야 이름뿐이고, 그 사람들은 내게 폐를 끼치는 일이 더 많았으니 상관없소. 나는 상인이라 자신들에게 이득이 될 것이라 보고 몰려드는 친척들보다 서로 기댈 수 있는 동료가 더 소중하거든."

이런 말에서도 알 수 있다시피 도미타로는 상냥하고 야무진 사람으로, 저는 생각지도 못했을 만큼 좋은 남편에게 시집을 오게 된 것이었습니다. 머리가 좋고 생각이 깊은 사람이 종종 그러하듯이 조금은 융통성이 없기도 하고 한번 말을 꺼내면 물러서지 않는 면도 있었지만 제 쪽에서 양보하여 맞추기도 어렵지 않았습니다. 애초에 저는 장사에 대해서는 모르니 도미타로의 생각에 반대하는 일은 있을 수 없고, 집안일로 도미타로가 제게 의견을 내놓는 일이 있어도 그것은 지극히 사소한 일—당신 베개는 너무 낮다, 그러면 머리에 피가 고여 몸에 좋지 않으니 좀더 높게 하라거나, 동아를 구울 때는 간장을 너무 많이 쓰면 안 된다거나, 춥다고 해서 옷을 두껍게 입으면 안 된다거나—그런 일들이었기 때문에 예, 예 하며 맞춰 주기도 쉬운 일이었습니다.

서두에 시간을 많이 잡아먹었는데, 이렇게 반년쯤 지나 집안일을 관리하는 데 익숙해지고 나서야 겨우 저는 오타마의 손에서 어머님을 돌보는 일을 받아들였습니다. 물론 그 전까지도 며느리로서 매일같이 별채를 찾아가 안부를 묻곤 했지만 곁에 바싹 붙어 있었던 적은 없었기 때문에 자세한 사정은 모릅니다. 저도 확실하게 잘 모시자는 마음과 내가 이 일을 할 수 있을까 하는 불안이 반반 정도였다는 것이 솔직한 심정이었습니다.

아까도 말씀드렸다시피 오타마의 거침없는 언행은 제가 시집을 오게 된 사정에 원인이 있었습니다. 오타마는 그것을 기가 막힐 정도로 잘 알고 있었습니다. 그래서 저에게도 전혀 어려워하는 구석이 없었던 것입니다.

고용살이 일꾼은 가게라는 배를 젓는 노이지만 절대로 키를 잡지는 않습니다. 배가 갈 곳을 정해야 하는 선장이라면 물의 흐름을 읽고 주위의 풍경을 보면서 올바른 길을 선택해야 하지만, 그저 노로서 물만 저을 뿐이라면 그런 배려는 필요 없습니다. 그런 만큼 배 안의 상황은 잘 보이지요. 살펴볼 시간이 많기 때문입니다. 오타마는 그런 의미로, 정말로 눈앞만은 잘 보는 노였습니다.

"나는 나리의 생각을 잘 모르겠어. 저런 할망구의 눈치를 살피면서 좋은 집안 아가씨들의 혼담을 거절하고 당신 같은 사람을 데려오다니."

독설이지만 옳은 말이었기 때문에 저도 아무 말도 할 수 없었습니다. 다만 어머님을 '할망구'라고 부르는 것은 그냥 넘길 수 없어서 꾸짖었습니다. 하지만 오타마는 웃을 뿐이었습니다.

"어쨌든 나는 이제 간신히 저 짜증나는 방에서 도망칠 수 있게 되었으니 당신에게 감사해야겠지. 뭐, 열심히 일해 보라고."

오타마가 복도를 돌아 안채 쪽으로 가 버린 후에야 저는 겨우 가슴을 쓸어내리며 어머님의 침실로 가려고 일어섰습니다. 그러자 놀랍게도 장지가 드르륵 열리고 어머님이 얼굴을 내밀었습니다.

"세상에, 너는 저런 말을 듣고도 가만히 있구나."

어머님은 웃고 계셨습니다.

"오타마 따위는 내버려두렴. 조만간 벌을 받게 될 테니."

그렇게만 말하고 다시 장지를 꼭 닫아 버리셨습니다. 저는 또다시 여우에 홀렸는지 너구리에게 속았는지 모를 기분으로 멍하니 서 있었습니다.

어머님은 결코 까다로운 병자가 아니었습니다. 다루기 어려운 '할망구'도 아니었습니다. 곁에서 모시게 된 후에 저는 곧 그것을 깨달았습니다.

마쓰타케도의 선대 주인은 손이 많이 가는 병자였습니다. 중풍으로 몸이 움직이지 않는 탓도 있고, 그것에 대해 본인이 신경질적인 탓도 있고, 또 아주 말년에는 약간이지만 소위 말하는 색에 미친 치매 기가 보여서, 젊은 저로서는 때로는 울 만한 일도 있었고 누구에게도 말하지 못한 채 견딘 적도 실은 있었습니다.

그에 비하면 어머님은 부처님처럼 상냥했습니다. 이렇게 해 주었으면 좋겠다, 저렇게 해 주었으면 좋겠다, 그것은 하지 말아 주었으면 좋겠다는 지시도 확실하고 알기 쉬웠으며, 겉으로 말하는 것과 다른 속내가 있지도 않았습니다. 어머님이 "한숨 잘 테니 한동안 내버려 둬 다오"라고 말씀하시면 그것은 글자 그대로 그런 뜻이었습니다. "잠깐 얘기를 할까?"라고 하면 그 말 그대로의 뜻이었습니다. "네 바느질 솜씨를 좀 보자꾸나"라고 하면 저는 반짇고리와 상을 들고 가면 되었습니다.

어머님은 옛날이야기를 좋아하셨습니다. 도미타로가 태어났을 때의 일, 부부가 가게를 일으키기까지의 고생—부모의 얼굴을 모르는 저는 부모 세대의 옛날이야기를 친근하게 들을 기회도 없었기 때문에 어머님의 이야기는 신기하고 재미있었습니다. 노인은 같은 이야기만 되풀이하니까 지루해서 싫다고 말하는 사람도 많은 모양이지만, 저는 되풀이되는 데에 질릴 만큼 연장자의 이야기를 접한 적이 없었기 때문에 정말로 즐거웠습니다.

한 달이 지나자 유쾌한 이야기에는 크게 웃고, 무서운 일을 당하거나 흥하느냐 망하느냐 하는 장사 이야기에는 조마조마해하는 제가 아무래도 장단을 맞춰 주는 것이 아니라 진심으로 즐거워서 어울리고 있다는 사실을 어머님은 알아차리신 것 같았습니다. 어느 날 둘이서 유카타를 짓고 있을 때 문득 바늘을 멈추고 저를 찬찬히 바라보시더니 말씀하셨습니다.

"너는 꽤나 쓸쓸한 생활을 해 왔구나."

저는 잠시 생각하고 나서, 솔직히 계속 외톨이였기 때문에 쓸쓸함을 쓸쓸하다고 느낀 적도 없었어요—라고 대답했습니다.

"그런 모양이구나."

어머님은 깊이 고개를 끄덕이셨습니다.

"아기 돌보는 일과 병자를 보살피는 일만 하면서 열여덟 살이 되어 버렸으니 무리도 아니지. 너는 세상을 전혀 모르는 게야."

그러고는 약간 눈을 깜박이며,

"그런데 너, 누구 좋아하는 사람이 생긴 적은 없었느냐?"

하고 몹시 진지하게 물으셨습니다.

저는 놀라고 말았습니다. 대답이 막힌 것은 당연한 일입니다. 어머님이 제 어머님인 것은 제가 도미타로의 아내이기 때문입니다. 시집을 오기 전에 달리 좋아하는 사람이 있었다고 뻔뻔스럽게 말씀드릴 수 있을 리가 없습니다.

다행인지 불행인지 저는 전혀 사랑을 몰랐습니다. 병상에서 움직이지 못하는 마쓰타케도의 선대 주인과 함께, 저도 묶여서 보낸 처녀 시절이었습니다. 지금이야 하녀 고용살이를 하는 젊은 처녀가 스스럼없이 집어드는 기뵤시黃表紙에도 후기에 유행했던 노란 표지의 그림책. 성인을 대상으로 하는 읽을거리로, 연애를 다룬 것이 많았다 같은 책도 그 무렵에는 아직 그렇게 쉽게 손에 넣을 수 없었기 때문에 이야기 속에서조차 남녀의 마음의 움직임 등을 알 길이 없었습니다.

"세상에, 좋아하는 사람이 생긴 적도 없었구나."

어머님은 제 마음을 꿰뚫어 보고는 앞질러서 그렇게 말씀하셨습니다.

"그렇지 않을까 생각은 하고 있었다만."

이상한 말씀이었습니다. 저는 무심코 "어째서요?" 하고 여쭈었습니다.

어머님은 살짝 웃으며, "너는 도미타로도, 싫어하지는 않지만 아직 사랑하지는 않는구나"라고 말씀하셨습니다.

"여자에게 아내가 된다는 것은 직업이나 마찬가지이니, 너는 고용살이의 연장이라는 생각으로 도미타로와 부부가 되었겠지."

그게 안 된다는 뜻은 아니라고, 저를 위로하듯이 덧붙였습니다.

"그건, 사실은 쓸쓸한 일이란다. 네게도 한 번쯤은 사랑을 하게 해 주고 싶다만, 이것만은 남이 어떻게 해 줄 수 있는 일이 아니지."

뭔가 생각에 잠긴 얼굴이었습니다. 저는 아까 하신 말씀이 신경 쓰였기 때문에 집요하게 다시 물었습니다. 어떻게 어머님은 제가 사랑을 모른다는 걸 아셨어요?

어머님은 잠시 방 안을 둘러보는 것 같은 몸짓을 하셨습니다. 그러고는 어머님 바로 옆에 눈길을 주며 아무도 없는 방바닥 위에 살짝 미소를 지으셨습니다.

"왜냐하면 네게는 아무것도 보이지 않는 것 같고, 아무것도 느껴지지 않는 것 같거든."

더욱더 이상한 대답이었습니다. 제가 다시 물으려고 하자 어머님은 그것을 가로막듯이 조금 피곤하니 차를 끓여 다오, 단것이 먹고 싶구나, 하고 말씀하셨습니다.

그때는 그게 다였습니다. 납득이 가지 않는 이야기였지만 사소한 일이었기 때문에 저도 오래 기억하지는 않았습니다.

그로부터 며칠 후였을까요. 지금은 부엌 하녀로 일하고 있는 오타마가 이런 것을 물었습니다.

"저기, 어르신의 방에서는 이상한 냄새가 나지? 뭔가 짐승에게서 나는 지독한 냄새 말이야. 나는 그게 너무 싫고 몸에도 배는 것 같아서 정말 참을 수가 없었어. 당신도 혹시 그것 때문에 고민하는 거 아니야?"

저는 의아하게 생각했습니다. 그런 냄새를 느낀 적은 한 번도 없었기 때문입니다. 솔직하게 그렇게 말하자 오타마는 곁눈질로 저를 노려보았습니다.

"당신은 그렇게 걸핏하면 착한 척이군. 그야 때에 따라 강한 날도 있고 약한 날도 있지만, 특히 비가 오는 날에는 방 전체에 냄새가 풀풀 풍기는데 알아차리지 못할 리가 없잖아. 그건 틀림없이 할망구의 몸 냄새야. 노인은 아무리 깨끗하게 하고 있어도 몸에서 냄새가 나는 법이니까."

저는 그런 냄새는 나지 않는다고 되풀이해서 말했습니다. 오타마는 얄밉다는 듯이 내뱉을 뿐이었습니다.

"흥, 내숭 떨기는."

부당한 욕이었습니다. 어지간한 저도 화가 나고 신경도 쓰여서 제 가슴에만 담아둘 수가 없었습니다. 고자질—이라는 것을 알면서도 어머님께 말씀드리고 말았습니다.

그러자 어머님은 명랑한 목소리로 말씀하셨습니다.

"어머나, 그래? 하지만 괜찮다. 그 지독한 냄새는 오타마에게만 나는 거니까."

그러고는 또 어머님과 저 외에는 아무도 없는 방인데도 어머님

바로 뒤를 어깨 너머로 돌아보며 동의를 구하듯이 생긋 웃고 고개를 끄덕였습니다.

그때 처음으로, 저는 조금 한기가 들었습니다. 마음 한쪽 구석에—어쩌면 어머님은, 정신에 조금 병이 드신 게 아닐까 하는 의심이 싹트고 말았던 것입니다.

그렇게 해서 어머님과의 사이에, 적어도 제 쪽에서는 낮지만 확실한 담장 같은 것이 생기고 나서 또 한 달쯤 지났을까요. 때마침 겨울 중에서도 가장 추울 무렵이었습니다. 그해에 에도에는 눈이 많이 내려 사사야 안뜰의 얼마 안 되는 나무들이 하얀 옷을 폭 뒤집어쓰는 일도 자주 있었습니다.

마침 그때, 도미타로에게는 새로운 장사 동료 한 명이 드나들게 되었습니다. 인주와 당묵唐墨을 취급하는 직인으로, 같은 직인 동료를 몇 명 통솔하고 있는 우두머리라고 했습니다. 도미타로와 비슷한 나이에 상당히 수완가 같은 말투를 쓰는 잘생긴 사람으로, 이름은 사지로라고 했습니다. 오타마는 이 사람이 찾아오면 흥분하여 야단법석을 떨곤 했습니다. 눈 위에 우산을 그리고 오타마와 사지로의 이름을 나란히 쓰는 낙서가 있기도 해서, 그것을 발견한 대행수님이 벌레를 씹은 얼굴을 하고 있었던 것이 기억납니다.

아시겠지만 에도에서는 먹과 붓 하면 니혼바시의 고바이엔古梅園이 유명한 가게지요. 특히 이곳의 먹은 다 사용하고 나서 씻은 붓을 책상에 올려두어도 여전히 향이 난다—고 할 정도로 향긋한 것으로 유명했습니다. 그런 만큼 상당한 가격이 붙어 있지요.

사지로는 자신들이 독자적인 방법으로 만든 새로운 먹은 이 고바

이엔의 간판 상품에 뒤지지 않을 만큼 향긋하다, 그것을 싸게 납품할 테니 사사야에서 팔아 주지 않겠느냐—는 제안을 가져왔습니다.

도미타로는 솔깃해하는 듯했습니다. 몇 번이나 말씀드리지만 저는 장사에 대해서는 잘 모릅니다. 하지만 한번 도미타로가 보여 주어서 실제로 벼루에 갈아 본 사지로의 먹은 분명히 향기가 진한 물건이었습니다.

거래 이야기는 순조롭게 진행되는 모양이었습니다. 평소에는 신중한 대행수님도 사지로의 열의에 넘어가고 훌륭한 말솜씨에 홀렸는지 거의 끼어들지 않았습니다. 그때 도미타로가 제게, 오늘은 사지로 씨를 어머니께 소개할 테니 그렇게 알고 있으라고 말했습니다.

연일 눈이 오고 날씨가 추워서 어머님은 고뿔에 걸려 자리에 누워 계셨습니다. 저는 지금은 도저히 손님을 뵐 수 없다고 호소했습니다. 그러나 도미타로는 이렇게 말했습니다.

"알고 있소. 어머니는 침상에 누워 계셔도 괜찮아. 그냥 안뜰을 향해 나 있는 장지를 열어놔 주시오. 아주 조금만 열면 돼. 그러면 정원 너머로 이쪽 방에서 사지로 씨의 얼굴을 보여 드릴 수 있을 테니."

그러고는 아무렇지도 않게, "나는 지금까지도 어머니가 고개를 끄덕이지 않는 상대와는 장사를 한 적이 없다"고 말했습니다. 과연, 도미타로가 어머님 말씀이라면 꼼짝도 못한다는 게 이런 뜻이구나, 하고 새삼스럽게 깨닫게 되었습니다.

점심때가 지나, 사지로는 나이 많은 동료를 한 명 데리고 찾아왔습니다. 미리 말한 대로 도미타로는 그들을 안뜰 너머로 별채가 보이는 방으로 안내했기 때문에 저는 틈을 보아 장지를 열었습니다. 어머님은 도미타로에게서 미리 이야기를 들었는지, 몹시 익숙한 태도로 침상 위에서 상반신을 일으키고 손님이 있는 방 쪽을 열심히 바라보고 계셨습니다.

별채 쪽에서 보면 끊임없이 담소하는 도미타로와 사지로의 딱 한가운데에 제 키만 한 동백나무가 가로막고 서 있습니다. 아침에 한번 눈을 떨어뜨려 치웠지만 계속해서 내리는 함박눈 때문에 동백나무는 또 새하얀 옷을 폭 뒤집어쓴 모습이었습니다. 안뜰 바닥도 솜을 가득 채운 것처럼 새하얘서, 얼어붙을 것 같은 추위만 빼면 황홀해질 정도로 아름다운 겨울 정원이었습니다.

어쩌다가 정원에 관한 화제가 나왔는지 도미타로가 안뜰을 손으로 가리키고 사지로와 그의 일행이 안뜰 쪽으로 얼굴을 돌렸습니다. 그때 어머님 바로 옆에서 화로의 불을 뒤적이고 있던 저는 어머님이 몸을 내미는 기척을 느끼고 시선을 들었습니다.

안뜰 너머로 순식간에 눈보다 더 새하얘지는 사지로의 얼굴이 보였습니다. 그 눈은 놀람으로 크게 뜨여 있었습니다. 그는 고개를 휙 돌리더니 도미타로와 같이 온 나이 든 남자 쪽을 향해 뭐라고 끊임없이 이야기했습니다. 도미타로는 깜짝 놀란 듯이 턱을 약간 당기고, 나이 많은 남자도 눈을 깜박거리고 있었습니다.

사지로는 엉거주춤 몸을 일으키고 안뜰 쪽으로 팔을 쑥 내밀었습니다. 이쪽을 가리키고 있었습니다. 어머님인지 저인지 모르겠지만, 어느 쪽이든 사람에게 손가락질을 하다니 무례한 행동이라는 생각에 의아해하다가 저는 문득 깨달았습니다.

사지로는 허공을 가리키고 있었습니다. 몸도 얼굴도 눈도 팔도 손가락도, 분명히 어머님이 계시는 이 방을 향하고 있지만 손끝은 아무것도 없는, 방 안의 그냥 허공입니다. 그래도 저는 정원에 뭔가 있는가 싶어서 서둘러 일어나 장지에 손을 짚고 내려다보았습니다. 온 정원에 쌓인 눈에는 새 발자국 하나 눈에 띄지 않습니다. 물론 누가 있을 리도 없었습니다.

사지로의 당황한 목소리가 들렸습니다.

"이상하네, 잘못 본 것일까. 분명히 보았다고 생각했는데―."

도미타로가 웃는 얼굴로 뭐라고 대꾸하고 같이 온 남자도 웃었기 때문에, 사지로도 마지못한 듯이 입가에 웃음을 띠었습니다. 하지만 제게는 그가 몹시 겁을 먹은 것처럼 보였습니다.

"이제 됐다, 장지를 닫아 다오."

어머님의 말에 저는 돌아보았습니다. 어머님은 뭔가를 깨달은 듯이 몇 번이나 고개를 끄덕이고 계셨습니다.

"아아, 아무래도 저 남자에게는 엄청난 것이 보인 모양이구나. 이번 장사 얘기는 없었던 것으로 해야겠어."

어째서냐고, 저는 물었습니다. 추위 때문이 아니라 등골이 오싹오싹해서, 정신을 차려 보니 장지를 꽉 움켜쥐고 있었습니다. 저는 몹시 무서웠습니다.

어머님은 그런 저를 잠시 바라보시다가 이윽고 미소를 지으며, "그건 다음에 천천히 얘기해 주마. 내 고뿔이 나으면 말이다"라고 말씀하시고는 베개에 머리를 대고 누워 버리셨습니다.

방 안이 조용해지고 잠든 어머님의 부드러운 숨소리가 들려와도, 저는 안뜰에 면해 있는 장지에 등을 바싹 붙인 채 움직일 수가 없었습니다. 어머님과 저 외에 눈에는 보이지 않는 누군가가 방 안에 숨어 있다—그런데 어째서 어머님은 무서워하지 않을까, 어머님은 그 '무언가'의 정체를 알고 계시는 걸까—그런 생각을, 갇힌 쥐처럼 끊임없이 하고 있었습니다. 모든 것은 기분 탓이다, 어머님이 아까 한 말은 내게 심술을 좀 부리시려고 하신 말이고 깊은 뜻은 없다고, 억지로라도 이치를 갖다붙여 스스로에게 들려주었지만, 그러면 방금 전에 본 사지로의 공포로 굳어진 얼굴은 무엇이었을까 하고 또 다시 생각이 그리로 돌아가고 맙니다.

결국 저는 방 안을 지나쳐 가지 못하고 등 쪽의 장지를 열고는 눈이 쌓인 안뜰로 내려서서, 서둘러 그곳을 가로질러 반대쪽 방으로 도망쳤습니다. 맞은편 방으로 통하는 봉당에서 돌아보니 솜 같은 눈 위에는 제 발자국이 남아 있을 뿐이었습니다. 역시 아무도 없는 거야—쫓기는 듯한 공포로 숨을 헐떡이고 있던 저는 거기서 크게 한숨을 쉬었습니다.

그때 느닷없이 동백나무에서 눈 덩어리가 털썩 하고 떨어져, 검은색에 가까울 정도로 짙은 초록색 잎이 달린 가지가 드러났습니다. 저는 글자 그대로 펄쩍 뛰어오르며, 더 이상 뒤도 보지 않고 방으로 뛰어들어갔습니다.

어머님의 말대로 사지로와의 거래는 흐지부지되었습니다. 도미타로는 어머니가 승낙하지 않았기 때문이라고 할 뿐 특별히 설명을 해 주지는 않았습니다. 하지만 사지로가 사사야에 출입하지 않게 되었다는 것을 알고 오타마가 부엌에서 주인인 도미타로를 실컷 욕하다가, 그녀치고는 부주의하게도 그것을 대행수님에게 들키는 바람에 엄청난 꾸중을 듣게 된 것은 제게는 조금 통쾌한 일이었지요.

어머님은 약속을 지키는 분이었습니다. 고뿔이 낫고 건강해지자 저를 방으로 부르셔서 이야기해 주셨습니다.

어머님이 누워 계시는 며칠 동안 저는 별채 방에 다니는 것이 너무나 무서워서 견딜 수가 없었습니다. 그래서 드디어 어머님이 사실을 밝혀 주시려고 하는 단계가 되자 왠지 구원받은 기분이 들었습니다. 확실히 알 수 없는 일 때문에 무서워하기보다, 아무리 무시무시한 일이라도 분명하게 아는 편이 훨씬 낫다고 저 나름대로 생각했던 것입니다.

어머님은 이야기를 시작하기 전에 "너는 이 방에서 아무 냄새도 나지 않느냐, 아무것도 들리지 않느냐, 아무것도 보이지 않느냐" 하고, 지금까지 한 번도 보인 적이 없는 엄한 얼굴로 물으셨습니다.

여전히 제게는 아무것도 보이지 않고 아무것도 들리지 않고 아무 냄새도 나지 않았습니다.

"그래? 그렇다면 가르쳐 주마."

어머님은 입가를 엄하게 다잡으며 말씀하셨습니다.

"이 별채, 이 방의 내 옆에는 '도깨비'가 살고 있다."

그것은 벌써 삼십여 년이나 지난 일—어머님이 열여섯 살 때의 일이었다고 합니다.

그 무렵 어머님은 니혼바시도리초의 '조슈야'라는 비단 도매상에서 하녀 고용살이를 하고 계셨습니다.

실은 어머님은 조슈야의 주인이 그 집 하녀에게 손을 대서 낳게 한 아이였다고 합니다. 어머님의 어머님은 눈에 띄는 미인으로 유명했다고 하는데 그것이 행복을 부르지 못하고 오히려 가게 주인의 나쁜 마음을 불러일으키고 말았다고 해야겠지요. 여자는 어떻게 구르든 살아가기 어렵게 되어 있다고, 어머님은 웃으며 말씀하셨습니다.

"게다가 그런 일을 당한 사람은 우리 어머니만이 아니었어. 어쨌거나 조슈야의 주인은 여자라면 가리지 않고 좋아했으니까. 나 외에도 바깥에서 낳은 아이가 남자 아이만 셋이나 있었단다. 마님과의 사이에도 아들이 하나 있었기 때문에 나중에 후계자 문제로 싸우고 또 싸우다가 그게 원인이 되어 결국은 다음 대에서 망하게 되었는데, 뭐, 그건 내 신상 이야기와는 직접 상관이 없는 일이니 그만두자꾸나."

어머님의 어머님은 어머님을 낳고 나서 곧 산욕열로 돌아가셨다고 합니다. 조슈야의 주인은 어쨌거나 품행이 그런 사람이다 보니 장난으로 손을 댄 하녀의 아이를 아끼는 마음이라곤 조금도 갖고 있지 않았습니다. 어머님은 하녀 우두머리에게 맡겨져, 장래에는 이 가게의 고용인이 되기 위해 키워졌습니다. 다시 말해서 어머님은 갓난아기 때 모친을 잃고, 부친은 없는 것이나 마찬가지여서 처음부터 귀찮은 존재로 취급받고 있었던 것입니다. 그래도 갓난아기 때는 본인은 아무것도 모르니 그나마 나았어요. 괴로웠던 것은 자라서 사물을 이해하게 된 후로……

"또 조슈야의 마님은 투기가 심한 사람이라, 여자에 미쳐 있는 남편에 대한 미움을 남편이 다른 여자에게서 낳아온 아이들에게 푸는, 일그러진 복수를 즐기는 구석이 있었거든. 이제 와서 생각해 보면 그 사람은 그 사람대로 가엾은 사람이었다고 생각하지만, 어쨌거나 어린 시절의 내게는 염라대왕보다 무서운 마님이었단다."

─너는 식충이야.

조슈야의 안주인은 자주 어머님을 꾸짖으며 그렇게 욕했다고 합니다.

어린아이이니 일을 할 수 없는 것은 당연합니다. 한창 자랄 나이의 아이이니 배가 고픈 것도 당연합니다. 그런데도 고용인인 주제에 아무것도 안 하고 밥만 먹다니 뻔뻔스럽다는, 말도 안 되는 논리였습니다. 사나흘이나 밥을 주지 않기도 하고, 한여름의 뙤약볕 아래 마당 말뚝에 개처럼 묶어 두기도 하고, 한겨울에도 홑겹 옷밖에 입히지 않고, 젖어서 썩어 가는 이불을 주기도 하고─ 어머님은 이런저런 방법으로 온갖 심술과 괴롭힘을 당하면서 자랐습니다.

"그런 일을 당하면서도 어째서 내가 조슈야에서 도망치지 않았는지, 너는 이상하게 생각하겠지? 나 자신도 지금 돌이켜 보면 알 수가 없을 정도야. 뭐, 좁은 가게밖에 모르고 자랐으니 도망쳐서 다른 곳으로 간다는 생각을 머리에 떠올릴 만한 기지도 없었던 것일 테지."

게다가 어머님을 키워 준 하녀 우두머리는 결코 상냥한 모친을 대신해 줄 만한 사람은 아니었지만, 어머님 같은 불우한 사람이 세상을 살아나가기 위해서는 어쨌든 일하고 또 일해야 한다고 생각했는지 어머님이 하녀로서 가게에서 중용될 수 있도록 엄하게 가르쳐 주었다고 합니다. 그래서 열 살이 넘었을 무렵에는, 어머님은 웬만한 시골 아이보다 훨씬 더 눈치가 빠르고 훌륭한 하녀로 자랐습니다.

"열여섯 살 때 나는 이미 상당한 일손이 되어 있었지."

어머님은 그렇게 말하며 자랑스러운 듯이 생긋 웃으셨습니다.

"조슈야에서도 내 일솜씨에 많이 의지하게 되었어. 마침 내가 어엿하게 한 사람 몫을 해내는 일꾼이 되었을 때 하녀 우두머리가 가슴에 병이 생겨 고용살이를 그만둬 버렸으니 더욱 그랬지. 마님은 여전히, 쫓아내기보다 가까이에 두고 괴롭히는 게 즐거웠던 모양이다만. 이유도 없이 불려가 부지깽이로 얻어맞은 적도 있었단다. 하지만 나도 이제 어른이고 나름대로 기지를 발휘할 수 있게 되어서—오랫동안 똑같은 일을 당하다 보면 피하는 법도, 도망치는 법도 익히기 마련이지—그렇게 심한 일은 당하지 않게 되었어."

그 무렵에는 조슈야의 주인도 오십 대 중반에 접어드는 나이가 되어 있었습니다. 나이를 먹으면 사람은 마음도 약해지는 법이어서 가끔 안주인의 눈을 피해 어머님에게 상냥하게 말을 걸어 줄 때도 있었다고 합니다.

"아까도 말했다시피 밖에서 낳아 온 남자 아이들이 있기도 했고, 마님과의 사이에 생긴 후계자가 방탕함에 푹 빠진 밥벌레로 자라 버리는 바람에 가슴앓이를 하는 면도 있었을 테지. 너는 야무지고 착한 아이다, 좀더 일찍 너를 확실하게 딸로 인정해 줄 걸 그랬다—하며 이상한 말을 꺼내기도 했단다. 물론 내게는 헛소리로밖에 들리지 않았지만 말이야. 이제 와서 무슨 소릴 하는 걸까, 이 노인은, 공연히 마음만 약해져서―라는 정도였지. 하지만 그러다가, 그렇게 한 귀로 듣고 한 귀로 흘릴 수만은 없게 되었어."

조슈야는 어머님의 생부인 주인의 선대가 일으킨 가게였는데, 그 선대 주인은 본래 조슈의 '구와노'라는 작은 여관 마을 출신이었습니다. 가게 이름도 거기에서 온 것입니다.

"선대 주인은 구와노라는 마을에서 상인을 상대로 싸구려 여인숙을 경영하던 집의 차남이었는데, 흔히 있는 일이지만, 에도에는 먹고살려고 올라왔단다. 자그마한 여인숙이라도 장남이라면 후계자지만, 차남은 처음부터 쓸모없는 존재니까. 그래서 에도에 올라와 가게를 일으킨 것인데, 선대 주인에게는 구와노는 고향이잖니? 한 번은 돌아가고 싶다, 부모님 묘지에 성묘도 가고 싶다, 두고 온 형도 만나고 싶다―그런 말을 하면서도 결국 한 번도 이루지 못하고 돌아가시고 말았다고 하더구나."

나이를 먹어 인생의 살아온 방향을 돌아보는 일이 많아진 조슈야의 주인은 선대 주인이 이루지 못한 꿈을 꼭 이루고 싶다는 말을 꺼냈다고 합니다.

"마님은 집에 있으면 시끄러운 일만 있어서 싫으니까 도망치려고 하는 것일 뿐이라고 또 차가운 말을 했지만. 뭐, 그것도 절반은 옳았을 게다."

어쨌거나 조슈야의 주인은 여행 준비를 하게 되었습니다. 구와노에는 이미 친척 중 누가 살고 있는지 알 수도 없고, 애초에 선대 주인이 자란 여인숙이 아직까지 있는지 없는지도 확실하지 않았지만 그래도 무작정 떠나려고 한 것입니다.

"그리고 애야, 어이없게도 그 여행에 나를 데려가겠다고 했단다."

시중을 들게 하기 위해서는 하녀가 필요하다, 게다가 이 아이는 자신의 피를 물려받은 딸이니 함께 구와노에 갈 사람은 이 아이밖에 없다—는, 제멋대로의 논리였습니다.

"나는……."

어머님은 물끄러미 제 얼굴을 보며 말씀하셨습니다.

"같이 가겠다고 승낙했단다. 어째서일 것 같으냐?"

조슈야에서 나갈 절호의 기회라고 생각했다고 합니다.

"물론 조슈 같은 촌구석까지 갈 생각은 없었어. 나이 많은 주인과 둘이서 하는 여행이라면 내가 힘이 더 세지. 에도를 떠나면 어딘가 적당한 여관에 노인을 버려 두고 나는 도망칠 생각이었어. 여행을 하려면 그럭저럭 큰돈도 가져갈 테니, 그것을 들고 말이야. 오히려 그쪽이 목적이었어. 왜냐하면 조슈야를 튀쳐나갈 뿐이라면 언제든지 할 수 있지만, 그러면 분하지 않니. 나뿐만 아니라 어머니도 주인이 손을 대는 바람에 계속 급료도 받지 못하고 일했거든. 그만큼 받을 것을 확실하게 받고 싶었단다. 그러기에는 이 여행은 생각지도 못했던 좋은 기회였지."

나는 무서운 여자라며, 어머님은 제 눈을 보고 웃었습니다. 저는 마주 웃으려고 했지만 잘되지 않았습니다.

"구와노는 누에와 비단으로 번영한 곳으로, 애초에 그곳에 여관이 생긴 것도 에도에서 비단을 사러 오는 상인들이 자주 왕래했기 때문이었어. 그래서 조슈야에서도 표면상으로는 장사를 위해서라는 이유로 허가를 받아, 그해 봄, 마침 벚꽃이 한창때를 지났을 무렵에 우리는 에도를 출발했지."

노인과 여자의 걸음인데다 가파른 산길이 많은 길이기도 해서 평범하게 생각하자면 열흘은 너끈히 걸리는 여정이었습니다. 그래도 마음이 급했는지 조슈야의 주인은 앞길을 서둘렀고 게다가,

"그 영감탱이는 돈을 꽉 쥐고 놓지 않더구나. 잘 때는 베개 속에 숨겨 놓고. 그래서 나는 구와노로 가는 길에는 도망치지 못했단다……."

결국 여드레 하고도 반나절 만에 두 사람은 구와노의 여관 마을에 도착했다고 합니다.

"절이나 신사에 참배를 드리려고 사람들이 모이는 곳도 아니고, 드문드문 상인들만이 왕래하는 산속 여관 마을이라 참으로 살풍경한 곳이었어. 산에 둘러싸여 있고, 적갈색 흙이 드러나 있는 산 한쪽 구석에 작은 여관이 땅바닥에 달라붙은 것처럼 나란히 서 있을 뿐이었지. 하루 종일 강한 바람이 휘몰아치고 입을 크게 벌리고 얘기하면 입 안이 흙먼지로 까끌까끌했단다. 그런 지방이라서인지 그곳 사람들은 모두 목소리가 크더구나. 내 눈에는 남자들이 모두 산적처럼 보였어."

선대 주인의 본가인 싸구려 여인숙은 아니나 다를까 없어진 후였습니다. 벌써 삼십 년이나 전에 불이 나서 일가족은 뿔뿔이 흩어졌던 것입니다. 절을 찾아가 주지 스님께 사정을 이야기하고 과거의 기록을 보여 달라고 청하자 몹시 가엾게 여기며 여러 가지 이야기를 해 주었지만, 선대 주인의 혈족들은 이미 아무도 구와노에는 살지 않는다는 사실을 알았을 뿐이었습니다.

"주지 스님도 마흔 살 정도 되는 나이였으니 말이다. 너무 옛날 이야기라 어떻게 에도에서 이 먼 길을 아무런 단서도 없이 오신 거냐는 물음에 나는 멋쩍은 기분이었단다."

낙심했기 때문인지 한꺼번에 여행의 피로가 찾아와 조슈야의 주인은 앓아눕고 말았습니다. 친절한 주지 스님이 절에서 묵으라고 권해 주었기 때문에, 어머님은 그 말을 고맙게 받아들이고 별 수 없이 낯선 땅에서 병자를 돌보는 처지가 되고 말았습니다.

"구와노는 아무것도 없는 곳이었어. 바람뿐이었지. 토지도 척박해서 콩과 감자, 밭벼만이 조금씩 자랄 뿐. 뽕나무와 누에만이 그 마을의 생계수단이었단다."

하루 중 아주 잠깐 동안은 휘몰아치는 강한 바람이 그칠 때가 있었는데, 그럴 때는 산간 마을에서 누에를 삶는 냄새가 풍겨왔다고 합니다.

"비단실을 뽑아내기 위해서는 부글부글 끓는 물로 고치를 데쳐야 하거든. 실을 다 뽑아내고 고치 속의 번데기가 나오면 뭐라 말할 수 없는 비릿한 냄새가 난단다. 한번 맡으면 잊을 수 없는 냄새지. 선대 주인도 그 냄새에 대해서 계속 말했다고 하더구나."

조슈야의 주인은 그 냄새가 싫다, 구역질이 난다며 몹시 싫어했다고 합니다. 맛있는 쌀이 먹고 싶다, 신선한 회를 먹고 싶다, 에도에 돌아가고 싶다며 어린애처럼 졸라 댔고요. 제멋대로만 구는 노인에게 어머님은 정말로 화가 나서 견딜 수가 없었지만, 이렇게 되고 나니 오히려 버릴 수가 없었다고—이상한 일이라고 말씀하셨습니다.

"왠지 뒷맛이 나쁘지 않니. 어쩐지 불쌍한 기분도 들었고."

다름 아닌 자신이 해 온 돼먹지 못한 행동 때문에 에도에 있는 가게도 가족들 사이도 원만하지 못하고 재미가 없다. 이쯤에서 아버지인 선대 주인이 태어난 고향을 찾아가 근근이 여인숙을 경영하며 먹고사는 친척들에게 에도에서 제법 괜찮은 가게를 갖고 있는 자신들의 성공을 자랑하고 체면을 세울 수 있다면 참으로 기분이 좋을 것이다—그런 정도의 제멋대로인 생각으로 떠난 여행입니다. 그런데 일이 생각대로 되지 않고 보니 갑자기 에도에 대한 향수가 들어 어머님을 턱짓으로 부리며 제멋대로 굴다니. 듣고 있는 제가 화가 날 것 같은 일이었지만 어머님은 웃었습니다.

그러는 동안에 불운하게도, 조슈야의 주인은 정말로 병에 걸리고 말았습니다. 몸 여기저기에 붉은 발진이 돋고 높은 열이 났던 것입니다.

"몸이 약해져 있던 차에 낯선 땅의 익숙하지 않은 물과 음식을 먹은 것이 잘못이었는지도 모르지."

여관 마을의 의원에게 진찰을 받아도 우선 탕약을 먹이고 쉬게 하는 것 외에는 방법이 없다며 고개를 저을 뿐. 게다가 이것은 옮는 병이라며 무서운 얼굴을 했습니다.

"주지 스님까지 오셔서 말씀하시는 거야. 정말로 안됐지만 여행 때문에 피로한 것이 아니라 병에 걸린 이상은 절에 있게 해 줄 수는 없다. 아다치 가로 옮겨 줘야겠다고—이곳 사람들도 병에 걸리거나 다쳐서 움직일 수 없게 되면 모두 그렇게 하는 것이 관습이라면서."

아다치 가는 여관 마을 변두리에 있는, 커다란 나무문이 달려 있는 훌륭한 기와 지붕 집을 말했습니다. 낡기는 했지만 당당한 구조의 저택이라서 어머님은 지주님이나 촌장님이 사시는 곳인 줄로만 알았다고 합니다.

"병자나 부상자를 지방 유지의 집에서 맡아 보살펴 주시는 것인가, 정말 고마운 관습이구나, 하고 말이다."

그러나 가파른 산길을 병자를 부축해 가며 고생 끝에 올라가 보니, 훌륭한 것은 겉모습뿐이고 안은 텅 빈 빈집이었습니다.

대체 어떻게 된 일인가 하고 어머님은 놀랐습니다. 저택 안은 대부분 황폐할 대로 황폐했고 장지도 찢어지고 다다미도 걷혀 있었지만, 안채의 한쪽 구석에는 깨끗하게 손질되어 언제든지 사용 가능한 공간이 있고 병자용 침구와 이불도 준비되어 있었다. 부엌이나 측간도 쓸 수 있다. 도구도 집기도 보잘것없는 것이나마 나름대로 갖추어져 있다. 확실히 주지 스님의 말대로 구와노 지방의 사람들도 이곳에 출입하는 것 같다―.

"그래서 주지 스님께 물어보니 이야기해 주시더구나. 아다치 가는 구와노에 사는 사람들의 '더러움'을 받아들여 주는 고마운 장소라고."

벌써 오십 년 이상 지난 옛날 일이지만 아다치 가는 이 구와노의 촌장으로, 영명한 당주가 집안을 다스리며 그 지방을 관리하고 있었다. 작물이 적게 나는 구와노에 누에에서 비단을 얻는다는 생계의 길을 열어 준 것도 아다치 가라는 것입니다.

"그런데 말이다, 3대째 당주 때에 아다치 가에서 불길한 살인자가 나왔다고 하더구나……. 돈이 아주 많은 집이다 보니 여러 가지로 다툼이 있었을 테지. 열 명 가까이 되는 사람들이 죽고 살인자는 오라를 받아 목이 베였으며 다이칸<small>에도 시대에 쇼군 직할령의 행정을 담당하던 지방관</small>님으로부터 결소<small>缺所</small><small>땅과 재산을 몰수하는 형벌</small> 판결이 내려져 아다치 가는 망하고 말았어. 빈집이 된 저택은 너무나 불길한 곳이어서 아무도 사는 사람이 없게 되었고, 계속 방치되고 있었던 것이지."

아다치 가가 멸망한 이듬해의 일이었습니다. 산에서 불어내려오는 바람이 못된 역병을 가져와 구와노 지방 전체에 돌림병이 창궐했다고 합니다. 차례차례 쓰러지는 사람들로 여관 마을은 폐쇄—의원의 수도 모자라서, 궁지에 처한 당시의 촌장은 빈집이 된 아다치 가에 병자들을 모아놓고 아직 건강한 사람들을 그곳에 가까이 가지 못하도록 했습니다. 다시 말해서 돌림병이라는 더러움을 아다치 가에 가두어 버린 것입니다.

결과적으로 병에 걸린 사람들의 대부분은 죽었지만 그 이상 병이 도는 것은 막을 수 있었습니다.

"그 후로 구와노 지방의 사람들은 무거운 병에 걸린 사람, 돌림병에 걸린 사람, 부상을 입었거나 나이가 많아 이제 수명이 얼마 남지 않은 사람들을 모두 아다치 가로 데려가게 되었대. 물론 그곳에서 죽기를 기다리는 것이지. 그렇게 해서 불행과 더러움은 모두 아다치 가의 문 안에 집어넣고 밖으로 내보내지 않겠다—는 사고방식인 거야."

그래서 점차 동반 자살을 하려고 한 연인이나 도둑 등의 죄인도 아다치 가에 가두게 되었다고 합니다.

"죄의 경중에 따라 날짜를 정해서 열흘이면 열흘, 보름이면 보름

동안 아다치 가에 가두어 두고 기한이 지나면 내보내 준다고 하더구나. 본래 아다치 가 안에는 감옥방이 있었기 때문에—무엇에 쓰던 곳인지는 부처님밖에 모르시겠지만—죄인용으로는 그 방을 썼어. 그렇게 해서 죄를 안에 떨어뜨리고 온다는 소리지."

꽤 특이한 관습이긴 하지만 까닭을 듣고 난 이상은 거스를 수도 없었습니다. 무엇보다 관습에 거역했다간 그 지방 사람들의 미움을 사서 먹을 것도 물도 약도 구할 수 없게 되고 맙니다. 어머님은 별수 없이 아다치 가에 들어가 살면서 병자를 돌보았습니다.

휑뎅그렁하고 쓸쓸했지만 무서운 일은 없었다고 어머님은 말씀하셨습니다.

"사람이라는 존재가 무섭다는 사실은 조슈야에서 자라면서 질릴 만큼 잘 알고 있었거든. 인기척이 없는 것은 조금도 무섭지 않았어. 더러움을 떨어뜨리는 장소라고 하지만 떨어뜨린 불길한 것이 눈에 보이게 굴러다니는 것도 아니고, 평소 그 지방 사람들이 사용하는 방은 나름대로 깨끗하고 편안하게 정리되어 있었으니까."

아다치 가 부지의 가장 높은 곳에 서면 매일 해질녘에는 산 끝자락으로 가라앉아 가는 피처럼 붉은 저녁 해가 손을 뻗으면 닿을 정도로 가깝게 보였다고 합니다. 어머님은 장엄한 광경에 마음을 빼앗겨 질리지도 않고 바라보았다고 했습니다.

시일이 지나도 조슈야의 주인은 전혀 나아지지 않았습니다. 높은 열은 내렸지만 발진은 사라지지 않고 날마다 약해져 갔습니다. 에도에는 파발꾼을 보내 사정을 알려 두었지만 아직 데리러 오는 사람도 없었습니다. 어머님은 꾸벅꾸벅 졸기만 하는 병자 옆에서 이야기 상대도 없이 멍하니 하루를 보낼 수밖에 없었습니다. 돈도 점점 떨어져 갔습니다.

그러고 있는 사이에 어머님은 기묘한 사실을 알아차렸습니다. 지금 자신들 외에는 아무도 갇혀 있지 않은 이 아다치 가에 누군가 사람이 있었던 것입니다. 복도 끝에 사람 그림자가 드리워져 있기도 하고, 깊은 밤에 발소리가 들리기도 하고, 물을 긷거나 설거지를 하고 있으면 누군가의 시선이 등에 느껴지고 돌아보면 흠칫 놀란 듯이 그늘에서 그림자가 움직이고―.

그리고 어느 날 밤, 마침내 어머님은 그 그림자의 정체를 보았습니다.

밤중의 일이었습니다. 작은 화로에 주전자를 올리고 탕약을 달이다가 어머님은 저도 모르게 꾸벅꾸벅 졸고 있었습니다. 그런데 또 사람의 기척이 느껴졌습니다. 바로 목덜미 근처에 마치 누군가가 등 뒤에서 어머님 쪽으로 몸을 굽히고 있는 것 같았습니다. 실눈을 뜨고 보니 그림자가 화로 옆에 드리워져 있었습니다.

어머님은 하나, 둘, 셋을 세고 얼굴을 들어 왓 하고 소리를 지르면서 그림자 쪽을 돌아보았습니다.

그곳에는 어머님과 비슷한 나이의 야윈 남자가 서 있었습니다. 누더기를 입고 머리는 흐트러져 있었지만 묘하게 시원스러운 눈을 크게 뜨고 어머님의 얼굴을 보고 있었습니다.

눈과 눈이 마주치자 오히려 어머님은 할 말을 잃고 말았습니다. 어머님이 몸을 잠깐 움직인 순간에 젊은 남자는 사라졌습니다. 달려서 사라진 것도, 숨은 것도 아니고 그저 등불을 불어 끄듯이 사라지고 만 것입니다.

"아무리 나지만 그날 밤에는 잠들 수가 없었단다."

날이 밝자 어머님은 절로 달려갔습니다. 아침 불공을 시작하려 하고 있던 주지 스님을 붙잡고 숨을 헐떡이며 사정을 밝혔습니다.

주지 스님은 눈썹을 찌푸리고 매우 복잡한 얼굴을 하셨다고 합니다. 하지만 어머님은 주지 스님의 안색을 읽고 그리 놀라지 않으셨다는 것을 눈치 챘습니다.

"스님은 뭔가 알고 계시지요? 그 남자—귀신인지 유령인지 모르겠지만 이상한 남자를 본 적이 있는 것은 저만이 아니지요?"

어머님은 주지 스님의 옷자락을 붙들고 캐물었습니다. 주지 스님은 어머님의 기세에 눌린 듯이 마지못해 고개를 끄덕였다고 합니다.

"여관 쪽 사람들이나 마을 사람들도, 한 오 년쯤 전부터일까요, 아다치 가에 수상한 그림자가 출몰한다고 호소했습니다. 하지만 그 모습은 보는 사람에 따라 다른 모양입니다. 젊은 남자일 때도 있고 여자일 때도 있고. 어린아이일 때도 있다오. 모습이 보이지 않고 그냥 소리나 냄새만 날 때도 있다고 하고요."

어머님은 가슴이 후련해졌다고 합니다.

"익숙하지 않은 산골 생활이라 혹시 내가 이상겼는지도 모른다고 걱정하고 있었지."

그러면 아다치 가에 출몰하는 것의 정체는 대체 뭐라고 생각하시나요? 어머님은 물었습니다.

주지 스님은 여전히 복잡한 얼굴을 한 채,

"확실하게는 말씀드릴 수 없지만."

이라고 못을 박은 후에 아마 그것은 '도깨비'일 거라고 말씀하셨습니다.

"도깨비 — 뿔이 달린 무서운 귀신 말인가요? 그렇게 보이지는 않았는데요."

어머님이 본 것은 굳이 말하자면 연약하고 쓸쓸해 보이는 젊은 남자의 모습이었습니다. 뿔도 돋아 있지 않았습니다.

"빨간 도깨비, 파란 도깨비 할 때의 도깨비와는 다르겠지요. 하지만 이 세상의 존재가 아니라는 것은 틀림이 없습니다."

"그럼 그 도깨비는 어디에서 왔을까요? 산에서 내려와 아다치 가에 살고 있는 건가요?"

아니, 아니—하며 주지 스님은 고개를 저었습니다.

"그것은 아마 구와노 사람들이 오랜 세월에 걸쳐 아다치 가에 버리고 온 '더러움'이, 시간이 지나면서 형체를 이루었겠지요. 다시 말해서 더러움의 화신입니다. 그렇기 때문에 보는 사람에 따라 모습을 바꾸는 것입니다."

신경 쓰지 않으면 된다, 상관하지 않으면 나쁜 짓은 하지 않는다—주지 스님이 그렇게 타이르는 말을 듣고 어머님은 아다치 가로 돌아갔습니다.

그래도 신경 쓰지 않을 수는, 잊을 수는 없었습니다.

만일 주지 스님의 말이 옳다면 자신의 눈에는 왜 '도깨비'가 그렇게 심약해 보이는 젊은 남자의 모습으로 보였을까요? 어머님은 그 생각을 하고 말았습니다. 그리고 남자의 슬픈 눈빛에 몹시 마음이 움직였다는 것을 인정하지 않을 수 없었습니다.

"왠지 불쌍하구나…… 하는 생각이 들었단다."

그 후로도 '도깨비'는 가끔 어머님 앞에 모습을 나타냈습니다. 낮이든 밤이든 도깨비에게는 지장이 없는 것 같았습니다. 어머님은 그의 기척을 느끼거나 그림자가 눈에 들어와도 더 이상 허둥거리지 않고 가만히 기다리게 되었습니다. 그러다가 말도 걸게 되었습니다.

—저기, 숨어 있지 말고 나와. 쫓아내지 않을 테니까.

어머님의 그런 태도는 '도깨비'에게도 통하는 것 같았습니다. 점차 그는 어머님 곁으로 다가오게 되었습니다. 전혀 말을 하지 않고 그저 눈을 끔벅거릴 뿐이어서 왠지 도둑고양이나 들개를 대하는 것 같았지만 어머님은 신경 쓰지 않았습니다. 오늘은 바람이 한층 더 강하네, 노자로 가져온 돈이 바닥을 보일 것 같아서 나는 일을 해야겠는데 여관 중 어디서 고용해 줄까 하고 혼자서 말을 걸고 혼자서 대답을 하곤 했다곤 합니다.

'도깨비'는 그것을 가만히 듣고 있었습니다.

어머님이 산 끝자락으로 가라앉는 저녁 해를 바라보기 좋아한다는 걸 알자 '도깨비'도 그 시간에 자주 모습을 나타냈고, 결국은 나란히 서서 저녁하늘을 바라보게까지 되었습니다. 어찌된 셈인지 '도깨비'가 하루 종일 모습을 보이지 않는 날이 있으면 어머님은 안절부절못하며 황폐한 저택 안을 여기저기 찾아다니게까지 되었습니다.

"나는—그렇지, '도깨비'와 함께 있는 게 즐거워졌던 게다."

어머님은 그렇게 말하며 또 소녀처럼 가냘프게 미소를 지으셨습니다.

"왜냐하면 지금까지 누군가와 그렇게 지낸 적이 없었거든."

그런 생활을 하며 어머님은 '도깨비'에게 이름을 붙여 주었습니다. 이름이 없으면 불편했기 때문입니다. '도깨비'에게 그 이름이 마음에 들었는지 들지 않았는지 여전히 말은 하지 않아서 알 수 없었지만, 어머님이 이름을 부르면 곧 모습을 나타내게 되었다고 합니다.

이름이 무엇이냐고 저는 여쭤 보았습니다. 어머님은 우후후 하며 입가를 손끝으로 누르고,

"글쎄, 그건 아직 비밀이야" 하고 말씀하셨습니다. 마치 연인의 이름을 물은 것 같다고 저는 생각했습니다.

"조만간 가르쳐 주마. 오늘은 안 돼. 어쨌거나 내가 이 이야기를 하는 것은 네가 처음이니까. 처음부터 전부 다 말해 줄 수야 없지. 게다가 이야기는 아직 끝나지 않았단다."

불가사의하지만 어머님께서 즐거운 생활을 한 지 보름 정도가 지났을 무렵 겨우 에도에 있는 조슈야에서 사람들이 마중을 왔다고 합니다.

"꽤나 정성을 들인 마중이었지만 나는 조금도 기쁘지 않았어. 이곳에서의 생활을 바꾸고 싶지 않다—그 순간 들었던 생각은 그것뿐이었지."

안주인이 직접 왔기 때문에 어머님은 놀랐습니다. 하지만 갑자기 고함을 치며 어머님을 지팡이로 후려쳐서, '아하, 과연' 하고 생

각했다고 합니다. 조슈야의 사람들은, 어머님의 보살핌이 부족했기 때문에 주인이 병으로 쓰러졌다고 했습니다.

"네게는 더 이상 볼일이 없다. 주인에게 해를 끼쳤다는 이유로 관청에 넘기지 않는 것만으로도 다행이라고 생각해라. 어디로든 가 버려!"

이렇게 해서 어머님은 어이없이 쫓겨나게 되었습니다.

조슈야 사람들은 구와노의 여관에서 하룻밤만 쉬고, 주인을 데리고 바삐 에도로 돌아갔습니다. 어머님은 혼자 남아서 생각했습니다. 대체 어떻게 하면 이대로 구와노에서 '도깨비'와 함께 살아갈 수 있을까. 땡전 한푼 없었기 때문에, 먹고살기 위해서는 우선 일거리를 찾아야 했습니다. 아니, 그 무엇보다도 구와노 사람들이 병자도 없는데 어머님 혼자 아다치 가에 눌러붙어 있는 것을 과연 허락해 줄지—.

걱정은 들어맞았습니다. 주지 스님과, 여관 마을을 총괄하고 있다는 약간 거만한 얼굴의 남자가 어머님을 절로 불러내더니 당장이라도 떠나라고 엄하게 꾸짖었습니다. '도깨비'와 헤어지고 싶지 않았던 어머님은 적어도 노자가 마련될 때까지는 여관 마을에서 일하게 해 달라고 매달려 보았지만 돈이라면 빌려 줄 테니 어쨌든 빨리 나가라며 상대는 한 발짝도 양보하지 않았습니다. 손을 짚고 머리를 숙여도 마치 바위산과 씨름을 하는 것 같았습니다.

어머님의 필사적인 표정에 주지 스님은 뭔가 애처로운 것이라도 보는 얼굴로,

"당신은 귀신에게 홀린 거요"라고 말씀하셨다고 합니다. "사람의

모양을 하고 있어도 아다치 가에 있는 것은 사람과는 서로 함께 살수 없는 존재입니다. 빨리 떠나시오. 이대로 가다간 분명 무서운 일이 벌어질 거요."

어머님은 대꾸했습니다. "분명히 그것은 사람이 아닙니다. 하지만 조금도 무서운 존재가 아니에요. 제게는 지금까지 만난 어떤 사람보다도 그 '도깨비'가 더 친근하게 느껴져요. 상냥하게 느껴진다고요."

여관 마을의 대표라는 남자는 비열한 웃음으로 입가를 일그러뜨리며 주지 스님 쪽을 돌아보았습니다.

"별일이군요, 스님. 이 여자는 귀신과 통한 것이오. 이렇게 예쁜얼굴을 하고, 사람보다 귀신을 더 좋아한다고 하다니 놀랍군요."

네, 그래요, 그 말이 맞아요—어머님은 큰 소리로 말했습니다.

"제가 보기에는 당신들이 훨씬 더 무서워요. 병자나 노인이나 죄인을 모두 아다치 가에 밀어 넣어 가두고 자신들과는 상관없다는얼굴을 하고 아무렇지도 않게 살아가지요. 그 '도깨비'는 당신들이토해 낸 더러움을 전부 빨아들이고 짊어져 주고 있는데, 그것을 고맙게 생각하지도 않고 멀리 하려고만 해요. 당신들은 그렇게 깨끗한가요? 당신들은 그렇게 옳은가요?"

어머님의 기세에 눌렸는지 여관 마을의 대표는 입을 다물었습니다. 주지 스님은 염불을 외기 시작했습니다. 어머님은 자리를 박차고 일어서서 화가 치미는 대로 달려 절을 뛰쳐나왔습니다. 그 상황을 제게 이야기하실 때의 어머님의 말투는, 지금도 마음속에 선명하게 남아 있는 그때의 분노를 충분히 엿볼 수 있을 만큼 격렬했습니다. 눈에는 검과 같은 빛이 있고 입에는 불꽃이 있었습니다.

그날 저녁 어머님이 아다치 가의 문 옆에서 저녁 해를 바라보고 있자니 늘 그렇듯이 '도깨비'가 나타났습니다.

어머님은 그에게 웃음을 짓고 그의 얼굴을 똑바로 보며 나와 함께 에도로 가자고 말했습니다.

"우리는 서로 닮았다고, 그렇게 생각했단다."

자신의 잘못도 아닌데 즐겁지도 않은 역할을 강요당하며 손해 보는 역할만 맡으며 계속 외톨이로 지내온 것이.

"네가 쓸쓸한 얼굴을 하고 있는 건 아마 내가 쓸쓸하기 때문일 거야. 하지만 나는 네 얼굴에 내 마음이 비칠 때까지 내가 쓸쓸하다는 것조차 전혀 깨닫지 못했어."

어머님은 그렇게 말씀하셨다고 했습니다.

'도깨비'는 말없이 고개를 끄덕였습니다. 그리고 어머님을 따라왔습니다.

"나는 경솔한 사람이라서, 그제야 갑자기 걱정이 되었단다. '도깨비'가 아다치 가에 고인 더러움의 화신이라면 아다치 가에서 바깥으로 한 발짝 내딛은 순간 사라져 버리지나 않을까 하고."

그렇게 생각한 순간에는 온몸의 피가 소리를 내며 역류하는 기분이 들었다고 합니다.

그러나 '도깨비'는 사라지지 않았습니다. 아다치 가의 문을 지났을 때 아주 조금 눈부신 것 같은 얼굴을 했을 뿐이었다고 합니다.

"다만, 한 가지 이상한 일이 있었어."

구와노를 떠나자 '도깨비'의 몸에서 아주 희미하기는 하지만 누에고치를 데칠 때의 냄새가 풍기게 되었다고 합니다. 하지만 어머님은 그런 냄새 따윈 조금도 신경 쓰지 않았습니다.

"우리는 마치 아이들이 경주를 하듯 큰길 입구를 향해 달려갔단다―."

에도로 돌아가는 길은 여자 혼자 몸이었지만 위험한 일은 당하지 않았다고 합니다. 그것은 어머님도 이미 알고 있는 일이었습니다. 좋지 못한 속셈을 지닌 남자들이 다가와도 그들은 곧 흠칫 놀란 얼굴로 도망치고 말았습니다.

"당연하지. 나와 함께 있는 '도깨비'에 그놈들의 본성이 비쳐 보이니까. 너무나 무서워서 도망치지 않을 수 없었던 거야."

에도로 돌아오자 어머님은 일할 곳을 찾았고, 태어나서 처음으로 자신을 위해, 자신의 인생을 개척하기 위해 열심히 일하는 나날이 시작되었습니다. '도깨비'는 그런 어머님과 계속 함께 있어 주었습니다. 기적밖에 느껴지지 않을 때도 있는가 하면 모습이 보일 때도 있고, 어떨 때는 사흘 정도 전혀 보이지 않을 때도 있었다고 합니다. 여전히 그는 말이 없었고 어머님이 무슨 말을 해도 아무런 대답도 하지 않았습니다. 그래서 어머님은,

"그림자를 두 개 갖고 있다는 생각이 들 때도 있었지."

세월이 지나고 이윽고 어머님은 장래에 남편이 될 사람을 만나게 됩니다. 그 사람은 간다 묘진시타에 있는 붓 가게의 행수로 얌전하지만 부지런한 사람이었습니다. 그 사람은 '도깨비'를 두려워하지 않았습니다. 그 사람 나름으로 '도깨비'의 기적을 느끼는 것 같았지

만 싫어하지는 않았지요. 그리고 어머님을 열렬하게 좋아하고 인정해 준, 처음으로 만난 제대로 된 남자이기도 했습니다.

"나는 이 사람이라면 괜찮겠다고 생각했단다." 어머님은 말하며 약간 눈을 내리깔았습니다. "다만 '도깨비'는 내가 인간 남자와 혼인하는 것을 싫어할지도 모른다―그건 몹시 걱정이 되었지만."

'도깨비'는 아무 말도 하지 않고 아무 짓도 하지 않았습니다. 사람이 아니니 어쩔 수 없나 보다고 어머님은 생각했습니다. 안도가 되기도 하고 쓸쓸하기도 하고 뭔가 소중한 것을 놓친 것 같은 어중간한 기분이 한동안 계속되었다고 합니다.

이렇게 해서 어머님은 붓 가게의 행수와 가정을 꾸리고, 이윽고 독립해서 가게를 일으켰습니다. 한 간짜리 문이 달린 보잘것없는 가게지만 부부의 가게였습니다. 그것이 사사야의 전신前身이 되었습니다.

"'도깨비'는 내가 가정을 갖고 나서도 계속 같이 살았어. 우리의 관계는 아다치 가에 있었을 때와 똑같았고 아무것도 바뀌지 않았지. 나는 남편에게는 한 번도 이런 고백을 한 적이 없었지만, 나와 함께 있는 '도깨비'를 두려워하거나 불쾌한 기척으로 느끼거나 싫은 냄새로 느끼는 사람들은 결코 곁에 다가오게 하지 않았고, 장사를 할 때도 주의를 게을리하지 않았단다."

어머님은 단호하게 말씀하셨습니다.

"그렇기 때문에 사사야는 한 세대 만에 여기까지 올 수 있었던 거지. 모두 '도깨비' 덕분이야."

별채의 방 안을 둘러보다가 '이런, 거기에 있었구나'―하는 듯이 화로 옆에 눈길을 멈추고 잠시 웃으셨습니다.

"지금도 여기에 있어. 네게는 아직 보이지 않는 모양이지만."

그렇지, 마침 도미타로를 가졌을 무렵 오랜 병을 앓은 끝에 조슈야의 주인이 죽었는데, 하고 어머님은 생각난 듯이 덧붙였습니다.

"부모라고는 생각하지 않았지만 인연이 있었던 사람이니 향을 바치려고 한여름에 찾아갔단다."

어머님이 왔다는 말에 안주인이 나왔습니다. 또 얻어맞게 된다면 뱃속의 아이에게 해가 될 것 같아 어머님은 조심하고 있었지만,

"마님은 나를 보자마자 마치 볕에 바랜 포목처럼 새하얀 얼굴이 되더니 비명을 지르며 도망치고 말았어."

분명히 내 뒤로 '도깨비'가 보였을 거라고, 생각에 잠긴 듯이 말씀하셨습니다.

"투기로 일생을 태우고 만 그 마님의 눈에 대체 '도깨비'는 어떤 모습으로 보였을까."

긴 이야기를 다 듣고 나서 저는 납득이 가는 기분이었습니다. 도미타로 씨는 이 사실을 아느냐고 여쭤 보니 어머님은 고개를 저었습니다.

"이렇게 자세히는 모르지. 하지만 내가 사람을 보는 눈이 확실하다는 것은 아버지에게 몇 번이나 들어 왔기 때문에 내가 하는 말은 거스르지 않는단다."

사지로에게는 어떤 '도깨비'가 보였을까. 그 사람은 분명 여러 사람을 속여 온 것이 틀림없다—저는 그렇게 생각하고 있었습니다. 오타마의 코에만 맡아지는 비릿한 냄새에 대해서도 생각했습니다.

"하아, 피곤하구나."

어머님은 목덜미를 문지르며 한숨을 쉬었습니다. 저는 서둘러 어머님이 누우실 수 있도록 거들었습니다.

"얘야, 네게는 '도깨비'가 보이지 않지? 전혀 아무것도 느껴지지 않고."

그 말씀이 맞았습니다. 제게는 아무것도 보이지 않고 아무것도 느껴지지 않습니다.

"그런 사람은, 실은 처음 만났어. 다른 사람도 아닌 도미타로의 아내인데 참으로 이상한 일이다 싶어 신경이 쓰여서 말이지. 그래서 이렇게 긴 이야기를 하게 된 것인데."

그랬구나, 어머님은 걱정하고 계셨구나, 하고 저는 납득했습니다.

"'도깨비'가 보이지 않고 느껴지지 않는다니. 그것은 네 마음이 깨끗하다는 증거—라고 말해 주고 싶지만, 꼭 그렇다고만 할 수는 없지."

어머님은 얼굴을 흐렸습니다.

"사람은 살다 보면 누구나 조금은 남에게 나쁜 짓을 하거나 상처를 주거나 싫은 추억을 만드는 법이다. 그러니 보통은 다소나마 '도깨비'를 보거나 느낄 수 있는 법이지. 하지만 네게는 그것이 없어. 그렇다면 너는 혼자서 닫힌 생활을 해 와서 아직 '사람'으로서 살지 못했다는 뜻일 테지."

이제부터 시작이야—하고 중얼거리듯이 말씀하셨습니다.

"이 집에서 울고 웃고 화내고 심술을 부리고 나쁜 짓을 하고 친절을 베풀며 살아 보렴. 그러다 보면 네게도 '도깨비'가 느껴지게 될 게다. 다만 그것이 무시무시한 모습이 되지 않도록, 그것만은 조심해라."

저는 어머님께 목까지 이불을 덮어 드리면서 살짝 웃고는 말씀드렸습니다. 저도 마쓰타케도의 어르신께는 징그러운 짓을 당하고 운 적이 있습니다―.

어머님은 눈을 크게 떴습니다. "세상에, 그 어르신이 나이가 드시더니 색에 미쳤다는 소문은 사실이었구나."

그리고 중얼거리듯이,

"하지만 너는 그런 '도깨비'를 보지 못했지……."

저는 고개를 끄덕였습니다.

어머님은 천장을 올려다보며 잠시 침묵하셨습니다. 그러고는 천천히 말씀하셨습니다.

"좋은 일과 나쁜 일은 늘 등을 맞대고 있단다. 행복과 불행은 앞면과 뒷면 같으니까."

괴로운 일만 겪다 보면 반대로 '도깨비'도 보이지 않을지도 몰라―그러니 역시 너는 이제부터 시작인 게야.

"자, 이 이야기는 이제 이걸로 끝이다. 나를 좀 쉬게 해 다오."

저는 조용히 방을 나왔습니다. 그 후로 어머님 쪽에서 이 이야기를 꺼내시는 일은 없었습니다. 따라서 어머님이 숫처녀처럼 부끄러워하며 가르쳐 주지 않으신 '도깨비'의 이름에 대해서도 듣지 못하고 말았습니다.

이렇게 삼 년이 지났습니다.

어머님은 돌아가셨습니다. 파란이 많았던 생애지만 마지막에는 몹시 조용히, 만족스럽게 잠드신 것을 며느리로서뿐만 아니라 비슷한 처지로 태어난 한 여자로서 저는 기쁘고 부럽게 생각하지 않을 수 없습니다.

다만 한 가지 미련은 있습니다. 나는 끝내 '도깨비'를 느끼지 못했다—는 것입니다.

어머님이 돌아가신 후 '도깨비'는 어떻게 될까 하는 것도 마음에 걸렸습니다. 하지만 저로서는 어떻게 할 수도 없습니다. 모습을 볼 수도, 기적을 느낄 수도 없으니까요.

어머님이 돌아가신 사실을 여기저기에 알려야 하고 장례식 준비도 해야 해서, 사사야 안은 갑자기 분주하게 움직이기 시작했습니다. 대행수님이 새빨개진 눈으로 행수와 하녀들에게 지시를 내리기 시작합니다. 저도 해야 할 일은 머리에 떠올랐지만 마음이 따라가지 못해서 멍하니 있고 말았습니다.

우선 눈물에 젖은 얼굴을 씻으려고 물동이가 놓여 있는 봉당 쪽으로 향했습니다. 소나기는 아직도 거세게 내리고 있었습니다. 신을 신고 내려서자 활짝 열려 있던 뒷문으로 비가 들이치는 것을 깨달은 저는 문을 닫으려고 가까이 갔습니다.

그때, 거기에 드리워져 있는 사람 그림자를 알아차렸습니다.

시선을 들어 보니 끊임없이 내리는 강한 빗속에 야위고 젊은 남자가 서 있었습니다. 누더기를 몸에 걸치고 지저분한 모습을 하고 있지만 두 눈만은 맑았고, 저를 뚫어져라 바라보고 있었습니다.

아아, '도깨비'다—하고 생각했습니다.

틀림없이 젊은 시절의 어머님이 구와노에 있는 아다치 가에서 처음 만났을 때의 모습 그대로인 '도깨비'였습니다.

저는 마치 어린아이가 무지개를 올려다보듯이 동경을 담아 그 얼굴을 찬찬히 바라보았습니다. '도깨비'도 저를 마주 보았습니다. 그리고 입가에 살며시 웃음을 지었습니다.

저는 생각했습니다―'도깨비'의 미소는 제가 아는 어머님의 그미소와 어딘지 모르게 닮지 않았나 하고. 그 따뜻한 눈빛도 어머님이 저를 보실 때의 눈빛과 꼭 닮지 않았나 하고.

"당신은―."

제가 말을 걸자 '도깨비'는 갑자기 몸을 물려 사라지고 말았습니다. 그 뒤에는 쏴아쏴아 하고 귀를 때리는 빗소리.

"여보세요!" 저는 저도 모르게 소리를 질렀습니다. "당신은 어머님과 함께 가시는 건가요?"

대답하는 것은 빗소리뿐입니다.

―이제부터 시작이야.

어머님의 목소리가 제 귓속에, 마치 지금껏 이때를 기다리고 있었다는 듯이 선명하게 되살아났습니다.

―사람으로 살아 봐야, 비로소 '도깨비'가 보이게 되는 거란다.

저는 비를 맞으면서 한동안 그저 멍하니 서 있었습니다. 그때 집안에서 도미타로가 계속해서 저를 부르는 목소리가 들려왔습니다. 걱정하는 것 같기도 하고 도움을 청하는 것 같기도 한, 아주 가까운 사람을 부르는, 아무런 거리낌도 없는 목소리였습니다.

도미타로가 나를 부르고 있다.

함께 어머님을 보내고, 어머님을 잃은 슬픔을 함께 나눌, 도미타로가 나를 부르고 있다.

저는 대답을 하고 뒷문에서 봉당 쪽으로 되돌아갔습니다. 나의 집으로 돌아갔습니다.

문득 쳐다보니 방금 전에 '도깨비'가 있던 곳에 하얀 안개 같은 것이 떠돌고 있었지만 곧 빗발에 묻혀 사라지고 말았습니다. 사람의 그림자도 기척도 지금은 더 이상 어디에서도 눈에 띄지 않았습니다.

06

여 자 의
머 리

남자 아이인 주제에 묘하게 손재주가 좋다. 다로의 주위 어른들은 틈만 나면 그런 말을 한다. 열 살인데도 몸은 마르고 키도 작으며 뼈도 가늘고 가냘파서, 멀리서 보면 그 절반 정도의 나이로밖에 보이지 않을 때도 있고 여자애 같다는 말을 들을 때도 있다. 아이들끼리 있으면 이것은 또 놀리는 말이나 괴롭히는 말로 쉽게 바뀐다. 여자 옷이나 입고 다니라는 둥, 앉아서 오줌 싸지 않느냐는 둥 하며 놀려 대는 일도 자주 있었다.

　다로의 어머니는 다로가 그런 말을 들을 때마다 늘 상냥하게 위로해 주었다. 뭐 어떠니, 어른이 되면 틀림없이 그 손재주로 인생이 필 거야. 그러니까 신경 쓰지 말거라, 하고.

　다로는 어머니와 단둘이 살고 있었다. 아버지는 다로가 갓난아기였을 때 돌아가셨다고 들었다. 그래서 어머니는 자잘한 일들을 닥치는 대로 하면서 필사적으로 다로를 키웠다. 자신은 제대로 먹지 않고 잠자는 시간도 아까워하며 계속해서 일했다. 그것을 행복으로 여겼다.

하지만 지나치게 무리해서 생긴 피로가 몸 안에 물 밑바닥의 진흙처럼 쌓여 고여 있었다. 그래서 올해 여름 초입 번화가에서 돌기 시작한 호열자에 걸리고 나서는 잠시도 버티지 못했다. 앓아누운 후로 한 번도 눈을 뜨지 못하고, 다로와 이야기도 나누지 못한 채 어머니는 죽고 말았다.

이렇게 해서 다로는 외톨이가 되었다.

짧은 여름 동안에는 공동 주택의 관리인 집에 얹혀살았다. 관리인은 씨름 선수처럼 몸집이 크고, 올해로 환갑인데도 얼굴은 매끈매끈했다. 이목구비도 큼직큼직해서 항상 화가 난 듯한 표정이다. 밥을 먹으면서 화를 낸다. 목욕을 하면서 화를 낸다. 걸으면서 화를 낸다.

관리인은 잘 때도 저렇게 화난 얼굴인지 알고 싶어져서 얹혀살기 시작한 후에 몰래 밤중에 들여다본 적이 있다. 역시 화난 것 같은 얼굴로 자고 있었다. 입을 시옷 자로 다물고 눈꺼풀을 반쯤 뜨고 엄청나게 코를 골면서.

인근에서도 명물인 이 무서운 얼굴에 대해서는 이런 이야기가 있다. 공동 주택 사람들이 모두 나서서 우물 안을 청소하고 있을 때 갑자기 하늘이 흐려지고 천둥 번개가 치기 시작하더니 비가 후두둑 후두둑 내리기 시작했다. 사람들이 이거 곤란하게 됐다며 허둥거리고 있자니 관리인이 얼굴을 번쩍 들고 하늘을 노려보며 '눈치 없는 비로군, 아래 사정을 좀 생각해라' 하고 꾸짖듯이 큰 소리로 말했다. 그러자 번개 구름이 그대로 멀어져 가고 말았다. 그 후로 저 관리인은 벼락님보다 더 강하다는 평판이 돌아, 그 후 한동안은 벼락을 피하기 위한 부적으로 관리인에게 글을 한 줄 써 달라고 찾아오는 사람들이 끊이지 않았다고 한다.

재미있게도 이 관리인은 덩치가 절반밖에 안 되는 아내에게 꼼짝도 못한다. 얹혀사는 다로는 아주머니의 보살핌을 받으면서 늘 잔소리를 듣곤 하는데 관리인도 똑같이 아주머니의 잔소리를 듣는다. 벗은 옷을 여기저기 늘어놓지 말라거나, 밥은 소리를 내지 말고 먹으라거나, 생선은 뼈까지 핥아 먹으라거나, 청소를 할 때는 걸레를 꽉 짜라는 등 실로 세세하다. 다로는 어머니 대신 집안일을 하는 것을 당연하게 여기며 자라왔기 때문에 그런 잔소리에 신경 쓰지 않았지만, 덩치도 큰 관리인이 자그마한 아내에게 꾸중을 들을 때마다 목을 움츠리는 모습이 재미있어서 웃음을 참느라 고생했다.

여름이 끝날 무렵에는 더부살이에도 완전히 익숙해졌다. 한편으로 관리인과 아주머니가 커다란 머리와 작은 머리를 맞대고 생각에 잠긴 얼굴로 소곤소곤 뭔가 상의를 하게 된 것도 눈치 챘다. 아마 앞으로의 내 처지에 대한 상의이리라—그렇게 짐작하고 있었는데 딱 들어맞았다. 아침 일찍 서늘한 바람이 불어 아주머니의 명령으로 처마의 풍경을 치우고 발을 떼어 닦는 등 바쁘게 일한 그날 저녁, 다로는 관리인과 아주머니의 방으로 불려갔다.

"내일부터 너는 고용살이를 나가야 한다."

관리인은 아무렇지도 않게 그렇게 말했다.

"혼조 히토쓰메 다리 너머에 있는 아오이야라는 주머니 가게란다. 너도 들은 적이 있을지 모르지만 오카와 강 이쪽에서는 꽤 이름이 알려져 있는 가게야. 그곳에 들어가서 살면서 일하게 될 게다."

"주머니 가게로 이름이 나 있다고 해 봐야 혼초 2번가의 마루카도야 정도는 아니지만 말이야."

아주머니는 에도에서도 유명한 가게의 이름을 대며 슬쩍 코웃음을 쳤다.

"하지만 견실한 가게야. 그쪽에서는 지금까지 몇 번인가 너만 한 나이의 남자 아이를 사환으로 두어 본 적이 있지만 모두 오래 붙어 있지 않았다고 하는구나. 가게는 친지들끼리 꾸려 나가고 있고, 그곳 침모들은 모조리 여자이니 고용살이하기에 무서운 곳은 아닐 텐데도 말이지."

다로는 공손하게 고개를 끄덕였다.

"너는 손재주가 아주 좋아." 아주머니는 시원스럽게 말을 이었다. "정말이지 남자 아이로 두기에는 아까울 정도야. 타고난 재주를 살려야 하지 않겠니. 좋은 말을 많이 해 두었으니, 열심히 일해 보렴."

분명히, 얹혀살게 된 후로 지금까지 다로는 아주머니 대신 모든 바느질을 도맡아 해 왔다. 그러니 "좋은 말을 많이 해 두었다"는 말은 아주머니 식의 칭찬일지도 모른다. 실제로 아주머니는 손재주가 형편없어서 바느질선이 늘 삐뚤빼뚤했다.

다로는 그저 손재주 좋은 것뿐만 아니라 바느질이나 수선하기를 좋아했다. 그래서 어차피 언젠가 어디로든 고용살이를 나가야 하는 입장에서 보면 반가운 이야기였다.

"보통 같으면 열 살은 습자를 배우기 시작할 나이지." 덩치 큰 관리인이 커다란 눈을 부릅뜨며 말했다. "하지만 너는 남의 집에 고용살이를 나가는 게다. 그걸 원망해선 안 돼. 사람에게는 각자 분수라는 게 있으니까. 고용살이처에서 배울 수 있는 것을 고맙게 생각해야 한다."

이번에는 애매하게가 아니라 분명히 의지를 갖고, 다로는 고개를 끄덕였다.

"그런데 너." 관리인이 다로의 머리만 한 크기의 무릎으로, 무릎걸음을 걸어 한 발짝 앞으로 나섰다. "역시 말은 하고 싶지 않은 게냐?"

다로는 순간 고개를 숙였다. 아주머니가 "이제 와서 그런 게 무슨 상관이에요" 하고 꾸짖듯이 수습했다.

다로는 말을 하지 않는다. 사물을 이해하기 시작한 후로 지금까지 한마디도 하지 않았다.

갓난아기 때부터 그랬다. 울 때도 목소리를 내지 않고 눈물과 표정으로만 울었다. 한마디도 하지 않았다. 그래서 어머니도 주위 어른들도, 이 아이는 태어났을 때부터 목소리가 나오지 않는 거라고 생각하고 있었다고 한다.

그러나 바로 삼 년쯤 전, 다름 아닌 관리인 집의 지붕을 고치러 온 직인이 지붕에서 발이 미끄러져 떨어지는 모습을 보았을 때 다로는 큰 소리로 "아!" 하고 소리쳤다. 어머니도 공동 주택 사람들도 직인이 떨어진 것보다 다로가 소리를 지른 것에 더 깜짝 놀라 달려왔다. 하지만 흔들어 대고 불러 보아도 목소리는 두 번 다시 나오지 않았다.

그래도 어른들은, 어쨌든 이 아이는 목이 잘못되어 목소리가 나오지 않는 것은 아니라는 것을 알았다. 그 후로 다로는 동정을 받기보다 호기심의 눈길을 받는 일이 더 많아졌다. 누가 무슨 말을 해도 어머니는 감싸 주었고, 이야기하고 싶지 않으면 무리하지 않아도 된다고 위로해 주었기 때문에 그리 괴롭다는 생각은 하지 않았지만, 이때를 경계로 해서 다로 자신도 나는 이상하다라고 의식하게 되었다.

딱 한 번 소리를 질렀을 때는 다른 누구보다도 다로 본인이 가장 놀랐다. 목소리가 나온다. 내게는 목소리가 있다. 그것은 다로에게도 땅이 뒤집히는 충격이었고, 물론 기쁨이었다.

그래서 계속해서 말을 하려고 했다. 당연하다. 하지만 안 되었다. 무언가—다로의 마음 깊은 곳에 가만히 숨어 있던 무언가가, 목소리를 내서는 안 된다, 그것은 나쁜 일, 위험한 일이라고 알리고 있는 것 같았다. 그 충고를 따르지 않으면 엄청난 일이 벌어질 거라는 막연한 느낌이 몸 안쪽에서 치밀어올라, 양팔에 소름이 돋기도 했다. 그래서 다로는 입을 다물고 다시 침묵 속으로 되돌아갔던 것이다.

그 후로 목소리는 한 번도 나오지 않았다.

시험해 보지 않은 것은 아니다. 혼자 있을 때면 시험 삼아 뭔가 말해 보려고 입을 벌린 적은 있다. 하지만 그렇게 하면 반드시 마음속에 숨어 있는 그 '무언가'가 목구멍으로 치밀어올라 '안 돼, 안 돼' 하고 술렁거린다. 거기에는 아직 어린 다로에게도 또렷하게 느껴질 정도로 노골적인 절박함과 심상치 않은 데가 있어서, 결국 다시 입을 다물고 만다. 그 반복이었다.

"뭐, 아오이야에서는 수다스러운 아이보다 조용한 아이가 좋다고 하셨으니까." 관리인은 큰 콧구멍을 벌름거려 숨을 내쉬면서 말했다. "열심히 고용살이를 한다면 지장은 없을 게다. 하지만 너는 남들보다 더욱 읽고 쓰기가 중요해질 거야. 그것도 아오이야에서 가르쳐 주신다고 하니까 착실하게 배워라."

다로는 고개를 끄덕였다. 관리인과 아주머니는 뭔가 서로 미루듯이 잠시 눈짓을 교환했다. 이내 아주머니가 말했다. "어머니의 위패는 가져갈 거니? 아니면 네가 어른이 될 때까지 우리 집에서 맡아 둘까?"

어머니의 위패는, 고아가 된 다로가 불쌍하다며 공동 주택 사람들이 지갑을 먼지까지 탈탈 털어서 모은 돈으로 만들어 준 것이다. 가져가고 싶은 마음은 굴뚝 같지만 일하러 들어가는 집에는 위패를 안치할 곳도 없을 것이다. 다로는 마음을 정하고 관리인의 집에 있는 작은 불단으로 시선을 돌렸다.

아주머니는 고개를 끄덕였다. "그래? 그럼 우리 집에서 맡아 두마. 그 대신 너희 어머니가 지어 준 옷을 입고 가렴."

내일 아침에는 일찍 일어나야 한다는 당부를 들으며, 다로는 일찌감치 침상에 들었다. 나름대로 익숙해진 이곳 생활과 작별하게 되는데도 그다지 쓸쓸함이나 불안함은 느껴지지 않는다. 새로 고용살이를 하게 될 곳에 대한 불안도 특별히 없다. 그 사실이 오히려 '아아, 나는 정말로 집 없는 신세가 되고 말았구나' 하는 실감으로 이어져 좀처럼 잠이 오지 않았다.

말똥말똥한 머리로 눈을 감고 있자니 눈꺼풀 속에 흐릿한 풍경과 사람 얼굴 같은 것이 떠올랐다가 사라진다. 그것들을 쫓다 보니 몹시 쓸쓸한 기분이 들었다. 다로는 그 기분을 마음에 간직한 채 그림자 속으로 들어가듯이 잠이 들었다.

그리고 희한한 꿈을 꾸었다.

자고 있는 다로의 머리맡에 묘하게 노란 얼굴을 한 작은 사람이 앉아 있다. 그 작은 사람은 왠지 굉장히 걱정스러운 기색으로 끊임없이 양손을 문지르고 있다. 어두워서 얼굴은 잘 보이지 않는다. 다만 그 작은 사람이 노란 얼굴에 잘 어울리는 노란 기모노를 입고 있다는 것은 알 수 있다. 눈에 익은 색깔—마치 잘 익은 호박 색이다.

호박색은 어머니가 좋아하는 색이다. 왠지 이것은 다로에게 행운을 가져다주는 색깔 같다며, 자주 이 색깔의 옷을 지어 주고 이 색깔의 천으로 옷을 기워 주곤 했다. 여자 아이 같다고 놀림을 받는 이유 중 하나이기도 했기 때문에 다로는 별로 기쁘지 않았지만, 어머니가 너는 이것만 입고 있으면 병에도 걸리지 않고 재앙도 피할 수 있을 거라고 열심히 설득하는 바람에 마지못해 몸에 걸치고 있었다.

호열자가 돌기 시작했을 때도 어머니는 어떤 부적보다도 다로에게는 호박색이 더 효과가 있을 거라고 말했다. 결과적으로는 맞는 말이었을지도 모르지만—그렇다면 어머니도 호박색 기모노를 입었더라면 좋았을 걸 그랬다.

어머니의 생각에는 뭔가 확실한 근거가 있는 것 같았다. 그 근거를 강하게 믿고 의지하는 것 같았다. 호박색을 좋아할 뿐만 아니라 어떤 물건에든 각각 신이 깃들어 있으니 호박에도 신이 있을 것이다, 그러니 실례가 있어선 안 된다며 호박을 먹으려고도 하지 않았다. 동지에 먹으면 일 년 내내 건강하게 지낼 수 있다는 행운의 호박 조림조차, 이웃에서 나눠 주어도 젓가락을 대려고 하지 않았을 정도다.

─어째서 그랬을까, 어머니는.

꿈속에서, 이게 꿈인 줄 알면서도 다로는 그런 생각을 했다. 그러다가 잠이 깊어지고 머리맡의 작은 사람도 보이지 않게 되고 말았다.

주머니 가게 아오이야는 지금의 주인인 아사이치로가 2대째 주인이다. 선대까지는 담배 가게를 했다. 선대 주인은 손으로 하는 일을 좋아하는 사람이라, 살담배를 갖고 다니기 위한 주머니를 직접 만들었다가 그게 주위에서 좋은 평판을 얻는 바람에 마침내 장사까지 하게 되었다. 십 년 정도는 담배와 주머니를 모두 팔았지만 그러다가 주머니 하나만 팔게 되었다. 담배 가게는 습기가 많은 시기에는 상품 관리가 어렵고 곰팡이라도 슬면 큰일이기 때문에 품이 든다. 게다가 뭐라 해도 주머니 쪽은 좋아서 시작한 일이다 보니 들어가는 정성도 달랐던 것이다.

아사이치로 역시 부모를 닮아 손재주가 좋아서 주인이 된 지금도 바늘을 들고 주머니를 만들 때가 있다. 아내 오유와의 금슬도 좋다. 고지식한 아사이치로는 즐기는 도락도 하나 없고 술도 마시지 않아서 오유와 둘이 주머니 재료로 쓸 천이나 낡은 옷을 찾아 돌아다니는 것이 유일한 즐거움이라고 하니, 꽤나 꽉 막힌 사람이었다.

다로가 아오이야로 가기까지의 짧은 시간 동안 관리인은 두서없이 그런 사실을 이야기해 주었다. 그리고 마지막으로,

"아오이야에는 후계자가 없다."

하고 왠지 묘하게 힘주어 말했다.

"아사이치로 씨와 오유 씨는 십 년 전에, 갓 태어난 아기를 몹시 불행하게 잃으셨지. 몹쓸 자에게 납치되어서 말이다. 그 후로 아기가 태어나지 않았어. 그러니 다로, 네가 정직하고 착하게 고용살이를 하면 틀림없이 잘 봐 주실 거다."

다로는 얌전히 고개를 끄덕였지만, 조금 노골적일 정도로 욕심 어린 격려에 평소의 관리인답지 않다는 느낌도 받았다. 실은 관리인은 입으로 말하는 것보다 더 내가 고용살이를 시작하는 것을 불안하게 생각하는지도 모른다―.

그도 그럴 것이다. 어쨌거나 전혀 말을 하지 않는 아이니까. 이렇게 애교 없고 도움도 안 되는 아이는 필요 없다며 금세 내쫓길지도 모른다.

실제로 다로도 자신의 앞날이 보이지 않아 불안했다.

가난하게 자란 다로는 지금까지 주머니 같은 물건은 도붓장수가 조릿대 가지에 묶어 팔러 다니는 싸구려밖에 본 적이 없다. 공들여 만든 주머니는 사치품이다. 그것을 파는 아오이야는 대체 어떤 가게일까, 집 안은 어떨까, 과연 그곳에서 살아갈 수 있을까, 하나부터 열까지 지금까지의 생활과는 너무 다른 게 아닐까―.

그러나 막상 고용살이를 시작해 보니 걱정했던 정도의 일은 전혀 없었다. 기와 지붕을 인 아오이야의 건물은 훌륭했지만, 그곳에 사는 이들은 공동 주택 사람들과 비슷할 만큼 스스럼없고 따뜻한 마음씨를 가진 사람들이었다. 겨우 며칠을 지냈을 뿐인데도 잘 알 수 있었다. 모두들 공동 주택의 아주머니나 아저씨들보다 말씨도 곱고 단정한 옷차림을 하고 있었지만 웃거나 화내거나 밥을 먹는 모습은 지극히 당연한 잡다함으로 가득 차 있었다. 무엇보다 아오이야 사람들은 하나같이 부지런했다. 주인 부부도 예외가 아니어서 모두들 기운차게 열심히 일하는 모습은 다로에게, 무서운 관리인 때문에 게으른 사람은 주민으로 있을 수 없었던 그리운 공동 주택에서의 생활을 연상시켰다.

아오이야는 관리인도 말했던 대로 친지들끼리 소박하게 꾸려 나가는 가게였다. 주인 부부도 앞장서서 일하고 있다. 선대 주인은 죽은 지 오 년쯤 되었고, 그것을 계기로 선대 주인의 아내인 아사이치로의 모친은 무코지마에 작은 집을 지어 은거 생활을 시작했는데, 머리도 몸도 몹시 건강해서 가게에도 자주 찾아온다고 한다.

장사의 세세한 일을 맡고 있는 대행수는 선대 주인 때부터 이곳에서 고용살이를 해 온 고참인데, 실은 이 사람은 안주인 오유의 아버지다. 하녀는 두 명인데 두 사람 다 오유 쪽의 친척이다. 장사를 배우면서 대행수를 거들고 있는 행수는 아사이치로의 사촌형의 아들이다. 주머니는 상품으로서는 다루기 어렵지 않기 때문에 가게를 꾸려 나가는 데 그리 많은 일손을 필요로 하지는 않았던 것이다.

한편 침모는 많이 있었다. 가게에 살면서 일하는 침모만 해도 다섯 명, 출퇴근하는 침모가 여섯 명. 나이는 제각각이지만 모두 여자다. 가게에 살면서 일하는 침모들은 모두 젊은 처녀뿐으로 그녀들은 돌아가면서 밥을 짓고 물을 긷거나 청소도 했다. 세 명 앞에 하나씩 주어지는 방도 직접 청소한다. 출퇴근하는 침모들 중에는 여자 혼자 몸으로 세 아이를 키우고 있는 사람도 있고 나이 많은 부모를 모시고 있다는 사람도 있었다.

고용살이를 시작한 첫날, 한꺼번에 많은 사람과 인사를 나누었기 때문에 다로는 누가 누군지 알 수 없었다. 하지만 침모 여자들은 단번에 다로가 마음에 든 모양이다. 우리 아이와 나이도 같은데 대단하네 하며, 어려운 일이 있으면 곧장 이야기하라고 말해 주어서 몹시 당황스러웠다.

나쁜 기분은 아니었지만 맥이 빠졌다.

고용살이를 하는 것은 처음이지만 공동 주택에서 살면서 보고 들었기 때문에 사환 고용살이가 대충 어떤 것인지 정도는 알고 있다. 사환은 사람 축에도 못 낀다는 말을 들으며 아침부터 밤까지 일하고, 꾸중을 듣고 얻어맞고, 연장자에게는 괴롭힘을 당하고 밥도 제대로 먹을 수 없다―그런 생활이 기다리고 있으리라 여기고 있었다. 그런 일을 견디면서 조금씩 일을 배워 나간다. 일을 익히게 되면 조금씩이나마 더 인정을 받고 자신의 자리를 만들 수 있게 된다―그게 고용살이 일꾼의 숙명이라고 생각하고 있었다.

그러나 아오이야에서 고용살이를 시작한 첫날 다로가 한 일은 주인 부부를 비롯한 모든 사람들에게 인사를 하고, 그에게 주어진 한 평 반짜리 방에 짐을 풀고, 행수와 하녀들과 함께 밥을 먹었을 뿐이었다. 이 세 사람은 사이가 좋아서 밥을 먹는 동안에도 끊임없이 수다를 떨었고 다로에게 말을 걸기도 했다. 그들은 이미 다로가 말을 하지 않는다는 사실을 알고 있었고, 어머니가 돌아가셔서 슬펐지, 어떤 음식을 좋아하니, 하고 묻고는 가엾게도 이 나이에 외톨이라니, 나는 너만 할 때는 계란구이를 좋아했다고 자기들끼리 멋대로 대답했다. 조금 시끌벅적하긴 했지만 같이 있으면 기분 좋은 사람들이었다.

다음 날도 비슷했다. 아침 식사를 한 후 복도에 걸레질을 하는 하녀를 거들고 나니 더 이상 할 일이 없었다. 그러자 오히려 마음이 불안해서 하녀 옆을 서성거렸더니 눈치를 챘는지 걸레를 만들어 달라며 한 무더기의 낡은 수건과 작은 반짇고리를 가져다주었다. 다로는 기뻐하며 일을 시작해, 해가 기울기도 전에 전부 꿰매어 버렸다. 그러자 크게 칭찬을 받고, 또 저녁은 넷이서 먹었다. 젊은 행수가 옛날에 다로가 있었던 공동 주택 근처 감나무에 올라가 감을 따려다가 관리인에게 야단을 맞았다는 이야기를 하고 하녀들이 크게 웃었다. 그 관리인은 지금도 무섭지? 그렇게 무서운 곳에서 용케 여름 한철을 보냈구나 하고 물어서 다로가 고개를 갸웃거리자, 그것이 재미있다며 다함께 웃었다.

그다음 날도 할 일이라곤 아무것도 없었다. 바쁘게 일하는 사람들 사이에 우두커니 남겨져 한가하게 지내는 것은 오히려 슬프다. 그래서 다시 하녀 옆으로 갔더니 또 산더미처럼 많은 걸레를 만들어 달라고 부탁했다. 이번에는 낡은 수건이 아니라 자투리 천 따위로 꿰맸기 때문에 저녁때까지 걸렸다. 완성된 걸레를 가져가자 하녀는 손뼉을 치며 기뻐하더니 손재주가 좋다며 감탄했다. 상으로 마님께 부탁해서 과자를 받아다 줄게. 그렇지, 너 버선 수선도 할 수 있지? 많이 있으니까 내일까지 좀 부탁해.

특이한 가게다—하고 다로는 생각했다. 사환 고용살이를 시작한 어린아이를 이렇게 편히 지내게 하다니. 아무리 침모가 되기 위한 고용살이라고 해도—아니, 그렇기 때문에 더더욱, 좀더 엄하게 대해야 하지 않을까? 지금까지 있던 사환 아이들이 오래 붙어 있지 않았던 것은 이런 취급이 오히려 불편하게 느껴졌기 때문이 아닐까.

그래도 사오 일쯤 시키는 대로 걸레를 만들거나 버선을 수선하거나 청소를 거들면서 얌전히 지냈다. 달리 어떻게 할 수도 없었고 갈 곳도 없었다. 엄하게 부려 먹지 않아서 싫다고 생각한다면 벌을 받을 것 같은 기분도 들었다.

그래도 역시 이상하긴 이상하다. 그리고 특이한 것으로 치자면 주인 부부가 제일 특이했다.

처음 대면했을 때는 다로도 긴장하고 있었기 때문에 거의 주인 부부의 얼굴을 보지 않아서 별로 느끼는 바는 없었다. 품위 있어 보이고 상냥한 사람 같다, 다만 안주인의 말소리가 몹시 작고 떨리는 것처럼 가늘다고 생각한 정도였다.

그러나 그 후 다로가 아오이야에서 며칠을 보내다 보니, 가끔 나리나 마님이 이쪽을 관찰하듯 물끄러미 바라보고 있다는 사실을 깨닫게 되었다. 처음에는 '아아, 내가 일하는 모습을 지켜보고 계시는구나' 하고 생각했지만, 어쨌거나 매일 편하게 지내면서 나리나 마님의 시선을 느끼다 보니 아무래도 이건 그런 게 아니라는 생각이 들기 시작했다. 나리는 하녀와 함께 복도를 걸레질하는 다로를 바라보며 입가에 미소를 띠기도 한다. 마님은 자신의 밥그릇을 깨끗하게 씻어 식기함에 넣는 다로를 보고 살짝 눈물이 어린 것 같은 눈을 할 때가 있다.

많은 사람들이 일하는 에치고야나 기노쿠니야 같은 큰 가게와는 달리 아오이야는 작기 때문에 사환이라 해도 주인 부부와 얼굴을 마주칠 기회가 있는 게 이상하지는 않다. 하지만 이렇게 자주, 게다가 마치 지켜보는 것 같은 주인 부부의 시선은 당연하지 않은 일이다.

이것은 묘하게 느슨한 교육과 편한 고용살이 상황과 합쳐서 생각해 보면 불편함을 뛰어넘어 으스스하다고 할 수도 있다. 일반적인 사환 고용살이에 대해서 다로보다 잘 알고 있을 하녀들이나 행수, 침모들도 다로의 이런 취급에 전혀 의아한 얼굴을 보이지 않는다는 것도, 실은 몹시 이상한 일이다.

그런 마음의 응어리는 아무리 다로가 말없는 아이라 해도 역시 얼굴에 드러나는 법인가 보다. 고용살이를 시작한 지 딱 열흘째 되던 날, 하녀 한 명과 함께 창고방을 정리하고 있을 때 하녀가 다로에게 말을 걸었다.

"너, 왠지 불편한 기분이 들지? 그렇지 않니?"

이 하녀는 두 사람 중에서도 나이가 젊은 쪽으로, 이름은 오아키라고 했다. 미인은 아니지만 밝은 얼굴에 활기가 넘친다. 식초를 친 음식처럼 산뜻한 성격을 갖고 있다.

다로는 마음속의 개운치 못한 감정을 견딜 수 없을 지경이었기 때문에 망설이지 않고 고개를 끄덕여 대답했다. 그러자 오아키는 나무 상자며 고리짝 사이에 걸터앉아 앞치마에 묻은 먼지를 털면서 "아아, 역시 그렇구나" 하고 말했다.

"있지, 이제 곧 나리와 마님께서 이야기를 하실 테니까 내가 말해서는 안 될 일이지만, 네가 신경을 쓰는 것 같고 안색이 좋지 않아 가엾으니까 몰래 가르쳐 줄게."

오아키는 그렇게 말하고 다로에게 얼굴을 가까이 하며 속삭였다.

"너는 처음부터 사환 고용살이를 위해 불러온 게 아니야. 보다시피 이 가게에는 뒤를 이을 아이가 없어서 나리와 마님은 남자 아이를 양자로 맞을 생각을 하고 계셔. 하지만 물론 남자 아이이기만 하면 아무나 다 되는 것은 아니고, 게으르거나 손버릇이 나쁜 아이면 곤란하잖니. 가능하면 가게를 위해 일할 수 있을 만큼 손재주 좋은 아이가 좋고……. 그래서 우선 고용살이 일꾼으로 이 집에 들여 같은 지붕 아래 살면서 살펴보고, 괜찮아 보이는 아이면 새로 양자로 들이자고 생각하시는 거야."

다로는 눈이 번쩍 뜨이는 기분이었다. 그렇구나. 그 말을 들으니 이 어중간한 대우와 주인 부부의 지켜보는 것 같기도 하고 관찰하는 것 같기도 한 시선의 의미가 풀린다.

오아키는 손으로 입가를 누르며 살짝 웃었다. "고용살이 일꾼으로 집에 들여놓으려면 어디까지나 고용살이 일꾼으로 대하면 될 텐데, 나리도 마님도 마음씨가 착한 분들이시라 어린아이를 마구 부려먹는 짓은 도저히 못 하시지. 게다가 어쩌면 후계자로서 양자로 삼을지도 모르는 아이라고 생각하면 처음부터 정이 가 버려서 말이야. 너, 오히려 기분이 으스스했지?"

다로는 안심해서 오아키와 똑같이 살짝 웃었다.

"지금까지 세 명쯤 왔었나. 모두들 결국은 나리와 마님의 눈에 차지 않아서 집으로 돌려보내고 말았지만. 너는 네 번째야. 있지, 내 짐작인데 너는 상당히 마음에 들어 하시는 것 같아. 오시마 씨와 오린 씨도 그렇게 말했어."

그러고는 다른 한 명의 하녀와 침모의 이름을 들며 말을 이었다.

"행수님은 처음부터 이곳에서 장사를 익히고 나면 다른 곳에 가게를 내기로 약속되어 있기 때문에 양자가 들어온다 해도 곤란할 것은 없어. 게다가 그 사람은 좋은 사람이니까 신경 쓰지 않아도 괜찮아. 사악한 욕심이라곤 없는 성실한 사람이거든."

다로는 이때 문득 오아키와 행수가 사이가 좋다는 사실을 떠올리고, 혹시 이 두 사람은 가정을 꾸리기로 약속한 걸까 하는 느낌을 받았다. 그렇다면 어울리는 두 사람이다.

"슬픈 이야기라 아무도 굳이 입에 담지는 않지만 나리와 마님은 옛날에 자식을 잃으셨어. 벌써 십 년이나 지난, 선대 나리와 마님 때의 일이지. 그 무렵에는 지금의 나리와 마님은 작은나리와 작은 마님이었는데, 가정을 꾸린 지 겨우 일 년 정도밖에 안 되었던 모양이야. 나는 아직 고용살이를 하지 않을 때라 자세한 사정은 모른단다. 하지만 태어난 지 겨우 이레밖에 안 된 아기가 유괴되어 죽임을 당하고 말았대. 슬픔에 겨운 나머지 작은 마님은 몸져눕게 되었고, 반년이나 자리에서 일어나지 못했다는 거야."

그런 일이 있었나……. 다로는 고개를 떨어뜨렸다. 마님의 가느다란 목소리가 생각난다.

"남자 아이였는데, 살아 있었으면 딱 너만 한 나이지. 그러니까 네가 만일 양자가 된다면 나리와 마님께 효도를 다해야 해. 두 분 모두 정말 좋은 분들이니까. 알겠지?"

여기에서 고개를 끄덕이는 것도—아직 양자가 될 수 있다고 정해진 것은 아니니—뻔뻔스러운 것 같아서, 다로는 또 미소만 지어 얼버무렸다. 오아키는 아하하 하고 웃었다.

"네가 후계자가 된다면 우리도 잘 부탁해."

빈틈없이 그렇게 말하고는 일로 돌아갔다. 다로도 어깨의 짐을 내린 기분으로 부지런히 거들었다.

창고방은 두 평 반 정도 되는 넓이인데, 덧문이 닫혀 있고 다다미가 걷혀 있는 방에 짐이 가득 들어차 있을 뿐이다. 원래는 평범한 방이었던 모양이다. 안쪽에는 반침도 있고 장지문이 두 장 세워져 있다. 정리를 하기 전에는 짐에 덮여 있어서 보이지 않았지만 나무 상자 몇 개를 치우니 장지문 중 한 장이 전부 드러났다. 그 순간 다로는 흠칫 놀라 숨을 삼켰다.

장지문에는 아래쪽에 줄무늬가 들어가 있었다. 그 외의 부분은 낡아서 누르스름해지긴 했지만 본래는 하얀색에 아무런 무늬도 들어가 있지 않았을 것이다.

그 위에 여자 머리 그림이 그려져 있었다.

젊은 여자는 아니다—마님 정도 되는 나이일까. 아니, 더 많을지도 모른다. 크게 양쪽으로 튀어나오도록 화려하게 머리를 묶고 관자

놀이까지 눈썹이 올라가 있다. 입은 꼭 다물려 있고 크게 부릅뜬 두 눈은 날카롭게 정면을 향하고 있지만 무엇을 보고—아니, 노려보고 있는지는 알 수 없다. 싹둑 잘린 것처럼 머리만이 허공에 뜬 채 그려져 있고 잘린 부분처럼 보이는 부분에 피가 배어 있었다.

끔찍한 얼굴이었다. 한 번 쳐다봤을 뿐인데도 온몸 구석구석까지 소름이 돋았다. 다로는 저도 모르게 한 발짝 물러나다가 오아키와 부딪혔다.

"어머나, 왜 그러니?"

오아키는 콧등에 먼지가 붙은 채로 돌아보았다. 그리고 눈을 크게 뜬다.

"세상에, 얼굴이 왜 그래? 소름이 돋았잖니. 뭔가 있었어? 거미? 도마뱀붙이?"

다로는 정신없이 고개를 저었다. 오아키의 느긋한 질문을 믿을 수가 없다. 거미나 도마뱀붙이 같은 귀여운 게 아니다. 눈앞에 있지 않은가. 이 머리—.

그러나 오아키는 주위를 이리저리 둘러보고는 밝게 웃었다.

"다로, 의외로 소심하구나. 벌레는 나쁜 짓을 하지 않아. 무서워할 것 없단다."

다로는 멍하니 오아키와 장지에 그려져 있는 여자 머리를 번갈아 바라보았다. 오아키에게는—보이지 않는 걸까?

다로는 그녀의 소매를 끌고, 무서움을 참으며 장지로 다가가 여자 머리가 그려져 있는 그림 쪽을 가리켰다.

"거기에 뭔가 있다는 거야? 아무것도 없잖아."

오아키는 웃었을 뿐이다.

보이지 않는 것이다. 오아키에게는 보이지 않는다. 다로는 참지 못하고 부들부들 떨었다.

"이제 정리도 끝났으니 먼저 나가 있어도 돼. 원, 애도 참."

오아키는 그렇게 말하면서 다로의 등을 밀어 내보냈다. 버리는 물건이 몇 개 있었기 때문에 창고방 안은 아까보다 비어 있었다. 덕분에 나무 상자나 고리짝에 가려지지 않아, 여자 머리는 복도에서도 똑똑히 볼 수 있었다.

다로는 빨리 이곳을 떠나려고 서둘러 발길을 돌렸다.

그 순간, 어쩔 수 없이 시야 한구석을 스치고 만 여자의 머리가 씨익 웃었다.

다로는 오싹해서 몸을 돌리고 집어삼킬 듯 장지를 바라보았다. 여자의 머리는 처음 보았을 때와 똑같은 표정을 하고 있었다.

하지만—.

닫혀 있던 입이 아주 약간이지만 벌어져 있다. 마치 다로에게 말을 걸기라도 하듯.

다로는 도망쳤다.

그날의 나머지 시간에는 또 할 일이 없어서 신경을 다른 데로 분산시킬 수도 없었다. 다로는 창고방에서 보았던 여자 머리에 대해서 생각하지 않을 수 없었다. 정말 무서운 얼굴이었다. 어째서 그런 곳에 그런 그림이 있을까.

다로에게 보이는 여자 머리가 오아키에게는 보이지 않았다는 점이 무엇보다도 이상했다. 너무나 이상해서, 한동안 생각하다 보니 오아키에게 보이지 않은 것이 아니라 다로가 잘못 본 것이고, 혹시 눈의 착각이 아닐까 하는 생각마저 들었다. 깬 채로 무서운 꿈이라도 꾼 것처럼.

제대로 확인하려면 다시 한번 보러 가는 것이 가장 간단하다. 무섭지만, 어정쩡한 기분으로 지내기보다는 그편이 낫다. 다로는 용기를 짜내어 창고방으로 향했다. 입구의 미닫이문에 손을 댈 때 손가락뿐만 아니라 팔이, 몸 전체가 덜덜 떨렸다.

미닫이문을 힘껏 당겼다.

복도에서 비쳐드는 오후의 햇빛에, 희미하게 장지 위의 여자 머리가 떠올라 보였다. 몇 번 눈을 깜박여도 두 손으로 눈을 비벼도 보이는 것은 보인다.

아까 살짝 벌리려는 것처럼 보였던 여자의 입은 다시 닫혀 있었다. 한 줄의 선 같다. 아니, 이번에는 반대로 처음 보았을 때보다도 더 굳게 다물려 있는 것 같지 않은가.

다로는 머뭇머뭇 발끝을 내밀어 창고방 안으로 반걸음 발을 들여놓았다. 발끝에 가까이 있던 고리짝 모서리가 부딪혀 딱 하는 소리를 냈다. 흠칫 놀라서 순간적으로 발치를 내려다보았다. 그리고 얼굴을 들자—

여자 머리는 입을 크게 벌리고 웃고 있었다. 두 눈에는 빛이 있고, 드러난 하얀 이가 마치 짐승의 이빨처럼 뾰족해 보였다.

다로는 소리도 지르지 못하고 창고방 밖으로 굴러나갔다. 미닫이문에 부딪혀 큰 소리가 났다. 누군가의 발소리가 다가온다. 여자가 창지에서 나왔는지도 모른다. 복도를 기어 도망치려고 하는데 등 뒤에서 누가 꽉 껴안았다.

"이런, 이런, 왜 그러느냐? 이런 곳에서 뭘 하는 거지?"

젊은 행수였다. 걱정스러운 얼굴로 다로를 안아 일으키더니 다친 데가 없는지 확인하듯이 다로의 얼굴을 들여다보았다.

"괜찮니?"

다로는 그의 팔을 잡아 창고방 입구로 끌고 갔다. 장지 쪽은 보지 않고 그저 열심히 팔을 뻗어 여자 머리가 있는 쪽을 가리켰다.

행수는 여우에 홀린 얼굴을 하고 있다.

"왜 그러느냐? 쥐라도 나왔느냐?"

다로는 얼마 남지 않은 용기를 몽땅 쥐어짜 문 앞에서 천천히 얼굴을 들이밀고 장지를 보았다. 여자 머리는 거기에 있었다.

그러나 행수에게는 보이지 않는다. 그는 웃는 얼굴로 "낮잠이 아 직 덜 깬 게로구나" 하고 말했다.

"다로 너는 바느질을 잘하지. 슬슬 버선 만드는 연습을 시켜야겠 다고 나리가 말씀하시더라."

다로는 무릎에서 힘이 빠져 그 자리에 털썩 주저앉을 뻔했다.

이상하다. 아무리 생각해도 이상하다.

그날 밤 다로는 이불 위에서 무릎을 끌어안고 필사적으로 생각했 다. 어째서 창고방의 장지에 그런 것이 그려져 있을까. 어째서 그것 은 다로에게만 보일까. 오아키에게도 행수에게도 보이지 않았으니, 남자에게만 보이는 것도 아니다. 아니면 어린아이에게만 보이는 것일까. 그것은 유령일까, 귀신일까. 아니면 아오이야와 관련이 있는 누군가일까.

그 창고방은 처음부터 창고방으로 만들어진 것이 아니다. 방이었던 곳을 일부러 다다미를 걷어 내어 창고방으로 쓰고 있다. 그 이유는 어쩌면 장지에 그려져 있는 여자 머리와 뭔가 관련이 있는 게 아닐까. 여자 머리 그림을 감추기 위해 창고방으로 만들어 버린 것이 아닐까.

도저히 잠이 오지 않았다. 공동 주택으로 도망치고 싶었다. 그런 것이 집 안에 있다니 아무래도 참을 수가 없다.

좁은 방의 구석에 있는 사방등이 빛의 꼬리를 스윽 끌며 꺼졌다.

기름은 아직 충분히 남아 있었다. 그래서 오늘 밤에는 밤새도록 켜 둘 작정이었는데. 다로는 무릎을 껴안은 팔에 힘을 주고 움직이지도 못한 채 어둠 속에서 꼼짝 않고 굳어 있었다.

자신의 호흡 소리만이 들린다.

얼마나 시간이 지났을까. 다로는 겨우 마음을 굳히고 사방등으로 다가가려고 했다. 다시 불을 켜야 한다—.

사방등 쪽으로 몸을 돌렸을 때 마치 기다리고 있었다는 듯이 방에서 복도 쪽으로 나 있는 장지문이 달그락거리며 열렸다. 다로는 펄쩍 뛰어오를 듯이 돌아보았다.

복도의 어둠 속에 날씬한 여자의 그림자가 서 있었다. 어찌된 셈인지 띠 언저리에서부터 아랫부분밖에 보이지 않는다. 가슴 위로는 어둠에 녹아들어 있다.

여자는 연보랏빛 기모노를 입고 있었다. 같은 색깔의 띠 위에 피처럼 붉은 끈을 매고 있었다. 맨발인데다 진흙투성이였다.

진흙으로 더러워진 발이 스윽 움직여 방으로 들어왔다.

다로는 벌떡 일어나 창으로 달려갔다. 기세가 지나친 나머지 창의 장지가 부서졌다. 다로는 단숨에 창을 열어젖히고 몸을 내밀었다. 도망치자!

그때, 캄캄한 창밖에 갑자기 여자의 머리가 떠올랐다. 머리는 헤엄치듯이 다로의 얼굴 바로 옆까지 다가왔다. 새빨간 입술이 벌어지고 다로의 얼굴에 묘지의 흙처럼 차가운 숨결이 닿았다.

여자의 머리는 신음하듯이 말했다.

"이번에는 놓치지 않을 테다. 머리를 뜯어내 주마."

사람 살려, 하고 외치며 다로는 정신을 잃었다.

정신을 차렸을 때는 날이 완전히 밝아 있었다. 오른쪽 바로 옆에 슬픈 눈을 한 안주인 오유가 앉아서 걱정스러운 듯이 다로를 들여다보고 있다. 옆에는 오아키가 나란히 앉아서 똑같이 얼굴을 흐리고 있다. 조금 울었던 모양이다.

놀랍게도 귀에 익은 목소리가 왼쪽에서 말을 걸었다.

"얘야, 제정신이 드니?"

관리인이었다. 관리인의 아내도 있다. 둘이 같이 있는 모습은 친숙하지만, 오늘은 조금 분위기가 달랐다. 아주머니가 화난 얼굴을 하고 있는데 관리인은 왠지 몹시 야위어 있었다.

공동 주택으로 돌려보내지는구나—하고 다로는 생각했다. 그래서 관리인이 데리러 온 것이다.

"너 목소리가 나왔다면서?"

아주머니가 복잡한 표정을 한 채 말했다.

"그렇다면 어젯밤에 무슨 일이 있었는지 얘기해 보렴. 어째서 기절한 거니? 네가 아무 말도 해 주지 않으면 아무것도 알 수 없어. 네 어머니도 네가 걱정되어 저세상에 가지 못할 게다."

관리인이 커다란 손으로 뒤통수를 북북 긁었다. 거북해하고 있다. 무슨 일일까?

"두 분 다, 오늘 아침에 우리 집을 찾아오셨어." 오유가 설명하듯이 말했다. "다로 네가 쓰러지고 말았으니 날이 밝으면 사람을 보내 관리인께도 알려야겠다고 생각하고 있었단다. 하지만 그 전에 오셔서……."

부드러운 오유의 목소리를 가로막듯이 관리인의 아내는 시원스럽게 말했다.

"네 어머니의 위패가 밤마다 날뛰어서 어쩔 수가 없었어."

다로가 공동 주택을 떠난 후로 불단 속에서 밤새도록 덜그럭거리며 소리를 낸다고 한다.

"네가 걱정되어서 그러는 것 같아 우리가 매일 향을 올리고 절을 하면서 다로라면 괜찮다, 좋은 곳에서 고용살이를 할 수 있게 되었고 어쩌면 양자가 될 수도 있을지도 모르니 안심하고 성불하라고 말해 주었지만 네 어머니는 들어 주질 않는구나. 그래서 어쩔 수 없이 네가 어떻게 지내는지 보기 위해 이리로 찾아왔단다."

아주머니는 덧붙이듯이 코웃음을 쳤다.

"이 사람 좀 보렴. 야위었지? 벼락님보다 강하다는 평판을 얻은 적도 있으면서, 네 어머니의 위패가 날뛰니 잠을 못 자겠대. 의외로 겁이 많은 사람이었던 게지."

관리인은 또 뒤통수를 벅벅 긁었다. 어쩐지 거북해 보였던 것은 그 때문인가.

"찾아와 보니 네가 어젯밤에 쓰러졌다고 하지 뭐냐. 역시 네 어머니가 걱정하는 대로 네 몸에는 무슨 일이 일어나고 있었던 게로구나. 자, 말해 보렴. 어머니의 영혼을 위해서라도 넌 이제 정신을 바싹 차려야 해."

다로는 일어나 앉아 두근거리는 심장을 손으로 눌렀다. 말할 수 있을까. 마른 입술을 축이고 크게 숨을 쉬었다.

"머리가" 하고 목소리가 나왔다. "여자 머리가."

다로는 이야기했다. 스스로도 깜짝 놀랄 정도로 술술 말이 나왔다. 무서웠던 일을 이야기하자니 또 등골이 오싹해졌지만, 속 깊은 곳에 있던 말을 토해내니 기분이 좋았다.

이야기를 해 나가다 보니 오유의 뺨에 핏기가 올랐다. 이윽고 그녀의 눈에 눈물이 넘쳤다. 슬픔으로 가늘었던 목소리가 아니라 기쁨으로 떨리는 목소리로 그녀는 외치며, 달려들듯 다로를 꼭 껴안았다.

"그 여자의 머리가 보였다면—분명히 보였다면, 틀림없구나, 다로, 너는 우리 아이다! 우리 피를 물려받은 아이야!"

십 년 전의 사건이다.

아사이치로와 오유 사이에서 태어난 지 얼마 안 된 아기를 유괴한 사람은, 이전에 아오이야에서 하녀로 고용살이를 한 적이 있는 오키치라는 여자였다.

오키치는 직업소개꾼을 통해 고용한 여자였는데, 나중에 조사해 보니 직업소개꾼에게 이야기한 신상은 전부 지어낸 것이었고 아무래도 태생이 수상한 여자였다. 그 무렵 이미 삼십 대 중반의 나이였지만 지나가는 남자들의 시선을 빼앗을 만큼 아름다운데다 또 요염한 여자였기 때문에 직업소개꾼도 눈이 흐려지고 만 모양이다.

오키치도 처음에는 부지런히 일했다. 특히 아직 혼인을 하지 않았던 아사이치로의 시중을 드는 일에는 열심이었다. 오키치는 아름다웠기 때문에 아사이치로도 나쁘진 않았지만 어쨌거나 나이는 아사이치로보다 더 많았고, 이 여자에게는 어딘지 모르게 마음을 허락해선 안 될 것 같다는 것은 느끼고 있었다.

다만, 마음씨가 착하고 사람이 좋은 것이 장점인 집안이라 아사이치로는 오키치를 함부로 대하지는 않았다. 아무래도 처음부터 아사이치로와 아오이야의 재산에 야심을 품고 들어온 오키치에게 그런 점은 매우 좋지 않은 박차가 되었다. 고용살이를 시작한 지 반년 정도 만에 오키치는, 자신은 곧 아사이치로와 부부가 되어 아오이야의 안주인 자리를 차지하게 될 거라고 멋대로 생각하며 떠벌리고 다니게 되었다.

아오이야의 입장에서 보자면 난처한 사태였다. 한편으로 아사이치로와 오유의 혼담이 진행되고 있었기 때문이다. 그래서 혼담이 완전히 정해지기 전에 선대 주인은 오키치를 불러 해고하겠다는 말을 했다.

오키치는 새파랗게 질려서 화를 냈다. 작은나리와 자기 사이를 갈라놓는 거냐고 눈초리를 추켜올리며 따져 물었다. 아버지가 곤란해하는 것을 보다 못한 아사이치로는 그 자리에 나서서, 오키치와 나 사이에는 아무 일도 없다, 모든 것은 네 착각이라고, 상냥한 사람치고는 단호하게 말했다.

오키치의 안색이 변했다.

어머, 그래요, 좋아요, 하고 그녀는 말했다. 그렇다면 제게도 생각이 있습니다. 제 마음을 가지고 놀다가 버리려고 하다니 그렇게는 안 되지요. 이제 똑똑히 보여 드릴 테니 각오하세요!

오키치는 저주의 말을 내뱉고 떠났다. 아오이야에는 불쾌한 뒷맛이 남았다.

그로부터 석 달 후 아사이치로는 오유를 아내로 맞았다. 오키치의 저주도 그 후 딱히 보이지 않았고 괴이한 일도 일어나지 않아, 그것은 그냥 해 본 말이었을 거라고 모두가 안심하기 시작했다.

이윽고 부부 사이에는 아기가 태어났다. 장남이자 후계자다. 아오이야는 축제 분위기였다. 모두가 들떠 있었다. 잠깐 눈을 뗀 사이에 그 틈을 뚫고 아기는 유괴되고 말았다. 아직 이름도 지어 주지 않았을 때였다.

아오이야에서는 곧 관청에 신고를 했다. 그 지역 오캇피키도 힘을 빌려 주었다. 아기를 유괴한 자는 오키치가 틀림없다. 그 집념 깊은 여자는 젊은 부부 사이에서 아기가 태어나기를 기다렸다가 이런 심한 짓을 저지른 것이다. 오키치가 아기를 어떻게 할 셈인지는 생각하고 싶지도 않은 일이었지만 어쨌든 그녀를 찾아야 한다.

오키치는 욕심으로 똘똘 뭉친 여자였지만 욕심이 많은 것치고 똑똑하지는 않았다. 여기저기에 흔적을 남겨 두어, 사흘도 지나기 전에 그녀의 고향인 오시아게 마을 변두리의 폐가에 아기와 둘이서 숨어 있다는 사실을 알 수 있었다. 그러나 그녀는 쫓아간 추격자들을 아슬아슬하게 따돌리고 도망쳤다.

이미 해가 진 후였다. 공교롭게도 흐린 초사흗날 밤이어서 밤하늘에는 별이 드문드문 보였을 뿐이다. 주위는 온통 논과 밭. 추격자들은 논두렁길을 달리고 수로를 뛰어넘으며 오키치를 찾았다. 이윽고 마을 어느 집의 창고방으로 도망쳐 들어간 그녀를 결국 붙잡았다.

오키치는 혼자였고 아기는 데리고 있지 않았다. 도망치는 데 방해가 되었기 때문에 밭에 버리고 왔다고 비웃듯이 말했다. 어차피 처음부터 죽일 생각이었다고 했다.

추격자들과 아오이야 사람들은 아기를 찾아다니기 시작했다. 그러나 아기는 찾을 수 없었다. 다음 날 아침, 마을 북쪽에 있는 수로 취수구에서 아기가 입고 있던 배내옷이 울타리에 걸려 있는 것을 발견했을 뿐이다.

아기는 물에 빠져 떠내려가고 말았을 것이다. 살아 있을 리가 없다. 사람들은 어깨를 축 늘어뜨리며 체념했다. 오유는 상심한 나머지 앓아누웠고, 완전히 건강을 망쳐 더 이상 아기를 낳을 수 없는 몸이 되고 말았다. 그때까지 아무런 재앙도 없이 행복하기만 했던 아오이야에 어두운 그림자가 덮쳐든 것이다.

붙잡힌 오키치는 엄한 조사를 받았고, 아오이야 이전에 고용살이를 하던 곳에서는 돈을 훔쳤다는 사실 등도 알려져 효수형에 처해졌다. 목이 베이기 직전에 그녀는 이를 박박 갈며, 그때 사실은 아기를 버린 것이 아니다, 추격자들로부터 도망치는 동안만 잠시 숨겨 두려고 호박밭에 눕혀 두었다며, 발을 구르면서 분해했다고 한다.

한번은 도망쳐 다니다가 아기를 찾으려고 되돌아갔지만, 밭이 전부 똑같아 보였고 아직 파란 호박이 줄지어 있는 모습이 전부 아기 머리처럼 보여서 찾을 수가 없었다―그런 말도 했다고 한다. 아기는 울지도 않았다, 울음 소리를 들으면 찾을 수 있었을 텐데, 그러면 추격자가 달려오기 전에 내가 먼저 달려가서 머리를 뜯어내 주었을 텐데. 정말 수로에 떠내려갔다면 꼴좋게 된 거지만, 역시 이 손으로 죽이고 싶었다, 이 손으로 얄미운 아사이치로 부부의 아이 목을 조르고 싶었다, 실수했다, 아아, 아까워라―그렇게 외치면서 오키치는 목이 베였다.

죽을 때의 사악한 마음이 이 세상에 남았기 때문인지, 그 후 얼마 안 있어 아사이치로가 침실로 쓰던 방의 장지에 여자 머리 모양의 얼룩이 생겼다. 열흘쯤 지나자 그것은 또렷하게 오키치의 머리 그림으로 변했다.

그러나 이상하게도 이 머리 그림은 아사이치로와 오유의 눈에만 보였다. 다른 사람의 눈에는 전혀 보이지 않았다. 게다가 장지를 바꾸고 또 바꿔도, 액막이를 하고 독경을 해도, 몇 번이나 똑같이 생겨나서 끝이 없었다.

별 수 없이, 아오이야에서는 아사이치로의 방을 봉하고 창고방으로 만들었다. 그 후로 여자의 머리는 계속 그곳에 있었다.

너무 놀라 입을 딱 벌리고 있는 다로를 껴안은 채 아사이치로와 오유는 울다가 웃다가 하고 있다. 옆에서 관리인과 아주머니는 각자 서로를 비난하는 얼굴을 하고 눈싸움을 하다가 이윽고 한숨을 쉬며 아주머니가 이야기하기 시작했다.

"지금까지 숨겨 왔던 이유는 다로에게는 이런 이야기를 들려줄 필요는 없다고 생각했기 때문이란다. 하지만 이렇게 되면 얘기해 줘야겠지."

다로는 돌아가신 어머니의 친아들이 아니다, 갓난아기 때 주워왔다. 관리인과 아주머니는 어머니가 공동 주택으로 이사를 온 지 얼마 안 되어 그것을 꿰뚫어 보고 어머니에게 캐물어 사실을 알아냈다고 한다.

십 년 전 여름, 오시아게 마을 남쪽에서 밭을 일구며 살고 있던 어머니는 어느 날 밤에 수로를 따라 떠내려 온 아기를 주웠다. 아직 태어난 지 얼마 되지 않아 보이는 아기는 몸이 완전히 싸늘하게 식어 있었지만, 어찌된 셈인지 함께 떠내려 온 호박잎이 단단히 얽혀 마치 배처럼 아기의 몸을 태우고 있었기 때문에 전혀 물에 가라앉지 않았다.

어머니는 그해 장마가 끝나갈 무렵에 내린 큰 비로 남편과 한 살짜리 아들을 잃었다. 쓸쓸함 때문에 매일 밤 눈물로 지내고 있던 어머니는 떠내려 온 아기를 하늘이 주신 선물이라고 생각하고 몰래 키우기로 했다.

아기의 이름은 죽은 아들과 똑같이 다로라고 지었다.

아기에 대해 알려지면 곤란하기 때문에 어머니는 곧 마을을 떠났다. 그리고 다로와 둘이서 친모자간처럼 행세하며 살아왔다.

"네 어머니는 너를 정말 소중하게 생각하고 있었단다. 그래서 우리도 굳이 네 어머니와 너를 떼어놓을 수는 없어서 잠자코 있었던 거야."

아주머니는 그렇게 말하며 눈을 깜박거렸다. 눈물을 감추려고 했는지도 모른다.

한꺼번에 여러 가지 사실을 알게 된 다로는 눈이 빙글빙글 돌아갈 지경이었다. 돌아가신 어머니가 호박을 귀하게 모셨던 까닭은 호박잎 덕분에 다로가 물에 빠지지 않았기 때문이다. 나는 아오이야 주인의 아들이다. 나리와 마님이 아버지와 어머니다.

그리고 무엇보다도 내 목소리—계속 목소리가 나오지 않았다. 그것은 오키치가 찾으러 왔을 때 호박밭의 이랑 사이에서 울지도 않고 목소리를 내지도 않은 채 꼼짝 않고 있어서 목숨을 건졌기 때문이다. 어머니가 말했던 '호박의 신'이, 오키치에게 발견되지 않도록 내 목소리를 봉해 주었기 때문이다.

'호박의 신'은 정말로 있었다. 어머니는 옳았다. '호박의 신'께서 나를 가엾게 여겨 내 목숨을 지켜 주셨다.

다로는 마음이 놓이면서 눈물이 나와, 오유의 팔 안에서 엉엉 울었다.

"하지만…… 기뻐하고만 있을 수는 없겠는데."

관리인이 다시 도깨비처럼 무서운 얼굴로 돌아와 중얼거렸다.

"다로가 이 집에 돌아오면서 오키치의 영혼도 돌아왔어. 어젯밤에, 이번에야말로 놓치지 않겠다고 했다지? 여기에 있으면 곤란하지 않을까?"

일동은 불안한 얼굴로 서로를 마주 보았다. 그러나 다로는 겨우 차분해진 마음을 달래면서 문득, 공동 주택을 떠나던 날 밤 머리맡에 앉아 있던 노란 얼굴을 한 작은 사람을 떠올리고 있었다. 그렇구나. 그것은, 그것은 분명—.

"관리인 아저씨." 다로는 말했다. "제게 생각이 있어요."

밤의 어둠은 숨막힐 정도로 짙고 무거웠다. 오늘 밤은 방울벌레 소리조차 들리지 않는다.

다로는 이불을 머리까지 뒤집어쓰고 요 위에서 몸을 웅크리고 있었다. 오키치는 온다, 틀림없이 올 것이다.

계속 켜 두었던 사방등이 별안간 꺼졌다.

복도와 방을 가르는 장지문이 스윽 열린다.

왔다.

"이번에야말로 놓치지 않을 테다. 머리를 뜯어내 주마!"

날카로운 고함인지 비명인지 모를 소리를 지르며 오키치의 망령이 덤벼들었다. 푸욱 하는 소리가 났다.

그와 동시에 다로는 이불을 걷어차고 벌떡 일어났다. 오키치의 머리는 두 눈을 튀어나올 것처럼 부릅뜨고 다로 쪽을 돌아보았다. 날카로운 이를 드러내고 있는데, 그 입은 딱 다로의 머리만 한 크기의 호박을 물고 있다. 다로는 미리 이불 밑에서 호박을 머리에 이고 숨어 있었던 것이다.

"놓치지 않겠다는 것은 이쪽에서 할 말이다!"

그렇게 외치며 반침에서 관리인과 아사이치로가 뛰어나왔다. 각각 손에 긴 막대를 들고 있다. 다로는 오키치의 머리가 도망치지 못하도록 이불을 던져 덮어씌우고는 꽉 붙잡았다. 관리인과 아사이치로가 그 위에서 막대로 마구 내리친다. 등불을 든 행수도 달려와 발로 짓밟는다.

잠시 후 숨을 헐떡이며 이불을 들춰 보니 그 밑에는 깨진 호박에 몹시 지저분한 솜먼지 같은 것이 둘둘 감겨, 손바닥만 한 크기로 남아 있었다. 관리인은 그것을 모아다가 마당으로 가지고 나가서 기름을 뿌리고 단숨에 태워 버렸다. 여자의 머리카락을 태우는 냄새가 났다.

"이제 괜찮겠지."

관리인의 말은 옳았다. 창고방에 있던 여자의 머리는 사라져서 두 번 다시 나타나지 않게 되었다.

다로는 아오이야 주인의 외아들로 살게 되었다. 아직도 돌아가신 어머니가 종종 그리워진다. 아사이치로와 오유도 그런 다로의 심중을 헤아려, 관리인에게 맡겨 두었던 위패를 받아다가 공양할 것을 권했다.

아오이야는 여전히 번성하고 있다. 다만 한 가지, 이 집 사람들은 호박을 먹지 않게 되었다. 제단에는 호박이 올라가 있지만 아무도 먹지 않는다. 이웃 사람들은 이상하게 여긴다. 어째서 호박을, 하고.

07

가
도

을
깨

비
비

신오하시 다리를 건너고 사루코 다리를 넘어, 미나미롯켄보리초로 접어들었을 때쯤 상쾌하고 맑아야 할 가을 하늘이 갑자기 어두워지기 시작했다. 올려다보니 서쪽에서 동쪽으로 구름이 흘러간다. 아무래도 가을비가 내릴 모양이다.

오신은 종종걸음을 쳤다. 안주인에게는 집에 있을 때 신세를 졌던 관리인 아저씨가 위독하다는, 있지도 않은 거짓말을 하고 나왔기 때문에 안 그래도 꾸물거리고 있을 여유는 없다. 날마다 가을빛이 짙어져 지난 며칠은 아침저녁으로 손발이 싸늘해질 지경이었는데, 조금 뛰었다고 벌써부터 이마에서는 땀이 배어 나온다. 이것도 마음 상태 때문이라고 생각하니 더욱 마음이 조급해졌다.

모퉁이를 돌아 산겐초로 들어서자 그리운 중개업소의 낡은 간판이 곧 눈에 띄었다. 오신은 거기에서 일부러 걸음을 멈추고 스스로를 격려하기 위해 '남녀 고용살이 일꾼 알선소'라고 세로로 늘어서 있는 한자를 되풀이해서 읽었다.

출입구의 장지는 닫혀 있다. 열고 안으로 들어가지 않으면 안 온 것이 된다. 이대로 발길을 돌려 돌아간다면 전과 다름 없이 가노야에서 계속 고용살이 일꾼으로 살아가야 한다.

몸이 떨리는 것 같았다. 귓불까지 뜨거워진다.

오신은 한순간 눈을 감았다. 그러고는 문을 열고 "계십니까" 하며 사람을 불렀다.

좁은 봉당이 있고 층층대가 딸려 있는 두 평 반 정도의 방. 칸막이 격자에 둘러싸인 작은 책상과 쌓아올려져 있는 장부. 오 년 전, 이곳 주인이 가노야의 하녀 고용살이를 소개해 주었을 때와 거의 달라진 데가 없는 풍경이다. 그러나 오신이 알고 있는 바로는, 낮에 가게가 열려 있는 동안에는 이 작은 책상에서 움직인 적이 없던 대머리 주인의 모습이 지금은 보이지 않는다. 색깔이 바랜 남보랏빛 방석이 쓸쓸하게 깔려 있을 뿐이다.

오신은 다시 한번 목소리를 돋워 "계십니까" 하고 불렀다. 그러자 책상 뒤의 노렌_{상점에서 가게 이름 등을 물들여 가게 앞에 거는 천} 안쪽에서 "네에" 하고 여자 목소리가 대답했다.

"잠깐만 기다려 주세요."

시원시원한 여자의 목소리가 말을 이었다. 오신은 초조한 마음에 가만히 있지 못하고 봉당을 이리저리 서성거렸다.

앞머리를 가지런히 자르고 격자무늬 기모노를 입은 마흔 살 정도 되어 보이는 여자가 노렌을 들추며 불쑥 모습을 나타냈다. 앞치마로 손을 닦고 있다.

"어머, 어서 오세요." 칸막이 격자 안쪽에 있는 주인의 방석 위에 무릎을 꿇고 앉으면서 말한다. "알선을 받으시려고요?"

이곳에서는 한 번도 본 적이 없는 여자다. 오신은 가까스로 고개를 끄덕이고 두 손을 꾸물거리며 쥐어짰다.

여자는 붙임성 있게 웃었다. "이것 참 안되셨네요. 우리 남편이 어제부터 고뿔로 크게 열이 올라서, 끙끙 앓으면서 자리에 누워 있거든요. 잘 안 아픈 사람인데, 내버려둘 수도 없고 해서."

그 말을 듣자 몸에서 힘이 쭉 빠졌다. 물론 낙담했기 때문이지만 안도의 기분도 섞여 있다.

"사정이 이래서 알선은 그 사람이 나을 때까지 해 드릴 수 없지만, 찾아온 사람에게는 용건을 물어봐 두라고 해서 바깥문은 열어두었답니다."

"그렇군요……." 오신은 얌전히 고개를 끄덕였다. "저어, 아주머님 되시나요?"

"그래요. 님이 붙을 만큼 대단한 여자는 아니지만."

여자는 웃으며 앞머리를 흔들었다. 오신에게는 어머니 같은 나이 겠지만 얼굴 생김새는 아름답다. 화려함도 있다. 하지만 오 년 전, 이곳 주인인 도미조라는 이름의 알부자는 아마 독신이었을 텐데.

오신의 의혹을 눈치 챘는지 여자는 밝은 목소리로 물었다. "전에도 여기에 온 적이 있나 보지요?"

"네, 오 년 전에 고용살이하는 곳을 바꿀 때쯤."

"그럼 나에 대해서는 모르겠네요. 내가 이곳 주인과 가정을 꾸린 것은 겨우 이 년 전이니까."

여자는 그렇게 말하며 씩 웃었다. "할아버지랑 아줌마가 가정을 꾸린 거라 새삼스럽게 혼인식을 올리지도 않았고 잔치도 안 했지만 나는 틀림없이 이곳 주인의 마누라예요. 수상한 사람 아니니까 안심하세요."

오신은 당황하며 고개를 저었다. "그런…… 의심을 한 게 아닙니다."

"그래요? 왠지 불안해 보이는 얼굴을 하고 있어서. 순서가 바뀌었지만, 내 이름은 쓰타. 아주머님이라는 말은 부끄러우니까 오쓰타라고 부르면 돼요."

오쓰타는 칸막이 격자 안에서 앉은 자세를 바로 하고는 길쭉하고 하얀 장부를 펼쳤다.

"아까도 말했지만 용건이 있으면 내가 들어 두었다가 남편에게 꼭 전해 줄게요. 내 머리는 시원찮지만 여기에 적어 둘 테니까 안 잊어버릴 거예요. 헛걸음을 하게 하면 미안하니까. 새로 고용살이 할 곳을 찾고 있지요?"

오신은 오쓰타가 손가락으로 가리킨 길쭉한 장부를 힐끗 들여다보았다. 커다란 글씨로 뭔가 줄줄 씌어 있다. 오쓰타가 손님들의 용건을 적어 둔 것일 텐데, 마치 어린아이의 습자장 같은 모습이다. 자신이 하는 말도 똑같이 이런 글씨로 여기에 적히는 건가 하고 생각하니 얼굴에서 불이 나는 기분이 들었다.

"아뇨, 저는 나중에 다시 올게요."

자연스럽게 꽁무니를 빼자 오쓰타는 입속으로 중얼거렸다.

"어머나, 그럼 주소랑 이름만이라도 가르쳐 줘요. 전에도 온 적이 있다면 당신은 단골이잖아요. 적당히 대했다간 내가 남편에게 혼날 테니까."

"그런…… 하지만 그……."

"고용살이할 곳은 급하게 찾는 거지요? 이렇게 어중간한 시기에 찾아온 것을 보니. 그쪽에서 사람을 줄이기라도 했나요? 우리 남편이 전에 소개한 가게지요? 지난 오 년 동안 당신은 그곳에서 고용살이를 해 왔지요? 그런데 거기서 일을 할 수 없게 됐나 봐요?"

스스럼도 악의도 없는 오쓰타의 말투가 오히려 오신의 마음을 찔렀다. 거짓말을 하는 데 익숙하지 않은 오신은 오쓰타의 다그치는 듯한 물음에 도저히 말로 상대할 수가 없을 것 같았다.

"저는, 그." 오신은 횡설수설 말했다. "오 년 전 이월에 시타야에 있는 가노야라는 방앗간의 하녀 고용살이를 소개받았어요."

"시타야에 있는 가노야란 말이지요. 흐음."

"그런데—해고당하게 되어서."

"오 년이나 정직하게 일해 왔는데 갑자기 해고를?" 오쓰타는 얼굴을 찌푸렸다. "당신, 뭔가 실수라도 저질렀나요? 그렇게 보이지는 않는데."

오신은 고개를 숙였다. 오쓰타는 흥미진진하다는 듯이 오신을 찬찬히 훑어보고 있다.

"뭔가 말하기 힘든 사정이 숨어 있나 보군요." 그렇게 말하며 오쓰타는 목소리를 낮추었다. "어쨌거나 당신은 젊은 여자고 용모도 나쁘지 않아요. 거칠어진 손을 보면 몸을 아끼지 않고 일하는 성격이라는 것도 잘 알겠어요."

오신은 순간적으로 두 손을 소매에 감추었다.

오쓰타는 웃는 얼굴로 말을 이었다. "나는 보다시피 닳아빠진 여자지만, 그만큼 여자를 보는 눈은 있다고 자부하니까 뻔뻔스럽게 들리더라도 그냥 말할게요. 당신, 가게에서 뭔가 연애 문제 따위에 휘말린 거죠? 그래서 갑자기 해고당하는 처지가 된 거 아니에요?"

가게의 문제는 아니지만 연애 문제가 얽혀 있다는 점은 정곡을 찔렀다. 철렁했다. 완전히 기에서 눌린 오신은 딱딱하게 굳어 고개를 숙인 채 입을 다물고 있었다.

"가족은 있어요? 아버지와 어머니는?"

"아뇨, 없습니다……."

"형제자매도 없군요. 그러니 직업소개꾼을 찾아왔겠지요." 오쓰타는 몸을 내밀고 칸막이 격자 위에 손을 올려놓았다. "우리 남편은 생긴 건 꼭 수염고래 같지만 아무래도 인망은 있는 듯하니 말이에요. 당신뿐만 아니라 다른 사람들도 상담거리를 안고 찾아오곤 해요. 그러니 어려워할 것 없어요."

확실히 이곳 주인은 남 돌보기를 좋아하는 사람이다. 얼굴이 무서운 것은 오쓰타의 말대로지만, 웃으면 몹시 따뜻하고 익살스러운 얼굴이 된다는 것도 오신은 똑똑히 기억하고 있다.

오 년 전에 이곳에 왔을 때는 전해 여름의 호열자와 가을의 수해로 잇따라 아버지와 어머니를 잃고 아직 열세 살 소녀의 몸으로 천애고아 신세가 되어 어쩔 줄 몰라 하던 오신이었다. 그런 오신의 앞길을 이곳 주인은 부모처럼 염려해 주었다. 가노야에서 고용살이를 하기로 정해졌을 때는 헌옷이라도 한 벌 사 입으라며 약간의 돈을 싸서 들려 주었다.

그런 친절이 마음속 깊이 스며들어 있었기 때문에 오늘 이곳을 찾아올 마음도 든 것이다.

"저는, 그."

오신은 입을 열었지만 말이 잘 나오지 않았다. 고집스럽게 입을 다물고 있자니 미안하다는 마음과, 마음속을 고백하기 부끄럽다는 마음 때문에 몸이 둘로 찢기는 기분이다.

"가게에서—시비가 있는 것은 아니에요. 가노야 사람들은 저 같이 형편없는 하녀에게 정말로 잘 대해 주십니다. 저는 부엌일 같은 것은 하나도 몰랐는데 처음부터 찬찬히 가르쳐 주시고."

"당신은 부엌 하녀인가요?" 오쓰타는 납득한 듯이 고개를 끄덕였다. "쌀 찧기는 힘을 쓰는 일이라 대식가가 많다고 하더군요. 밥 짓는 것도 참 큰일이겠지요."

오신은 서둘러 고개를 저었다. "쌀을 찧는 데는 정말로 엄청난 힘이 필요하지만 그렇게 많이 먹는 사람은 없어요. 다른 사람들과 똑같아요."

"그래요? 그럼 아침저녁으로 쌀을 한 되씩 먹는다느니, 갓난아기 머리만 한 크기의 주먹밥을 여덟 개씩 먹는다느니 하는 것은 가와야나기 안에서만 있는 일인가?"

"네, 네, 그렇고말고요. 가노야에 있는 야스 씨도 미노 씨도 긴 씨도, 모두 식사 예절은 점잖은 편이에요."

오신이 힘주어 주장하자 재미있다며 오쓰타는 크게 웃었다.

"그럼 잘됐잖아요. 당신, 가게에 완전히 익숙해졌군요."

그 말에 오신도 살짝 웃었다. 부엌 하녀의 일은 편하지는 않지만 분명히 가노야는 좋은 가게다. 지금은 오신에게 유일무이한 집이나 마찬가지이다.

그렇기 때문에 안타깝다.

"그런데……." 오쓰타가 입가에만 웃음을 남긴 채 진지한 얼굴로 돌아갔다. "그렇게 좋은 가게에서, 왜 해고되었지요?"

이야기가 처음으로 돌아왔다. 아무래도 다 털어놓지 않고서는 도망칠 수 없을 것 같다.

"저는 고용살이에 아무런 불만도 없지만." 오신은 머뭇머뭇 말을 꺼냈다. "좀더―좋은 급료를 받을 수 있는 곳으로 옮기면 좋겠다, 아주 좋은 곳을 소개해 주겠다는 이야기를 들었어요."

오쓰타는 오신의 얼굴을 다시 뚫어져라 바라보았다. 오신은 고개를 숙였다.

"가노야의 급료에 불만이 있나요?"

오신은 펄쩍 뛰어올랐다. "아뇨, 그럴 리가요!"

"그렇겠지요. 당신에게는 돈을 보내야 하는 가족도, 빚도 없으니까."

"네…… 하지만……."

"돈을 좀더 벌고 싶은 이유가 생겼군요."

오신은 말없이 고개를 끄덕였다.

"알아맞혀 볼까요? 남자 때문이지요?"

일부러 고개를 끄덕이지 않아도 오쓰타는 오신의 얼굴을 보고 알아차렸으리라. 뺨이 뜨겁다.

오쓰타는 펼쳐놓은 장부에 시선을 떨어뜨리고 노래하듯이 곡조를 붙여 길게 한숨을 내쉬더니 흐음 하고 말했다.

"좀더 알아맞혀 보자면 당신에게 돈을 더 벌 수 있는 고용살이를 소개해 주겠다는 사람도 바로 그 남자겠군요."

"네." 오신은 작은 목소리로 인정했다. "같은 사람이에요."

"그러니까 까놓고 말해서, 그 남자—당신의 애인은 당신이 돈을 더 벌기를 바라고 있군요. 당신을 위해서가 아니라 자신을 위해서."

"아니, 아니에요. 그건 아닙니다!" 오신은 칸막이 격자에 양손을 짚고 몸을 내밀었다. 그 기세가 하도 엄청나서 격자에 끼워져 있던 촛대가 쓰러져 책상 너머로 굴러 떨어졌다. 오신이 미안합니다, 죄송합니다 하며 허둥지둥 촛대를 주워 원래대로 꽂아 놓는 모습을 오쓰타는 유유히 구경하고 있다. 그녀는 그동안 내내 엷은 웃음을 띠고 있었다.

오신은 제자리 달리기라도 하듯 숨을 헐떡이면서 말을 이었다. "시게타로 씨는 저를 생각해서 말해 주신 거예요. 하녀 고용살이는 젊을 때는 괜찮지만 나이가 들면 할 수가 없잖아요. 일할 수 있는 동안에 벌 수 있는 만큼 벌어서 돈을 모아 두고, 나중에는 큰길에 작은 가게라도 한칸 낼 수 있을 만한 좋은 일자리가 있다고 했어요. 그 사람은 저보다 훨씬 풍파에도 익숙하고 세상 물정도 잘 알아요. 그러니까 정말로 절 생각해서 말해 준 거예요. 무엇보다 그 사람은 야나기바시에서는 유명한 선장이고, 그러니 돈도 많이 벌고요, 저 같은 여자한테 의지할 필요가 없어요. 그렇게 한심하고 칠칠치 못한 사람이 아니에요."

고꾸라질 듯이 단숨에 말한 오신의 얼굴을, 오쓰타는 귀여운 새끼 고양이나 강아지를 놀리는 것처럼 웃음을 머금은 눈으로 바라보았다. 그리고 한숨을 작게 한 번 쉬더니 상냥한 목소리로 물었다. "그래서 그 시게타로 씨인지 하는 사람은 당신에게 어디로 옮기라고 권하던가요?"

"아사쿠사의―신토리고에초에 있는―."

"아사쿠사라."

"메이게쓰라는 요정이에요." 오신은 말하며 마른 목을 꿀꺽 울렸다. "그곳에서, 들어와 살면서 일할 종업원을 구한대요."

"종업원이라."

"네, 술을 따르는 정도는 해야 한다고 하지만 음식을 나르는 일이니, 저처럼 촌스러운 여자도 괜찮다고."

"그래도 급료는 많이 준다는 말이지요? 얼마 정도인가요?"

시게타로의 이야기로는 일 년에 다섯 냥이라고 했다. 가노야에서는 일 년에 한 냥이니 비교도 되지 않을 만큼 큰돈이다.

"다섯 냥이라." 오쓰타는 당연하다는 얼굴로 고개를 끄덕였다. "흐음, 그거 괜찮은 얘기군요. 차라리 내가 가고 싶을 정도인데요. 나이 많은 종업원은 필요없으려나?"

웃고 있지만 목소리가 코끝에서 나온다. 비웃고 있다. 오신은 몸을 딱딱하게 굳혔다.

"그럼 당신은 가노야에서 해고된 게 아니라, 당신 쪽에서 가노야를 나가려는 거지요? 그렇군요."

"……."

"그럼 그렇다고, 솔직하게 말하세요. 시시하게 거짓말하지 말고."

오신은 말하기 어려웠다는 변명을 입속으로 우물거리며 호소했지만 오쓰타는 듣지도 않는 것 같았다.

"그래서 당신은 무엇을 상의하고 싶은데요? 메이게쓰인지 하는 가게로 옮기기로 결심했다면, 굳이 우리 남편의 귀지를 파내가면서 알려 줄 필요는 없잖아요. 가노야에는 오 년이나 있었고, 당신이 잘 못해서 해고당하는 바람에 소개를 해 준 남편의 얼굴에 먹칠을 하는 것도 아닌데. 무슨 말을 하려고 일부러 시타야에서 여기까지 달려왔지요?"

분명히 가시 돋친 오쓰타의 말투에 오신은 무서워졌지만, 따끔따끔한 일격을 받고 나니 화도 난다. 정신을 차려 보니 이렇게 대꾸하고 있었다.

"별로 무엇을 물어보려고 한 건 아니에요. 모처럼 소개를 해 주신 은혜가 있으니 인사라도 드릴까 한 건데, 그런 예의는 차릴 필요가 없다고 하신다면 당장 돌아가겠어요."

의외로, 오쓰타는 아하하 하고 이를 드러내며 소리내어 크게 웃었다.

"뭘 그렇게 뾰족하게 굴어요? 재미있는 아가씨네."

그리고 갑자기 몸을 내밀더니 이번에는 오쓰타가 칸막이 격자를 양손으로 붙잡았다. 그리고 오신의 얼굴에 바싹 닿을 정도로 얼굴을 가까이 하고 비밀 이야기처럼 말했다.

"저기, 기왕 이렇게 된 김에 한 가지 더 알아맞혀 볼까요? 당신은 우리 남편에게 메이게쓰라는 요정이 어떤 곳인지, 거기서 고용살이를 하면 정말로 종업원으로서 일하기만 하면 되는지, 그걸 물으러 왔지요? 사랑하는 시게타로 씨의 말을 믿고는 있지만 무조건 받아들일 마음도 들지 않아서. 불안해서 견딜 수가 없어서 확인하러 온 거지요?"

아무 말도 할 수가 없었다. 오쓰타와 오신은 이무기와 지렁이만큼이나 그릇이 다르다.

"걱정할 것 없어요. 물어보기도 바보 같지만, 당신은 시게타로라는 남자에게 푹 빠져 있지요? 그러니 이 오쓰타 씨가 하는 말 따위 한 귀로 들어가서 다른 한 귀로 곧장 빠져나가 버리겠지만, 그래도 말하지 않으면 내 속이 후련하지 않으니까 말해 줄게요. 당신, 반한 여자가 모처럼 괜찮은 가게에서 정직하게 고용살이를 하고 있는데, 그걸 일부러 요정 같은 곳으로 갈아타게 하려는 남자 중에 제대로 된 남자가 있을 것 같아요? 그런 놈은 여자에게 돈을 벌게 하고 자신은 놀면서 살려고 하는, 근성이 썩어빠지고 돼먹지 못한 놈일 게 뻔해요."

오신은 소리쳤다. "그렇지 않아요! 시게타로 씨는—."

오쓰타는 큰 소리도 내지 않고 쉽게 오신을 가로막았다. "당신에게 상냥하게 대해 주지요? 기모노 띠를 묶는 끈이라도 하나 사 주던가요? 비녀? 분? 설마 비 오는 날 진흙탕에 발이 빠진데다 나막신 끈이 끊어져서 어쩔 줄 몰라 하고 있는데 수건을 찢어 나막신을 고쳐 주었나요? 가게 심부름으로 멀리 나갔다가 돌아오는 길에 번화가에서 파락호가 시비를 걸어오는 것을 막아 주기라도 했나요?

속이 빤히 보이는 그런 것에 당신은 덜컥 넘어갔나요?"

번화가에서 파락호가—라는 말은 정답이었다. 오신은 또 할 말을 잃었다. 얼굴이 상기되고 내리깐 눈꺼풀 안쪽까지 뜨거워진다.

"이런, 이런, 얼굴이 아주 새빨갛네." 오쓰타는 손뼉을 치며 기뻐했다. "요즘에도 그런 연극에 속아 넘어가는 처녀가 다 있다니, 에도는 아직 넓은 게로군."

오신은 울고 싶어졌다. 이런 곳에 오지 말걸 그랬다. 아주 조금이라도 시게타로 씨의 말에 불안을 느끼고 여기 직업소개꾼 아저씨라면 지혜를 빌려 줄지도 모르니 상의해 보자고 생각한 것이 잘못이다.

그건 그렇고 이렇게 큰 소리로 이야기를 나누고 있는데도 안쪽에서는 사람의 기척이 조금도 나지 않는다. 도미조는 몸이 많이 안 좋은 것일까. 고뿔은 만병의 원인이라고 한다. 오쓰타도 언제까지 오신을 상대로 노닥거리고 있을 게 아니라 병자의 머리맡으로 돌아가는 게 좋지 않을까. 어째서 이렇게 집요하게 간섭하는 것일까. 너무 얄밉다.

"다 당신을 생각해서 하는 말이니, 시게타로라는 남자에 대해서는 깨끗이 잊어버려요."

반쯤 울상이 된 오신의 얼굴을 보고 오쓰타는 상냥하게 말했다.

"당신도 머리를 좀 식히고 생각해 보면 내 말이 옳다고 생각할 거예요. 정말로 당신을 생각해 주는 남자라면, 지금 일하고 있는 좋은 가게를 그만두고 물장사 하는 여자가 되라는 말을 하겠어요?"

오신은 움츠러드는 자신의 마음을 억지로 다잡으며 고집스럽게 입을 다물었다. 말투는 부드럽지만, 이 사람은 나를 바보 취급하고 있다. 세상 물정 모르는 계집애라고 우습게 본다. 다 안다는 듯이 말하지만 이런 여자를 어떻게 믿을 수 있단 말인가.

"이런, 이런, 토라졌네." 오쓰타는 오신의 얼굴을 들여다본다. "내게 화를 내는 건 상관없어요. 당신이 사랑하는 시게타로 씨는 돼먹지 못한 놈이라는 말을 들으면, 물론 기분이 나쁠 테지요."

"만난 적도 없으면서!" 오신은 저도 모르게 발끈해서 물고 늘어졌다. "시게타로 씨를 알지도 못하면서, 아무렇게나 말하다니!"

"확실히 시게타로 씨는 만난 적이 없어요." 오쓰타는 전혀 동요하지 않았다. "하지만 비슷한 남자들에 대해서라면 잘 알지. 진절머리가 날 정도로 잘 알아요. 어쨌거나 내 인생에서 재수가 옴붙기 시작한 것은 당신의 시게타로 씨처럼 상냥하고 잘생긴 남자의 말에 넘어가 어슬렁어슬렁 뒤를 따라갔다가, 결국 십 년 기한으로 유곽에 팔아넘겨졌을 때부터니까."

오쓰타는 그렇게 말하고 짧게 웃었다. 이번에는 오신이 아니라 자신의 과거를 비웃는다.

"말 나온 김에 말하자면, 그 무렵 나는 열다섯이었어요. 지금의 당신보다 더 어렸지. 남자 보는 눈이 없었다 해도 당신보다 세 살 정도는 죄가 가벼워요. 그래도 결국 가게 된 곳은 유곽이었다니까. 이런 일은 한번 까딱 잘못하면 끝장이에요. 여자는 약해서, 자신에게 마음을 써 주는 남자에게는 꼼짝도 못하고 질질 끌려다니다가 결국은 되돌아갈 수 없는 데까지 가고 말지요. 내가 본보기예요."

오쓰타는 가슴을 탁 쳤다. 눈은 똑바로 오신을 보고 있다. 그 얼굴에 여러 가지 표정이 떠올랐다가 또 다른 것으로 바뀌어 간다. 웃는 것 같은, 우는 것 같은, 화난 것 같은. 마치 어떤 얼굴을 하면 오신에게 통할지 열심히 시험해 보는 듯하다.

오신은 스스로에게 매달리듯이 기모노 소매를 움켜쥐었다. 나, 무서워. 하지만 무엇이 이렇게 무서운 걸까? 더욱더 화를 낼 수 있다면 이 무서움을 없앨 수 있을까.

오쓰타는 오신의 내심을 완전히 꿰뚫어 보고 사정없이 다그친다.

"당신 무서워하고 있지요? 하지만 내가 무섭게 만든 게 아니에요. 왜냐하면 당신은 처음부터 무서워하고 있었으니까. 아까도 말했지요? 당신이 우리 남편을 찾아온 건 메이게쓰라는 요정의 정체를 확인하기 위해서였어요. 누구도 아닌 당신 자신이, 사랑하는 시게타로 씨의 달콤한 이야기를 조금이나마 의심했으니까. 누구보다도 당신 자신이 그것을 잘 알고 있을 거예요. 그건 결코 나쁜 일이 아니에요. 분별력이 있다는 증거니까. 그게 당신과, 어릴 때의 나의 차이. 세 살이라는 나이의 차이일지도 모르고 마음가짐의 차이일지도 모르지요. 굳이 말하자면 후자일 거예요, 아마."

오신은 잠자코 있었다. 이렇게 칭찬을 해 주어도 하나도 기쁘지 않다.

눈치가 빠르고 배려가 있으며 무슨 일이든 금방 익히고 손재주가 좋다—그런 칭찬이라면 가노야에서도 종종 듣는다. 하지만 그것은 정말로 칭찬을 받은 게 아니다. 그저 하녀로서 잘하고 있다는 말일 뿐이고, 오신이 아니라도 똑같이 할 수 있는 사람이라면 누구든 상관없는 것이다.

하지만 시게타로는 다르다. 그는 오신만을 바라봐 준다. 오신이 이 세상에서 제일 소중하다고 말해 준다. 그런 사람은 지금까지 한 명도 만난 적이 없다.

오쓰타는 오신의 얼굴을 지켜보면서 후우 하고 한숨을 쉬었다.

"나는 서른이 넘어서도 아직 남자에게 속는 일을 반복하고 있었으니까. 정말이지, 당신에게 설교할 처지는 못 되지요. 하지만—."

고개를 갸웃거리는 모습은 묘하게 소녀처럼 보인다.

"틀림없이 좋지 않은 일을 당할 줄 알면서 내버려두기도 좀."

오신은 반걸음 뒤로 물러났다. 아아, 이제 싫다.

가능한 밉살스럽게 들리도록 턱을 치켜들고 내뱉었다. "쓸데없는 걱정은 필요없어요. 시게타로 씨는 좋은 사람이니까요. 저는 가노야를 그만둘 테지만, 남편께는 안부 전해 주세요. 실례했습니다."

빙글 등을 돌려 문으로 나가고 나서야 비로소 가을비가 내리고 있음을 깨달았다. 완전히 구름에 덮여 있던 하늘에서, 달리는 것 같은 속도로 차가운 비가 떨어진다.

"어머나, 비가 오기 시작했군요."

오쓰타도 봉당으로 내려와서 오신 옆에 섰다. 그러자 아주 희미하기는 하지만 그녀의 몸에서 뭔가 쇠비린내 같은 불쾌한 냄새가 풍겨 왔다. 꽤 특이한 향이라고 생각했다.

"묘하군요……." 오쓰타는 빗발을 바라보며 혼잣말처럼 중얼거렸다. "이런 때에 비가 오다니. 덕분에 생각나 버렸어요, 오래된 이야기가."

"오래된 이야기?"

"이십 년 가까이나 지난 옛날 이야기예요. 마침 이런 비가 내릴 때에—나는—좀 무서운 것을 본 적이 있어요."

그런 말을 들으면 누구나 흥미가 생긴다. 하지만 그렇게 붙드는 것이 수법이라는 사실을 알고 있었기 때문에 오신은 아무 말도 하지 않았다.

"많은 인간들 중에는."

오쓰타는 멋대로 이야기를 늘어놓는다.

"자신의 욕심을 위해서라면 친절하고 다정한 얼굴을 하고 아무렇지도 않게 다른 사람을 속이거나 죽일 수 있는 놈들이 있어요. 그런 놈들은 어느 모로 보나 인간 같은 멀쩡한 얼굴 밑에 귀신의 본성을 숨기고 있지요."

속삭이는 것 같은 작은 목소리. 담담하고 조용한 어투였다.

"이십 년 가까이 전에, 그렇지, 이 후카가와 부근이 아직 시모우사의 다이칸이 관리하는 땅이었을 무렵의 일이었어요. 당신, 사루에나 오시마의 새로 개척된 땅에 가 본 적 있어요? 십만 평이라고도 하고 육만 평이라고도 하지요. 꽤 시골이지만 그래도 지금은 무가 저택이 상당히 많이 있잖아요. 그 무렵에는 지금보다 더 아무것도 없어서 큰 저택이라면 히토쓰바시 님의 저택이 있을 뿐이고 그 외에는 드넓은 논이 있을 뿐. 한 지주의 집에서 다음 지주의 집까지 반정^町¹정은 약 109미터이나 걸어가야 했어요. 여름에는 무더위로 참을 수 없고, 겨울에 부는 강바람으로 말하자면 눈도 뜰 수 없을 정도였지요. 그 대신 매화나무는 장관이어서 봄에는 눈이 씻기는 기분이었어요. 아침저녁으로 파란 수로를 따라 활짝 핀 매화꽃 위를 검은머리물떼새가 무리지어 날아가지요. 극락의 풍경이란 이런 것을 말하는 건가 하고 생각했을 정도였어요."

그 광경이 눈에 선하다는 듯이 오쓰타는 눈을 가늘게 떴다.

"그 무렵 나는—에도에 있을 수 없는 사정이 좀 있어서, 이름도 바꾸고 신원도 거짓으로 꾸며 가메이도 마을의 어느 지주 집에 들어가 살면서 하녀 고용살이를 하고 있었어요. 시골이다 보니 제대로 된 보증인 증서가 없어도 굴러들어갈 수 있어서 내게는 안성맞춤이었지요. 오래된 이야기지만, 그 지주의 집은 지금도 번성하고 있으니 이름은 말하지 않겠어요."

오쓰타는 그렇게 말하고 오신 쪽을 보더니 살짝 미소를 지었다. 그러자 또 아까의 쇠비린내 냄새가 희미하게 풍겼다. 그녀가 내쉬는 숨에서 나는 냄새인가.

"그 집에는 이제 막 여든여덟 살이 된 어르신이 있었어요. 엄청나게 나이가 많았지요. 거의 침상에서 나오지 못하는 생활이었고 머리도 많이 이상해져 있었어요. 그래서 별채에서 혼자 살고 있었는데, 나는 가끔 마님을 도와 그 어르신을 돌보곤 했지요."

어르신은 얌전한 사람이었지만 가끔 이상한 말을 하는 버릇이 있었다고 한다.

"무엇이냐 하면, 도깨비가 보인다는 거예요. 별채 창으로는 좁은 정원과 수로 너머로 논이 내다보였는데, 그 한쪽에 저수지가 있고 아름다운 매화나무 숲이 빙 둘러서 있었어요. 매화나무 숲 속에 우두커니 서 있는 도깨비가 보인다는 거예요."

이쯤 되니 흥미가 생겨서, 오신은 물었다. "대낮부터요?"

오쓰타는 고개를 끄덕였다. "낮이었어요. 밤에는 캄캄한걸요. 해님 아래에, 머리에 두 개의 뿔이 돋은, 한눈에 도깨비라는 걸 알 수 있는 존재가 있다는 말이에요. 대개는 도깨비 한 마리뿐이지만 때로는 소작인들 사이에 섞여 있기도 했는데 아무도 그 도깨비를 알아차리지 못한대요. 이상한 얘기죠?"

오쓰타가 처음 그 이야기를 들은 것은 매화꽃이 한창 핀 봄의 일이었다고 한다. 그녀는 그전 해 말에 이 지주의 저택에 들어왔기 때문에, 당시에는 겨우 하녀 생활에도 익숙해져서 무슨 말을 들어도 예, 예 하며 머리를 숙이곤 했다.

"지주의 저택 사람들도 어르신의 말을 진지하게 받아들이지는 않는 것 같았어요. 그래서 노인의 헛소리라며 흘려듣고 있다 보면 끝이었죠. 그런데—."

여름이 지나 가을이 오고 하루하루 낮이 짧아졌음을 느낄 수 있게 되었을 무렵, 어르신은 갑자기 몸이 약해져서 맥없이 돌아가시고 말았다.

"별채를 정리해야 해서 나는 꽤 바쁘게 지냈어요. 그리고 일이 일단락되었을 때쯤 별 생각 없이—정말로 별일이 있었던 것은 아니지만 어르신이 말했던 도깨비가 신경이 쓰여서 말이에요. 어르신께는 정말 뭔가 보였던 걸까 너무 알고 싶어져서 매화나무 숲까지 가 보았어요."

그때까지도 오쓰타는 저택 요닌주군 가까이에 있으면서 실무를 담당하는 문관의 명령으로 심부름을 나가곤 했기 때문에 소작인들의 오두막까지 간 적도 있고, 실은 매화나무 숲 근처를 걸어다닌 적도 있었다. 그래도 어르신의 말을 뒷받침할 만한 뭔가를 찾아볼 마음이 든 것은 이때가 처음이었다.

"사실을 말하면, 무서웠어요." 오쓰타는 작은 목소리로 말했다. "어르신이 돌아가신 게 너무 갑작스러웠거든요. 어쩌면 어르신에게만 보이던 도깨비가, 자신을 보고 있다는 사실을 알아채고 어르신을 죽여 버린 게 아닌가 하는 생각이 들어서."

정원을 돌아 오쓰타가 논두렁길 쪽으로 나가자, 비가 내리기 시작했다.

"가을비였어요."

오쓰타는 다시 문밖을 보았다. 은가루 같은 비를 보았다.

"딱 이런 비였지요."

논두렁길을 걸어가는 동안 빗발은 점점 강해졌다. 하늘을 올려다보며 되돌아갈까 하고 망설였지만, 무언가에 이끌리듯 결국 오쓰타는 매화나무 숲까지 달려가고 말았다.

수확이 이른 그 근처의 논은 이미 수확도 완전히 끝나, 주위는 그저 휑뎅그렁하게 넓을 뿐이었다. 소작인들도 나와 있지 않았다. 물론 매화나무 숲도 꽃이 필 시기가 아니라서 전체적으로 바싹 마른 것처럼 살풍경한 모습이었고, 다만 어디선가 멀리서 새가 울고 있었다.

오쓰타는 혼자였다.

"거기서 나는."

또렷하고 아름다운 옆얼굴을 보이면서 오쓰타는 말했다.

"도깨비를 만났어요."

문득 정신을 차려 보니 매화나무 숲 속에 있었다고 한다. 비에 축축하게 젖은 도깨비는 추워 보였고, 배고파 보였고, 몹시 슬퍼 보였다.

"그래도 너무나 끔찍했어요."

오쓰타는 말을 이으며 문득 눈을 감았다.

"나는 그래서, 나도 모르게 말했어요. 아아, 너는 도깨비구나, 비를 맞아 인간의 가면이 녹아 버린 게지."

그러고는 뒤도 보지 않고 도망쳤다.

"논두렁길 중간에서 돌아보았는데 저수지 수면에 매화나무 숲이 비치고 주위는 희끄무레하게 비로 흐려져 있을 뿐, 도깨비의 모습도 사람의 모습도, 아무것도 보이지 않았어요. 하지만 나는 분명히 도깨비를 만났고, 눈이 마주쳤다고 생각하고 있지요."

거기에서 오쓰타는 입을 다물었다. 이야기가 더 있는 것은 아닌 모양이다.

으스스한 이야기이기도 하고 끝이 흐지부지한 이야기이기도 하다. 도깨비가 쫓아와서 소동이 일어난 것도 아니고, 도깨비의 정체를 나중에 알게 된 것도 아니다. 맥락이 없다. 오신은 불편한 기분이 들었다. 맞장구도 칠 수 없다.

오쓰타는 그것을 알아차렸는지 오신을 마주 보며 씩 웃었다. "재미없는 얘기를 해 버렸군요. 가을비를 보면 생각이 나거든요."

"저는 이만 돌아가야겠어요."

"그렇겠지요. 남편에게는 전해 둘게요. 만나지도 못하고 가게 됐네."

가을비는 금방 그치는 법이고 실제로 빗발은 잦아들기 시작했기 때문에 오신은 몇 번이나 사양했지만, 오쓰타는 우산을 빌려 주겠다고 고집을 부렸다. 그리고 아무쪼록 도깨비를 잊지 말라고, 놈들은 사람의 가죽을 뒤집어쓰고 있다고 못을 박았다. 왠지 그때까지 하던 이야기를 다 잊어버린 것처럼 도깨비 이야기만 한다. 그 모습이 무섭게 여겨져서, 마지막에는 거의 도망치다시피 중개업소를 떠났다. 뛰어가고 싶었기 때문에 결국은 우산도 쓰지 않았다.

그로부터 이틀 후의 일이다.

오신이 부엌에서 채소를 데치고 있는데 하녀 우두머리인 오시마가 심각한 얼굴로 미간을 찌푸리며 다가와, 후카가와의 세이고로라는 오캇피키의 부하가 네게 묻고 싶은 게 있다며 찾아왔다, 잠깐 나와 보라고 손짓을 했다. 후카가와라는 말에 오신은 흠칫했지만, 중개업소를 찾아간 일은 원래 비밀이었기 때문에 얌전히 오시마를 따라 뒷문을 통해 밖으로 나갔다.

오캇피키의 부하라는 사람은 콩알처럼 몸집이 작은 남자로, 나이는 고작해야 스무 살 정도일까. 허세를 부리는 것인지 타고나기를 그런 표정인지, 오른쪽 입 끝이 잘못 박은 못처럼 비뚤어져 있다. 그 입이 열리더니, "방해해서 미안합니다. 당신이 오신 씨인가요?" 하고 의외로 부드러운 목소리가 나왔다.

"잠깐 조용히 얘기하고 싶으니 오신 씨를 좀 빌려가겠습니다."

자그마한 몸집의 부하는 그렇게 말해 오시마를 멀리 떨어뜨려 놓았다. 하녀 우두머리가 불만스러운 표정으로 자리를 뜨자, 부하는 목소리를 낮추며 그만큼 반 걸음 정도 오시마에게 다가왔다.

"그저께 오후에, 당신은 후카가와 산겐초에 있는 중개업소에 갔지요? 공연히 수고하게 하지 말고 솔직하게 얘기해 주시오. 나는 직업상, 당신이 그곳을 찾아갔다는 것은 이미 조사해 두었어요. 당신의 얼굴을 아는 사람이 있었거든요."

오신은 발치에서부터 몸이 떨려 와, 곧 정직하게 자백했다. 네, 분명히 갔습니다.

"가노야에서 고용살이를 하고 있는데 무얼 하러 간 거지요?"

오신이 대답을 망설이자 부하는 성질 급하게 혀를 차며 말했다.

"그렇다면 다른 것을 묻지요. 당신 그때, 주인인 도미조를 만났소?"

"감기에 걸려 앓아누워 있다고 해서 만나지 못했어요. 만난 것은 아주머니뿐입니다."

오신의 대답에 부하의 비뚤어지지 않은 쪽 입 끝도 추켜 올라갔다. "아주머니?"

"네. 오쓰타 씨라는 사람인데―."

부하의 입 끝이 양쪽 눈까지 추켜 올라갈 것 같아서, 왜 상대방이 놀라는지 모르는 채로 오신은 열심히 설명했다. 마흔 정도 되어 보이는 요염한 중년 여자로, 앞머리를 가지런히 잘랐고 격자 무늬 기모노를 입고―.

"아니, 잠깐만."

부하는 난폭하게 오신을 가로막았다. 그대로 어딘가 아픈 데라도 있는 것처럼 과장스럽게 얼굴을 찌푸리며 굳어 있다가 다짐하듯이 물었다. "당신이 산겐초에 간 것은 정말로 그저께 오후지요?"

"네, 틀림없어요. 이곳에 돌아와 보니 센소지浅草寺의 종이 두 시를 알리기 시작하고—맞다, 제가 산겐초에 간 지 얼마 안 돼서 내리기 시작한 가을비가 오카와 강을 건널 무렵에는 그쳐 있었어요."

분명히 그저께는 열두 시가 넘어서 가을비가 내렸고, 한 시간쯤 성대하게 내리다가 그쳤지—부하는 입 속으로 중얼거린다.

"대체 무슨 일인데요?" 오신도 초조해지기 시작했다.

오캇피키의 부하는 오신을 뚫어져라 바라보며 어이없다는 듯이 말했다. "아무래도 당신의 놀라는 모습은 진짜 같군요. 아무것도 모르고 있군."

산겐초에 있는 중개업소의 주인 도미조는 그저께 해질녘에 가게 안쪽에 있는 작은 방에서 목을 찔려 죽어 있는 모습을 찾아왔던 사람이 발견했다고 한다.

"그저께 해질녘? 그럼—."

양손으로 입을 누른 오신이었지만 부하는 고압적으로 말했다. "놀라기는 아직 일러요. 발견된 시간은 해질녘이지만, 검시 관리의 조사에 따르면 살해된 것은 그보다 전, 아무리 늦게 잡아도 엊그제 밤중일 거라고 했소. 어쨌든 시체에서는 냄새가 나기 시작했으니까. 집 안은 어지럽혀져 있고, 돈이 될 만한 물건은 몽땅 도둑맞았어요. 참으로 무도한 짓을 한 게지."

오신은 눈을 크게 떴다. 살인. 도둑질.

도깨비 같은 짓이다.

"당신이 찾아갔을 때, 안쪽 방에는 도미조의 시체가 널브러져 있었어요. 말이 난 김에 하는 말인데, 그 사람은 독신이오. 아내는 없어요."

"그럼—."

"오쓰타라는 여자는 도둑의 일당일 테지. 아무래도 여자 혼자서 할 수 있는 짓은 아니니까. 입에서 나오는 대로 아무 말이나 지껄여 집을 지키면서, 이웃 사람들이 도미조가 살해된 것을 알아차리지 못하도록 연극을 하고 있었던 거요. 그렇게 시간을 벌면 느긋하게 집을 뒤질 수 있잖소. 도미조는 돈을 제법 모아 두었다고 알려져 있었지만, 조심하기 위해서인지 돈을 나누어 집 안 여기저기에 조금씩 숨겨 두고 있었던 모양이요. 그게 오히려 해가 되었던 것 같소."

오신은 가까스로 입을 열고 말했다.

"그런…… 믿을 수 없어요."

"그렇겠지요. 당신도 하마터면 큰일 날 뻔했어요. 까딱 잘못했으면 안쪽으로 끌고 들어가 입을 막았을지도 모르지."

"하지만 돌아가겠다는 저를 붙든 건 오쓰타라는 사람이었는데요? 어째서 그런 짓을 했을까요? 이상하잖아요."

부하는 비뚤어진 못 같은 입매를 의기양양하게 쓱 추켜올렸다. "아까 한 이야기에 따르면 당신은 주소도 이름도 말하지 않고 돌아가려고 했지요? 그래서 붙든 거요."

"어째서요?"

"오쓰타라는 여자가 찾아온 사람의 주소와 이름을 물어 적고 있었다는 것은, 누가 오쓰타의 얼굴을 보았는지 확실하게 알아 두기 위해서요. 그렇게 해야 나중에 안심할 수 있으니까."

그럴까. 정말 그것뿐일까. 오쓰타는 겨우 그것을 위해, 일부러 오신을 붙들고 연애 고민 아니냐며 그렇게 긴 이야기를 한 것일까.

도깨비 얘기 따윌 한 것일까.

이거 엄청난 악당들이야—하고, 부하는 분한 듯이 또 혀를 찼지만 왠지 분발하려고 그러는 것처럼 보이기도 했다.

"오쓰타라는 여자는 중요한 단서요. 내가 곧 대장님도 데려올 테니, 좀더 자세하게 말해 보세요. 인상을 그림으로 그릴 테니까. 아무 데도 가면 안 됩니다. 알고 있는 사실을 얌전히 얘기해 주면 당신이 곤란해질 일은 전혀 없어요."

오신은 떨면서 네 하고 대답했지만, 부하가 당장이라도 옷자락을 걷어 올려 허리춤에 끼우고 달려가려고 하는 모습을 보고 등을 향해 허둥지둥 말했다.

"저어, 제가 우산을 빌렸어요!"

"도미조의 집에서?"

"네. 오쓰타 씨가—아니, 오쓰타라는 여자가 빌려 주었어요."

당장 보여 달라고 해서, 오신은 달려가 우산을 가져왔다. 낡은 지우산으로 특별히 뭐가 어떻다고 할 것도 없다.

"펴 봐도 되겠소?"

"네, 그러세요."

우산을 펴더니 젊은 부하는 오오 하고 소리를 질렀다. 오신은 숨을 삼켰다.

펼친 우산의 안쪽에는 검은 얼룩이 점점이 흩어져 있었다.

"이건 피가 튄 자국이요."

부하는 더욱더 투지가 타오르는 것 같았다.

"중요한 물건이니 내가 맡아 두겠소. 당신도 이게 웬 재난인가 싶겠지만, 잘 들어요, 몇 번이나 말하지만 상관하기 싫다고 도망쳐서는 안 돼요. 우리 대장님은 근처의 교활한 오캇피키와는 다르니까 쓸데없는 걱정은 할 필요가 없어요."

오신은 완전히 겁을 먹고 그저 꾸벅꾸벅 머리를 숙일 수밖에 없었다. 부하가 달려가고 뒷문 앞에 혼자 남게 되자, 현기증이 나는 것 같아서 그 자리에 주저앉아 무릎을 껴안았다.

오쓰타는—.

—많은 인간들 중에는……

인간의 가죽을 뒤집어쓴 도깨비가 섞여 있다고 말했다.

—인간 같은 멀쩡한 얼굴 밑에, 귀신의 본성을 숨기고 있지요.

아무렇지도 않게 사람을 속이거나 죽인다.

—내가 그 본보기예요.

무섭고 슬퍼서, 오신은 꼼짝도 않고 그 자리에 웅크리고 있었다. 무엇을 듣는 것도 무섭고, 얼굴을 들기도 싫다. 이 세상은 언제부터 이런 곳이 되어 버렸을까.

몸을 꼭 껴안고 있는 사이에, 오늘도 하늘이 갑자기 흐려지고 이윽고 비가 내리기 시작했다. 가을비다. 가을이면 반드시 내리는, 변덕스럽고 차가운 가랑비.

바로 그저께, 뭔가 궁지에 몰린 듯이 또렷한 옆얼굴을 보이며 가을비를 바라보고 있던 오쓰타를 떠올린다. 아아, 그러고 보니 그 몸에서 느껴지던 쇠비린내. 그것은 특이한 향이 아니라 시체와 피의 냄새였던 게 아닐까.

후둑후둑 떨어지기 시작하는 빗방울은 오신의 뺨에 맞고 차갑게 튕겨나간다.

오신은 손등으로 얼굴을 닦으면서 부엌으로 돌아갔다. 머리카락도 얼굴도 젖어 있는데, 너무 놀란 탓에 목은 말라서 괴로울 정도다. 뒷문으로 들어가서 바로 있는 물동이의 뚜껑을 열고 국자를 들었다. 그러자 오신의 얼굴이 물동이 가장자리까지 가득 차 있는 물의 표면에 깨끗하게 비쳤다.

그 순간, 앗 하고 소리를 지를 뻔하며 저도 모르게 국자를 놓쳤다. 국자는 물동이 가장자리에 닿아 달그락 하고 가벼운 소리를 냈다.

시골 논 속의 저수지와 그것을 둘러싸고 있는 매화나무 숲. 가을 비로 흐릿해진 그곳에서, 오쓰타는 도깨비를 만났다고 한다. 도깨비와 눈이 마주쳤다고 한다.

그 도깨비의 정체는, 때마침 이렇게 저수지 수면에 비친 오쓰타 자신의 얼굴이 아니었을까. 어르신이 먼발치에서 보았다고 호소하던 도깨비도 매화나무 숲에 서 있는 오쓰타의 모습, 소작인들 사이에 섞여 있는 오쓰타의 모습, 그녀 자체가 아니었을까.

차가운 가을비에 사람의 가죽이라는 가면이 녹아, 본모습을 드러내고 서 있는 도깨비의 모습이 아니었을까.

"오신!"

부르는 소리에, 오신은 목소리가 나오지도 않을 만큼 놀랐다.

"시게타로 씨……."

이마에 손을 대어 비를 피하며, 시게타로가 기모노 자락을 걷어올리고 다가왔다.

"오시마 씨한테 들키면 야단맞아요."

"알고는 있지만, 보고 싶어서 못 참겠어."

이런저런 말을 늘어놓으면서 그는 오신을 껴안았다. 머릿기름의 강한 향기가 나고, 그의 단단한 팔이 등에 닿았다.

"왜 그래, 떨고 있잖아. 이런 곳에서 비에 젖어서는."

시게타로는 걱정스러운 듯이 오신의 얼굴을 들여다보며 목덜미 언저리를 문지르거나, 따뜻하게 해 주려고 어깨를 문질러 준다. 그동안에도 끊임없이 달콤한 말로 이야기를 하다가, 이윽고 뒤에서 오신을 껴안으면서 귓가에 속삭였다.

"오신이 메이게쓰에서 일하게 되면 이렇게 어려워할 것 없이 보고 싶을 때 볼 수 있을 텐데."

시게타로의 숨결이 오신의 귓불을 간질였다.

"그쪽에서도 하루라도 빨리 와 주었으면 좋겠다고 학수고대하고 있어. 어때, 마음은 정해졌어? 그것도 묻고 싶어서 서둘러 왔는데, 여기서 비가 오다니 하늘도 참 뭘 모른다니까. 아니, 이러고 있으니 오히려 더 좋은가?"

오신은 갑자기 소리내어 울고 싶어졌다. 팔을 마구 휘둘러 시게타로를 때리고 싶어졌다. 날뛰고 소리를 지르며 캐묻고 싶다. 당신의 말은 정말인가요? 당신은 날 속이는 건가요? 당신은 도깨비인가요? 도깨비가 아닌가요?

나는 무엇을 믿으면 되지요?

"왜 그래, 오신. 눈물을 그렁거리고."

시게타로는 달래듯이 말하며 잠깐 몸을 떼더니 품에서 뭔가 천에 싸인 작은 물건을 꺼냈다.

"자, 이걸 봐. 전에 야시장에서 발견한 거야. 비싼 건 아니지만 예쁘지? 이걸 비녀에 달면, 오신의 머리에 잘 어울릴 거야."

그가 눈앞에 내민 선물은 눈깔사탕만 한 크기의, 피처럼 붉은 구슬이었다. 매끈매끈하게 갈려 있다. 오신은 손을 내밀지도 않고 그저 그것을 바라보고 있었다. 거기에 또 작게 자신의 얼굴이 비친다.

오신의 얼굴. 인간의 얼굴이다.

지금은 아직.

"메이게쓰에서 일하려면 종업원도 이런 세련된 비녀 정도는 해야지."

시게타로의 목소리를 들으면서 오신은 생각했다. 아까 그 작은 몸집의 부하가 말했던 세이고로 대장이라는 사람은 정말로 이해심이 있는 분일까. 그렇다면 도미조를 찾아간 이유를 사실대로 털어 놓고 시게타로에 대해서도, 신토리고에초에 있는 메이게쓰에 대해서도 상담하면 들어줄까? 사정을 안 세이고로 대장님도, 일하던 가게를 일부러 그만두게 하려는 남자 중에서 제대로 된 남자는 없다고 말할까?

모르겠다. 아무것도 모르겠다. 오신은 역시 시게타로를 좋아하니까.

그래도 오쓰타의 말은 마음에 남아 있다. 사라지지 않는다. 지울수가 없다. 왜냐하면—오쓰타라는 도깨비가 너무 늦기 전에, 나 같은 도깨비가 되기 전에 잘못을 고치라고 남긴 말이니까.

오신은 시게타로의 어깨 너머로 가을비를 바라보았다. 계속 내려서, 더 많이 내려서 땅바닥에 물웅덩이가 생기면 거기에 두 사람의 얼굴을, 어깨를 나란히 하고 비춰 볼까.

솨아솨아 내리는 가랑비 속에 사람이 아닌 이형異形의 존재가 조용히, 조용히 서 있다. 가을비가 보여주는 환상이 오신을 향해 천천히 고개를 젓는다.

오신은 양손으로 얼굴을 덮었다.

08

재티

혼조 모토마치의 세이고로에게, 기류초 5번가의 다이라야에서 고용살이 일꾼이 가게 안에서 칼부림 사태를 일으켰다, 당장 와 줄 수 없겠느냐는 전갈이 온 것은 정확하게 동짓날 아침, 아직 날이 밝기 전의 일이었다.

사환이 깨우는 바람에 옷도 제대로 주워입지 못하고 잠옷 차림으로 뒷문을 나가 보니, 불을 켠 등롱의 자루 부분을 양손으로 꼭 움켜쥐고, 역시나 잠옷 위에 솜옷만 껴입은 자그마한 몸집의 노인이 서 있었다. 다이라야는 간다 가지초에 본점이 있는 나막신 가게의 분점으로, 기류초 쪽은 주인 일가와 고용살이 일꾼을 합해도 열 명이 되지 않는 작은 규모이다. 그러나 얼굴을 보면 곧 이름을 알 수 있을 만큼 세이고로와 깊은 교류가 있는 가게는 아니다. "대행수님이십니까" 하고 세이고로가 묻자 노인은 몹시 추운 듯 덜덜 떨면서 머리를 숙이고는 "대행수인 미노스케입니다, 새벽부터 찾아와 죄송합니다" 하며 버석거리고 더듬거리는 목소리로 간신히 그렇게 말했다.

"뭘요, 죄송하실 건 없습니다. 소동은 이제 가라앉았습니까?"

"예, 그 괘씸한 놈은 저희가 제압해서 가둬 두었습니다."

"다친 사람은 어떻습니까? 의원은 부르셨습니까?"

"마님이 산증^{생식기와 고환이 붓고 아픈 병증}을 치료해 주시는 선생님을 부르러 하녀를 보냈습니다."

"혼조의 선생님인가요?"

"아뇨, 간다 쪽입니다. 본가의—."

노인이 끝까지 말하기도 전에 세이고로는 "그렇군요" 하며 가로막았다. 본가와 교류가 있는 마을 의원이라면, 칼부림 사태가 어떤 종류의 것이든 나중에 입단속을 할 때도 귀찮은 일은 없으리라. 세이고로는 안심했다. 현재로서는 우선 현장으로 달려가 보는 것 외에 이쪽에서 할 일은 없는 듯하다.

서둘러 옷을 갈아입고 수건으로 얼굴을 닦고 있자니, 그제야 아침 여섯 시를 알리는 종소리가 들려왔다. 웅얼거리는 음색이다. 머지않아 우산이 필요한 날씨가 될지도 모른다.

준비를 마치고 뒷문으로 나가니 늙은 대행수는 불을 끄고 접은 등롱을 옆에 낀 채 봉당의 층층대에 걸터앉아 큼직한 찻잔을 양손으로 감싸들고 있었다. 그릇에서는 따뜻해 보이는 김이 피어오르고 있다.

세이고로 아내의 배려이다. 이번에는 상대가 노인이니 백비탕을 내왔을 것이다. 어린아이나 여자가 뛰어 들어오면 설탕물을 내놓는다. 단것은 평정을 잃기 쉬운 여자나 아이들을 진정시키는 효과를 갖고 있기 때문이다. 한창 일할 나이의 남자가 뛰어들어온 경우에는, 한겨울의 한밤중이라 해도 아무것도 내놓지 않는다. 술은 말할 것도 없다. 세이고로의 아내는 그런 호흡을 잘 알고 있었다. 가을에서 겨울 사이에는 불씨를 결코 꺼뜨리지 않고, 밤중에 몇 번이나 일어나 주전자에 물을 채우는 수고를 해서라도 언제든지 뜨거운 물을 내놓을 수 있도록 하는 등, 사람에 따라서는 아니꼽게 느껴질 정도로 용의주도하다.

"야아, 조금 따뜻해졌나 보군요. 안색이 좋아졌어요. 갈까요?"

세이고로는 미노스케를 격려하듯이 말을 걸었다.

"소동이 수습되었다고는 해도 가게 사람들은 많이 걱정하고 계실 테니 얼른 가야지요. 그래도 허둥거려서는 안 됩니다. 아시겠지요?"

날이 밝으면 남들의 이목도 있다. 미노스케의 얼굴을 아는 사람들이, 늙은 대행수가 심상치 않은 안색으로 오캇피키와 함께 달려가는 모습을 본다면 싫어도 소문이 나고 말 것이다. 미노스케는 나이 많은 일꾼답게 곧 그런 말뜻을 알아차렸는지, "예" 하고 얌전히 머리를 숙인 채 세이고로를 따랐다.

모토마치와 기류초 5번가는 어른의 걸음이라면 한달음에 갈 수 있는 거리다. 게다가 이른 아침이나 심야의 사람 목소리는 의외로 먼 곳까지 들리기 때문에 이야기하면서 길을 가는 것은 조심해야 한다. 세이고로는 성큼성큼 걸어 다이라야로 향했다. 다테카와 강은 하늘과 똑같이 다갈색으로 탁하게 흐려져 있다. 오늘 아침에는 아직 민물가마우지의 모습도 보이지 않는다. 코끝을 찡하게 하는 차가운 바람이 수면을 스치고 불어온다.

기류초의 다이라야는 바로 두 달쯤 전에, 나란히 붙어 있는 국수 가게에서 난 작은 불이 옮겨붙는 바람에 뒷문에서 부엌에 걸쳐 수리를 한 참이다. 세이고로가 뒷문을 지나자 새 나무 냄새가 희미하게 코끝을 스쳤다. 거기서 기다리고 있던 계집종이 곧 방으로 안내해 준다. 그리 큰 집은 아니라서 주인과 안주인이 서둘러 다가오는 발소리가 잘 들렸다.

주인 부부의 얼굴을 보고 세이고로는 놀랐다. 이렇게 젊다니. 부부 모두 아직 서른도 되지 않아 보인다. 주인은 새파랗게 질려 있고 안주인은 우는 얼굴이다. 세이고로는 인사를 마치고 곧 다친 사람의 상태를 보여 달라고 말했다.

"이쪽입니다. 누추한 곳이라 죄송하지만 저희 침소로 옮겼거든요."

두툼한 이불에 턱 끝까지 파묻힌, 아주 젊은 남자가 누워 있다. 얼굴은 여러 번 빨아 색깔이 바랜 옷감처럼 창백했지만 눈은 뜨고 있었고, 세이고로를 보더니 몸을 일으키려고 해서 그럴 것 없다고 말렸다.

"이쪽은 제 동생 젠키치입니다." 다이라야의 젊은 주인은 누워 있는 사람의 머리 쪽으로 다가가면서 굳어진 얼굴로 그렇게 말했다. "간다에 있는 본가 사람인데, 그저께부터 이쪽에 와 있었습니다."

"다친 데는 좀 어떻습니까? 보여 주실 수 있을까요?"

안주인이 이불을 걷자 젠키치의 가슴 언저리까지 드러났다. 잠옷

을 풀어헤쳐 보니 그 밑에 수건과 무명천이 둘둘 감겨 있다. 여기저
기에 피가 배어 있지만 아무래도 그리 큰 상처는 아님을 세이고로
는 알아보았다. 칼에 베인 상처도 얕고 찔린 상처는 없는 듯하다.

"가슴 쪽도—." 주인이 동생의 팔을 살며시 들어올렸다. 이쪽도
베인 상처뿐이다.

"칼을 피하려고 하셨군요."

"예." 젠키치는 힘없이 말했다. "자고 있는데 갑자기 칼을 들고
덤벼서 혼비백산했거든요."

세이고로는 위로하듯이 고개를 끄덕여 보였지만 젠키치의 말을
무조건 받아들이지는 않았다. 정말로 깊이 잠들어 있는데 별안간
베었다면 이 정도 상처로 끝날 리가 없다.

"범인은 가두어 두었다고 들었습니다. 이 가게의 고용살이 일꾼
이지요?"

"예." 젊은 주인 부부는 서로 얼굴을 마주 보며 한숨을 쉬었다.
"정말이지, 도대체 어찌된 일인지……."

"오코마라는 하녀인데." 안주인이 눈물 어린 눈으로 더듬더듬
말했다. "제가 시집왔을 때 친정에서 함께 따라온 고용살이 일꾼입
니다."

"두 분이 가정을 꾸리시고, 그래서 다이라야는 이곳에 분점을 내
셨지요?"

부부는 고개를 끄덕였다. "예."

"몇 년이나 되었습니까?"

"이 년입니다."

"안주인의 친정도 장사를?"

"예, 혼고에 있는 약재상입니다."

"오코마는 몇 살입니까?"

"스무 살입니다. 저보다 두 살 어리고. 그래서 누이동생처럼 생각하고 있었어요. 어쨌거나 어렸을 때부터 계속 곁에 있어 주었으니까요."

"쓸데없는 말은 빼고 여쭐 테니, 화내지 마십시오. 젠키치 씨가 오코마의 칼에 찔릴 만한 일이 있었습니까?"

젠키치는 불안한 듯이 형의 얼굴을 올려다보았다. 다이라야의 주인도 동생의 얼굴을 바라보았다. 안주인은 두 사람을 번갈아 바라보고 있다. 이렇게 보니 형제는 얼굴이 매우 닮았다. 게다가 안주인도 왠지 모르게 얼굴 생김새에 두 사람과 비슷한 데가 있다.

"제게는 전혀 기억나는 게 없습니다."

상처가 아픈지, 젠키치는 얼굴을 찌푸리면서 대답했다. 위를 향해 누워서, 그것도 상처에 지장이 없도록 살살 이야기하다 보니 힘이 들어가지 않은 목소리다.

"남자가 여자에게 찔렸다면, 기억나는 게 없다고 해도 수상쩍게 들린다는 건 알고 있습니다. 하지만 오코마의 얼굴을 가까이서 본 것도, 그자와 이야기를 한 것도, 그자의 이름을 안 것도 그저께 이곳에 왔을 때가 처음이었습니다."

세이고로는 미소를 지었다. "그렇게 긴장하시지 않아도 됩니다. 아무 잘못이 없어도 칼부림 사태에 휘말릴 때가 있는 법이지요."

젠키치는 약하게 웃었다. 안심했는지 주인 부부도 안도의 웃음을 띠었다.

"다만, 죄송합니다, 어째서 본가에서 이곳에 와서 머물고 계신 겁니까? 간다와 혼조는 엎어지면 코 닿을 거리이니 술에 취해 집에 갈 수 없었던 것도 아닐 텐데."

젠키치는 곤란한 듯이 눈을 깜박거렸다. 다이라야의 주인은 어느 모로 보나 다정한 형 같은 분위기로 앞으로 나섰다.

"저는 다이라야 본가의 차남이고 젠키치는 삼남입니다. 본가의 후계자인 맏형은 엄한 사람이어서―젠키치는 장사를 거들고 있는 데, 입장상으로는 찬밥 취급이지요. 이래저래 바늘방석인 셈입니다. 그러다가 그저께 결국 더 이상 참지 못하고 싸움을 하고 말았다고 합니다. 그래서 이곳에……."

"그랬군요." 세이고로는 웃어 보였다. "잘 알겠습니다. 자, 곧 의원 선생님이 오시겠지요? 그렇다면 걱정할 것 없습니다. 선생님의 말을 잘 듣고 무리하지 않으면 괜찮을 겁니다, 이 정도 상처라면 깨끗이 나을 거예요."

그렇게 말하고 세이고로는 일어섰다.

"그럼 오코마를 좀 만나게 해 주시겠습니까?"

오코마는 창고방에 갇혀 있었다.

손발이 수건으로 묶여 있다. 입에도 수건이 물려 있다. 창고방 안에는 나무 상자나 고리짝이 가득 쌓여 있고, 오코마의 몸은 그 사이에 꽉 끼어 있는데다 옆으로 쓰러져 있어서, 불빛을 가져다가 들여다보지 않고서는 얼굴조차 보이지 않았다.

세이고로가 불러도 오코마는 대답을 하지 않았다. 나는 오캇피키다, 자네는 자네가 무슨 짓을 했는지 알고 있느냐고 조금 강한 목소리로 을러도 아무 반응이 없다. 혹시 수건 때문에 숨이 막혔나 싶어서 억지로 잡아 일으키자 두 눈을 번쩍번쩍 빛내며, 수건을 느슨하게 해 주려던 세이고로의 손가락을 물어뜯으려고 했다.

마치 광견 같다. 세이고로는 다시 오코마를 옆으로 쓰러뜨리고는 일단 창고방을 나왔다. 물릴 뻔한 손가락에 묻은 오코마의 침을 종이로 닦았다.

창고방 출입구에는 세이고로와 비슷한 나이의 우락부락한 남자가 파수를 서고 있었다. 나막신을 만드는 직인으로 이름은 세이지라고 했다. 아이오이초에 있는 공동 주택에서 가족들과 함께 살고 있는데, 급하게 만들어야 할 물건이 있을 때는 가게에서 자기도 하는 모양이다. 어젯밤에도 그래서 밤에 일을 하는 김에 가게에서 잤다고 하는데 "내가 있어서 다행이다, 대행수님은 노인이고 꼬마 나리는 마음이 약하니까"라고 뻔뻔스럽게 말했다.

"당신은 본가 직인이었소?"

"예, 그렇습니다. 꼬마 나리가 이쪽에 분점을 내실 때 큰나리의 부탁을 받고 이쪽으로 왔지요."

"혹시나 해서 묻는 것인데 당신이 말하는 꼬마 나리는 이곳 주인을 말하는 거지요?"

"그렇습니다. 둘째 도련님이니까요."

"본가에 있는 분은 장남이고."

"예, 지금의 나리지요. 큰나리는 나리와 작은나리와 젠키치 씨의 아버지시고요." 세이지는 조금 자랑스러운 얼굴을 했다. "저는 큰나리가 선대 나리로부터 가게를 물려받았을 때는 이미 한 사람 몫을 해내는 어엿한 직인이었습니다."

"오코마에 대해서는 잘 아시오? 안주인을 모시는 하녀로, 시집올 때 따라왔다던데."

"붙임성이 없는 여자예요." 세이지는 내뱉었다.

"마님의 친정은 약재상 아닙니까. 거들먹거렸던 게지요. 하녀까지 나막신 만드는 일을 우습게 보고."

"하지만 꼬마 나리네 부부 사이는 좋아 보이던데."

세이지는 흥 하며 말했다. "소꿉놀이 같은 거지요."

"이 집에는 또 누가 있소?"

들어와 사는 고용살이 일꾼은 하녀와 사환이 한 명씩 더 있고, 출퇴근하는 직인은 젊은 사람이 두 명 있는데 이제 곧 올 거라고 한다.

"당신, 고생스럽겠지만 내가 한바탕 이야기를 들어보고 오는 동안 여기서 계속 감시해 주지 않겠소?"

"알겠습니다, 별것 아니지요." 세이지는 거만하게 웃었다. "저라면 만에 하나 또 오코마가 날뛴다 해도 젠키치 씨 같은 실수는 안 할 겁니다. 맡겨 두십시오, 대장님."

세이고로는 이야기를 들으며 한 바퀴 도는 데에 두 시간 정도를 소비했다. 오코마가 젠키치를 베는 데 사용한 칼도 살펴보았다. 부엌에서 가지고 나온 채소 써는 식칼로, 어젯밤에도 오코마는 그걸로 파를 썰었다고 한다. 채소 써는 칼이었기 때문에 젠키치의 상처가 가벼웠는지도 모른다.

그러나 그걸로 무엇을 알아낸 것도 아니다.

오코마는 성실한 일꾼이었다고 한다. 남자가 드나든 적은 한 번도 없다. 몸가짐이 단정한 처녀였다고 한다. 젠키치가 이곳에 놀러 온 적은 두 번 정도 있었지만 여기서 묵기는 처음이고, 그와 오코마가 친해질 만한 기회는 있었을 리가 없다며 모두들 고개를 갸웃거렸다.

같은 지붕 아래 살면서 생계를 함께하는 사람들의 말이니 깎아서 들어야 한다는 것 정도는 세이고로도 알고 있었다. 모두가 젠키치를 감싸는지도 모른다. 젠키치가 장난으로 오코마에게 손을 댔다가 그녀에게 상처를 입히고 화나게 해 복수를 당한 것인지도 모른다. 줄거리로 보자면 그게 제일 앞뒤가 맞는다.

그러나 이십 년 동안 이 일로 먹고 살아온 세이고로의 오캇피키로서의 감은 '아니, 다이라야 사람들은 거짓말을 하지 않았다, 아무도 젠키치를 감싸고 있지 않다, 오코마가 저지른 일에 모두들 하나같이 눈을 휘둥그렇게 뜨며 곤란해하고 있는 게 사실이다'라고 세이고로의 귓가에서 속삭였다. 사실 같지 않은 일이라도 사실일 때가 있는 법이고, 세상에는 앞뒤가 맞지 않는 사건도 일어날 때는 일어난다.

간다 다초에서 달려온 의원은 젠키치의 상처를 꼼꼼하게 치료하더니, 걱정할 필요 없다고 장담했다. 세이고로는 처치가 끝나기를 기다렸다가 의원을 만나 상의할 것이 있다고 털어놓았다.

의원은 대행수 미노스케와 비슷한 연배에 체격도 비슷했지만, 비밀 이야기에는 맞지 않는 말채찍처럼 쨍쨍한 목소리를 갖고 있었다.

세이고로는 창고방에 갇혀 있는 오코마의 상태가 이상하며, 그의 손가락을 물려고 했다는 것을 이야기했다. .

"선생님, 잠시 오코마를 봐 주시면 안 될까요?"

"세이고로 대장님이라고 하셨던가요, 당신은 무슨 병을 의심하는 겁니까? 공수병 같은 건가요?"

큰 소리로 하는 말에 세이고로는 목을 움츠렸다. 의원과 오캇피키가 대체 무슨 이야기를 소곤소곤 하고 있는 걸까 하며 귀를 곤두세우고 있을 다이라야 사람들이, 깜짝 놀라 펄쩍 뛰어오르지 않으면 좋으련만.

"그렇습니다, 선생님. 공수병이라는 것은 개에게 물려서 옮는 것이지요? 그리고 개처럼 거품을 뿜고 아무거나 물어뜯으려 하고요. 물을 무서워해서 공수병이라고 하지요?"

의원은 희끗희끗한 소하쓰긴 머리카락 전부를 뒤로 넘겨 정수리에서 묶은 것 머리를 갸웃거리며 또 큰 소리로 말했다. "어쨌거나 오코마의 몸을 살펴보지요. 개에게 물린 자국이 남아 있다면 의심할 만합니다. 그게 발견되면 들통의 물을 보여 주어 조사해 봅시다."

아니나 다를까, 세이고로가 의원을 데리고 창고방으로 이동하자 완전히 평정을 잃은 듯한 주인 부부와 미노스케 등이 매달리며 오코마는 몹쓸 병에 걸린 것이냐, 젠키치에게 옮긴 것은 아니냐, 우리는 괜찮겠느냐—우는 얼굴로 물었다.

목소리가 큰 의사는 자신의 큰 목소리 때문에 이런 종류의 혼란
이 일어나는 일에 익숙한지, 전혀 당황하지 않고 유유히 오코마를
진찰했다. 혹시 몰라 재갈은 풀지 않았지만 자세히 보기 위해 팔다
리를 묶은 수건은 풀어 버렸다. 그래도 오코마는 몹시 얌전했고 전
혀 날뛰지 않았다. 그러고 보니 눈빛도 아까 세이고로를 물어뜯으
려고 했을 때보다 많이 차분해진 것 같다.

"몸에 상처는 없소."

의원은 그렇게 말하며 창고방 출입구인 미닫이문에 매달려 있는
다이라야 사람들을 한바탕 둘러보고는,

"지난 열흘이나 스무 날 동안, 근처에 돌아다니는 들개를 본 사람
있나? 병에 걸린 개라도 좋네. 죽은 개도 좋고. 상태가 이상한 개를
본 사람은 없나?"

아무도 없었다. 모두 얼굴을 마주 보며 고개를 젓는다.

의원은 두 무릎에 손을 올려놓고 설교하듯이 엄숙한 얼굴을 하며
오코마를 내려다보았다. 그리고 깨지는 것 같은 목소리로 말했다.

"이보게, 얌전히 있겠다고 약속하겠나?"

오코마는 재갈을 문 채 커다란 눈동자로 물끄러미 의원을 올려다
보았다.

"자네는 병에 걸렸을지도 몰라. 그래서 나는 자네를 진찰해 주고
싶네. 알겠지?"

오코마는 고개를 끄덕였다. 재갈 때문에 좌우로 잔뜩 당겨진 입
끝에서 침이 한 줄기 흘러 떨어진다.

"그럼 재갈을 풀겠네."

의원은 그렇게 말하더니 오코마의 머리 뒤로 손을 돌려 수건의 매듭을 풀었다.

세이고로는 몸을 긴장시켰다. 창고방의 미닫이문 앞에서도 모두들 마른침을 삼키는 기척이 느껴졌다.

수건을 뱉어내자 오코마는 콜록거리며 기침을 했다. 그리고 얼굴을 들고 주위를 보았다.

그러더니 별안간 작게 흐느껴 울기 시작했다.

의원은 아직도 엄숙한 표정을 한 채 세이고로 쪽을 힐끗 돌아보았다.

"이 처녀를 여기서 내보내면 안 되겠소?"

세이고로는 의원의 얼굴을 보고 나서 오코마 쪽으로 몸을 내밀었다.

"오코마, 자신이 무슨 짓을 했는지 알고 있나?"

오코마는 계속 울고 있다. 눈물이 통통한 뺨을 타고 흐른다. 이렇게 보니 꽤 미인이다.

"하녀의 신분으로 주인의 식구인 젠키치 씨에게 상처를 입혔으니 효수형은 면할 수 없을 걸세. 그래도 자네에게는 자네의 사정이 있을지도 모르지. 그래서 다이라야의 주인과 안주인께서는 모쪼록 관청에 신고하지 말고 덮어 둘 수는 없을까, 다이라야에서 오라를 받는 사람이 나오지 않게 할 수는 없을까 하고 서둘러 이 세이고로를 부르신 걸세. 자네는 나리와 마님의 자상한 마음을 알겠나?"

오코마는 흐느껴 울던 것을 멈추고 손으로 얼굴을 닦았다. 그러나 아무 말도 하지 않는다.

"여기 계시는 선생님은, 자네는 어쩌면 위중한 병에 걸렸을지도 모른다고 보고 계시네. 병에 걸렸다면 파수막으로 끌고 갈 수는 없지. 그래서 이제부터 자네를 진찰해 주시겠다고 하는 거야. 알겠지? 얌전히 있을 거지? 그러지 않으면 다시 묶어서 이번에야말로 파수막으로 끌고 갈 걸세."

오코마는 스르륵 얼굴을 들었다. 특별히 목이 긴 처녀도 아닌데 그때만은 왠지, 세이고로에게는 뱀이 머리를 쳐드는 모습처럼 보였다.

"대장님." 오코마는 평탄한 목소리로 불렀다.

세이고로는 순간 빨려 들어가듯 오코마의 두 눈을 들여다보았다. 검은 눈동자가 바닥이 얕은 물웅덩이에 비친 해님처럼 번쩍 빛났다.

"세이고로." 오코마는 다시 한번 불렀다. 그러고는 마치 책을 읽는 것처럼 또렷한 말투로 이렇게 말했다.

"너는 사람을 죽인 적이 있구나."

일동은 얼어붙었다.

오코마는 깔깔 웃기 시작했다. 정신을 놓은 것 같은 웃음 소리는 연기가 천장으로 올라가듯이 점점 높아지더니 이윽고 비명처럼 날카로워졌다.

"꺄아아아!"

오코마는 한바탕 비명을 지르더니 목소리와 함께 뭔가 하얀 재 같은 숨을 내뱉고는 눈을 부릅뜨며 그 자리에 털썩 쓰러졌다.

의원이 허둥지둥 일어나 맥을 짚었다. 그리고 화난 얼굴을 한 채 말없이 고개를 저었다. 오코마는 숨이 끊어져 있었다.

세이고로는 결국, 오코마는 공수병에 의해 급사했으며 죽기 전 병이 머리까지 들어가 착란을 일으키는 바람에 젠키치에게 부상을 입혔다는 결론을 내리고 일을 수습하기로 했다. 그러면 조마와리_{시중}_{을 돌아보며 범죄를 수사하고 법령 위반을 단속하는 관리} 나리들은 수상하게 여기지도 않을 테지만, 만약을 위해 인근 파수막에는 들개 사냥을 강화하라고 말해 두는 편이 좋을 것이다. 그래야 더 그럴듯해 보인다.

사건은 정리되었지만 의문은 남는다.

오코마는―제정신이었을까?

숨이 끊어지기 직전에 내뱉은 하얀 숨은 대체 무엇이었을까?

그것은 오코마가 뭔가 알 수 없는 병에 걸려 있었다는 증거일까?

오코마는 어째서 세이고로에게 '사람을 죽인 적이 있다'는 말을 했을까.

분명히 그 말은 맞았다. 세이고로는 사람을 죽인 적이 있다. 아직 젊었을 무렵, 오캇피키라고 불리기 훨씬 전에 쓰레기 같은 인생을 보내고 있었을 때의 일이다. 그대로 그 길을 나아갔다면 벌써 형장의 이슬로 사라졌을 인생이다. 세이고로뿐만 아니라 오캇피키로 일하는 사람들 중에는 남에게 말할 수 없는 과거를 가진 사람들이 섞여 있다. 오캇피키가 된 후의 인생으로 옛날의 업을 메우려는 사람일수록 필사적으로 일한다.

세이고로 자신도 그랬다. 그래서 옛날에 자신이 살인자였다는 사실을 잊고 있었다.

다이라야 사람들은 일이 무사히 수습되어 충분히 만족하고 있다. 진상 따윈 아무래도 상관없는 모양이다. 무리도 아니다. 나이에 비해 기운차고 목소리가 큰 의원은 딱 한 가지, 오코마가 죽을 때 내뱉은, 마치 화로의 재 같은 새하얀 숨결만이 마음에 걸린다고 '만'을 강조하며 세이고로에게 말했다. 넌지시 '살인 이야기 따윈, 나는 듣지 못했다'는 척을 해 주었다.

그래서 세이고로도 거기에 장단을 맞추었다.

"선생님은 그런 숨을 내뱉으며 숨이 끊어지는 병이 무엇인지 짐작 가는 데가 있으신지요?"

의원은 고개를 저으며 긴 눈썹을 손가락으로 잡아당겼다.

"모르겠소. 전혀 짐작 가는 데가 없습니다. 대장님은 어떠시오?"

"선생님이 모르시는 일을 저 같은 사람이 알 리가 없지요."

"그 하얀 숨은 화로의 재처럼 보이던데?"

"예, 저도 그렇게 생각했습니다. 화로의 재를 들이마셔서 가슴에 병이 생기는 경우가 있을까요?"

의원은 들어 본 적이 없다고 무뚝뚝하게 대답했지만, 이윽고 오코마와 같은 방에서 자던 하녀를 불러 그 방에서 화로를 쓰고 있느냐고 물었다.

오코마보다 어린 하녀는 언니나 마찬가지인 오코마를 잃고 매우 슬퍼하는 것 같았다. 반쯤 우는 얼굴에, 대답에도 요령이 없다.

별 수 없이 의원과 세이고로는 안주인에게 물어보았다. "오코마에게 하녀방에서 화로를 써도 좋다고 허락하셨습니까?"

안주인은 "그게 그렇게 나쁜 일이었나요?" 하며 앞질러 당황했다.

"아뇨, 나쁜 일은 아닙니다. 다만 보통은 상가商家에서 고용살이 일꾼에게 화로를 쓰게 하지는 않으니까요."

"저는…… 그렇겠지만…… 하지만 이 계절에는 하녀들도 추울 것 같아서."

도구는 자기 돈으로 살 것, 숯값은 급료로 지불할 것을 약속하고, 한겨울 동안만은 하녀방에 불을 피우는 것을 허락했다고 한다.

"오코마가 쓰던 화로를 좀 보여 주실 수 있을까요?"

안주인이 하녀방에서 가져오게 한 화로는 지름이 1척 정도 되는, 자그마한 손화로였는데 오래된 물건인지 여기저기에 가느다란 금이 가 있었다. 하얀 재는 평평하게 골라져 있고, 뜬숯이 묻혀 있다.

"그러고 보니……."

세이고로와 의원이 화로를 살펴보는 것을 보고 나이 어린 하녀가 말했다.

"요즘 오코마 씨는 늘 재티를 일으켜서 그걸 바라보곤 했어요……."

세이고로는 의원과 얼굴을 마주보았다.

"뭐라고?"

세이고로가 되묻자 어린 하녀는 겁을 먹고 움츠러들었다.

"무서워할 것 없다. 꾸짖는 게 아니야. 오코마는 이 화로로 재티를 일으켜, 그것을 바라보곤 했다는 말이지?"

하녀는 "예" 하고 말했다. "숯을 활활 피워 놓고, 부엌에서 일부러 찻잔에 물을 떠 와서 흘리는 거예요."

김과 재가 화악 피어오른다—.

"그리고 물끄러미 쳐다봤어요." 어린 하녀는 잠시 입을 다물었다가 혀짤배기소리로 덧붙였다. "마치 누군가와 눈싸움을 하는 것처럼."

세이고로는 가까이에서 본 오코마의 얼굴을 떠올렸다. 눈싸움하는 것처럼.

갑자기 찬물이 끼얹어진 것처럼 오싹했다.

"숯이 아깝잖나, 응?" 의원이 말했다. "어째서 그런 짓을 하는 건지 물어봤나?"

"아뇨."

"하지만 묘한 짓을 한다고 생각하지 않았나?"

"예…… 하지만 그걸 본 것은 두 번뿐이었고, 두 번 다 밤이었으니까요."

하녀는 또 울 것 같은 얼굴이 되어 말을 이었다.

"모처럼 마님의 허락으로 불을 쓸 수 있게 되었으니 만에 하나라도 실수가 있어서는 안 된다고, 그래서 물을 뿌려 불을 끈 것인지도 모른다고 생각했어요."

그러나 일일이 물을 끼얹어 불을 끈다면 숯이 못쓰게 되고 말지 않는가.

세이고로는 천천히 얼굴을 가까이 대고 화로 안을 들여다보았다. 재 냄새가 난다. 코가 간질간질해질 것 같다.

"이 재는—?"

안주인이 대답했다. "집 안에서 쓰는 것과 같은 거예요." 불안한 듯이 손가락을 비튼다. "이 재가 잘못된 걸까요? 병의 원인이거나?"

"아니, 그렇지는 않겠지요." 의원이 곧 말했다. "걱정하지 마십시오."

"하지만…… 젠키치 씨의 방만이라도 다른 재를 묻을까요? 다친 사람에게는, 보통은 몸에 지장이 없는 것이라도 지장이 있을지도 모르잖아요."

"이 화로는 오코마가 사 왔겠지요?"

"네, 아마 그럴 거예요."

아마 어느 중고품 가게에서 샀을 것이다.

"언제쯤부터 쓰고 있었는지, 짐작은 가십니까?"

"글쎄요……."

안주인은 어린 하녀 쪽을 보았다. 하녀는 고개를 숙이고 말았다.

"그렇군요. 이거 정말로 큰일을 당하셨습니다." 세이고로는 이야기를 끝마치려고 했다.

"이 일로는 더 이상 마음 쓰시지 않게 하겠다고, 이 세이고로가 약속드리지요. 하지만 안주인께서는 괜찮으시다면 화로를 잠시 제게 맡겨 주시면 안 될까요?"

안주인은 달려들듯이 승낙했다. "예, 그러세요, 그러세요. 모쪼록 잘 부탁드립니다."

세이고로는 보자기를 빌려 화로를 조심스럽게 싼 후 집으로 가져갔다. 의원에게는 한동안 집에서 쓰면서 상태를 살펴보겠다고 약속했다.

"화로 때문도, 재 때문도 아닌 것 같은데. 어쨌거나 그런 병은 본 적도 들은 적도 없으니까요, 하지만—."

의원은 긴 눈썹을 잡아당기면서 약간 무서운 얼굴을 했다.

"가능한 통풍이 잘되는 곳에서 사용하십시오. 아시겠지요?"

그날 밤의 일이다.

세이고로는 아내에게 일의 자초지종을 이야기하고, 집에 있는 부하들이 잠들어 조용해졌을 때쯤 방에 그 화로를 놓고 불을 피워 달라고 했다.

평소에 세이고로가 오캇피키 신분으로 사람을 만날 때 쓰는 방이다. 깔끔한 정원에 면해 있는 툇마루가 있고, 화려한 감실龕室도 있다. 아내는 꽤나 담력이 센 여자여서―그렇지 않으면 세이고로와 가정을 꾸릴 수는 없다―겁먹은 얼굴은 하지 않았지만 감실에는 붉게 등불을 켜고, 다른 데서 쓰는 사방등까지 가져다가 세 개나 켜서 조금 거북스러울 정도로 방을 밝게 밝혔다. 그리고 툇마루에 면해 있는 장지를 활짝 열어젖혔기 때문에 세이고로는 재채기를 하고 말았다. 이래서야 통풍이 지나치게 잘된다 싶을 정도다.

화로에 숯이 알맞게 일어나자 세이고로는 직사각형의 목제 화로에서 끓인 주전자를 들어 올렸다.

"알겠지, 재를 들이마시지 않도록 코와 입을 막아야 해."

아내는 소매로 얼굴을 반쯤 가리고 고개를 끄덕였다.

"당신도요. 숨을 참고 있어야 해요."

세이고로는 알겠다고 말하고, 주전자에 든 더운 물을 오코마의 화로 안으로 기세 좋게 부었다. 쉬익 하는 소리가 나고 재티가 풀썩 피어오른다.

—너는 사람을 죽인 적이 있구나.

오코마의 목소리가 선명하게 되살아나 울리고 있었다.

작고 하얀 우미보즈_{바닷가나 배 앞뒤에 나타난다는 알몸에 눈이 커다란 까까머리 요괴} 같은 재티는 둥그스름한 형태도 곧 허물어져 모양을 잃고, 툇마루 너머 어두운 문밖으로 흘러가 사라지고 말았다.

"뭐지?" 하고 아내가 중얼거렸다. 약간 불만스러운 목소리이기도 했다. "그냥 평범한 재티잖아요. 이게 뭘 어쨌는데요?"

"나도 모르겠어." 세이고로는 대답했다. 그래도 한동안은 짓테_{체포 도구의 하나}를 쥐는 기분으로 주전자 자루를 움켜쥐고 있었지만, 그러다 가 갑자기 취기가 깨는 기분이 들어 화로 곁에 내려놓았다.

아내가 웃음을 터뜨렸다.

세이고로도 따라서 웃었다.

별것 아니다. 평범한 화로다. 조금 지나친 생각이었나 보다.

"잘 모르겠지만, 이 화로에는 별 문제가 없어 보이는데요?"

세이고로는 고개를 끄덕였다.

그렇다, 화로 탓도 재 탓도 아니라고, 의원 선생님도 말하지 않았 던가. 오코마가 재티를 들여다보고 있었다는 이야기도 어디까지 사 실일지—본 사람의 기분 탓일 수도 있다. 그 하녀는 아직 어린아이 아닌가.

"여보, 뭘 좀 먹을까요?"

"아아, 좋지."

세이고로는 마음이 온화해졌다. 오랫동안 같이 산 아내지만 괜찮 은 여자다. 평범한 여염집 처녀였기 때문에, 세이고로가 젊었을 때

처럼 길을 잘못 든 상태였다면 이렇게 가정을 꾸리기는커녕 길에서
마주치는 일도 없었으리라.

"마침 가즈사야에서 좋은 젓갈을 받았거든요." 아내는 서둘러 일
어섰다. "당신이 좋아하는 누룩이 든 젓갈인데—."

그때였다.

아내는 식기장 쪽으로 얼굴을 돌린 채 툇마루를 등지고 있었기
때문에 전혀 알아차리지 못했을 것이다. 알아차리지 못했을 게 틀
림없다. 세이고로는 그렇게 믿고 있고, 그러길 바라고 있기도 하다.
한순간의 일이었으니 그런 것은 나만 보았을 것이다.

그런 것.

활짝 열린 장지 너머의 툇마루를, 방 안을 밝게 비추는 사방등의
빛과 캄캄한 겨울밤 어둠 사이의 경계를, 앞쪽에서 저 너머로, 머리
를 풀어 헤치고 덜름한 하얀 기모노를 입어 야윈 정강이를 드러낸
맨발의 여자가 엄청난 기세로 지나갔다. 앞쪽 어디에서 나타난 것
인지, 저 너머 어디로 간 것인지 전혀 알 수 없다. 전혀 짐작도 가지
않는다. 하지만 그것은 틀림없다는 확신에 가득 찬 발걸음으로, 분
명히 세이고로의 방 툇마루를 지나쳐 갔다. 곁눈질도 하지 않는 빠
른 걸음이어서 얼핏 보였을 뿐이다. 얼굴은 보이지 않았다. 보이지
않아서 다행이었다.

다만 그자는 몹시 야위어 있었다. 해골처럼 바싹 야위어 있었다.
그런데도 엄청나게 빠른 걸음이었다.

그리고 왠지—그것이 지나간 뒤에는 화로의 재 같은 가루 냄새
가 남아 있었다.

"어머나, 여보, 왜 그래요?"

아내가 말을 걸어도 세이고로는 대답할 수가 없었다.

"그렇게 눈을 부릅뜨고, 무슨 일이에요?"

오캇피키로 세상을 살다 보면 때로는 평범하게 처리하기는 곤란한 물건이 손에 남을 때가 있다. 사람을 찌른 칼. 목을 매단 끈.

그럴 때 세이고로는 오시아게 마을에 쇼호지라는 가난한 절이 있고, 그곳 주지가 자신과 오랜 교분이 있다는 사실을 떠올리곤 한다. 씨름 선수처럼 덩치 큰 주지는, 실은 몸에 오래된 문신이 있는데 그 사실을 아는 사람은 본인과 세이고로뿐이다.

오코마의 화로도 그곳으로 보냈다.

세이고로의 이야기를 듣고도 주지는 눈썹 하나 까딱하지 않았다.

"뭐, 그런 것도 있는 법이지."

졸린 얼굴로 그렇게 말했을 뿐이다.

"공양을 잘해 두면 무엇이 씌어 있었든 걱정할 필요가 없네."

오코마는 무엇에 씌인 걸까? 그녀에게 씐 것은 어떻게 세이고로가 살인자라는 사실을 꿰뚫어 보았을까.

세이고로의 물음에도 주지는 밉살스럽게 웃으며 이렇게 시치미를 뗄 뿐이었다.

"살인자는 살인자로 보이지. 틀림없이 그렇게 보이네. 그것뿐이야."

다이라야는 오코마 사건을 비밀로 해 준 것에 큰 은혜를 느낀 모양이다. 며칠 후에 보내져 온 과자 상자에는 세이고로가 생각하고 있던 액수의 두 배도 넘는 돈이 숨겨져 있었다. 하기야 그중 상당한 액수는 쇼호지로 그대로 넘어가 버렸지만.

젠키치의 부상은 얼마 안 되어 좋아졌다. 그는 정말로 성실한 남자로 재미 삼아 하녀에게 손을 대는 일은 없다, 어느 날 맏형과 싸우고 본가를 뛰쳐나와 기류초로 굴러들어 왔다는 이야기도 분명히 사실이라는 증거를 얻었다.

오코마는 가족이 없었기 때문에 다이라야에서 서둘러 장사를 지내 주었다. 그 후에는 다이라야에 이변도 없고, 젊은 주인 부부도 미노스케도 세이지도 하녀들도 이전과 똑같이 일했다.

열흘쯤 지나 쇼호지에서 화로를 처리했음을 알려 왔다. 요란한 달필로 주지가 직접 쓴 편지 말미에, 밤이 되자 화로에서 하얗고 둥실둥실한 것이 피어올라 본당이며 창고 뒤를 날아다니는 것을 보았다면서 어린 승려들이 난리를 피웠다고 덧붙여져 있었다.

또 주지 자신도 딱 한 번이지만 이쪽에 등을 돌리고 우뚝 서 있는 것을 보았다고 한다. 하지만 얼굴은 보지 못했다, 별로 어떻달 것도 없었다는 말로 편지는 끝나 있었다.

세이고로는 편지를 화로에서 태웠다. 재는 잘게 부수어 변소에 버렸다. 처리되었다면 그걸로 되었다. 떠올릴 필요도 없다.

어쨌거나 지금은 아직 겨울의 중반—당분간은 화로 없이는 지낼 수 없으니까.

09

바 지 락
무 덤

무코지마에 있는 오가와야의 숙사로 가기 전에 요네스케는 아사쿠사 오쿠라에도 막부가 직할지에서 거둬들인 쌀을 보관하던 창고 쪽으로 발길을 향했다. 구라마에모토마치에 있는 단골 생선 가게에 들른 것이다. 그저께, 오늘을 위해 오쿠라 바지락을 사들여 달라고 부탁해 두었다.

생선 가게 주인은 약속했던 대로 소쿠리에 가득 든 바지락을 보여 주었다. 바지락을 작은 냄비에 도로 넣고, 여기에는 담수를 채워 두었으니 가지고 가는 동안에도 알맞게 모래를 토해 낼 거라고 말했다.

"요네 씨, 조심해서 걸어요. 넘어져서 길에 패대기치기라도 했다간 큰 손해야."

"응, 알아요."

요네스케는 돈을 지불하면서 장담했다.

오쿠라 바지락은 아사쿠사 오쿠라의 일번 수로에서 팔번 수로까지인 가로수로에서 잡히는 바지락을 말한다. 여기에는 매일 쌀가마니를 실은 배가 가로로 정박하는데, 배에서 쌀가마니를 내려 오쿠라로 운반하는 작업을 할 때 쌀이 넘쳐 수로에 떨어진다. 이곳 바지락은 그 쌀을 먹고 자라기 때문에 다른 곳의 바지락보다 맛이 좋다.

그런 만큼 가격도 비싸서, 이 바지락을 사려면 대개 보통의 바지락보다 다섯 배 정도 되는 가격을 치러야 한다. 요네스케도 생선 가게에 그만큼의 돈을 치렀다. 하기야 하루에 잡히는 양에는 한계가 있기 때문에 꼭 구하고 싶을 때는 더 돈을 얹어 주어야 할 때도 있으니, 오늘은 운이 좋았던 셈이다.

"늘 고맙수."

무서운 얼굴의 생선 가게 주인은 기분 좋은 듯이 말했다. "그런데 오늘은 아버지의 상월 기일도 아니잖아요. 어딘가에 선물이라도 보낼 거요?"

요네스케는 고개를 끄덕였다. "아버지와 오랫동안 바둑 친구였던 할아버지가 보름쯤 전부터 앓아누워 계시거든. 나이가 나이이다 보니 본인도 마음이 약해진 모양이에요. 아버지 대신 내가 문병을 갈까 해서."

"흐음, 아버지의 바둑 친구라. 역시 요네 씨는 효자로군요."

"아니, 전혀 그렇지 않아요."

요네스케는 웃었다. 진짜 효자라면 어머니의 임종도 지킬 수 있었을 테고 아버지가 쓰러져서 못 일어나게 되기 전에 제대로 중개업소를 물려받았을 것이다.

"나 같은 건 효자의 'ㅎ' 자도 해당 안 돼요. 하지만 관리인 아저씨의 얘기로는 아버지가 신세를 많이 진 할아버지인가 봐요. 그 외에는 아무런 도락도 없었는데, 바둑만은 각별히 좋아하셨지요. 발끈해서 이기고 싶어 하는 아버지를 끈기 있게 상대해 주던 사람이래요. 그렇다면 아버지도 마음을 쓸 것 같아서요."

그래요? 그럼 조심해서 가시오, 하고 생선 가게 주인은 다시 한 번 말하며 요네스케를 배웅했다. 날씨는 좋지만 강바람은 차갑다. 요네스케는 걸으면서 두 번 재채기를 했다.

요네스케가 야나기바시 너머의 대토代土에 있는 중개업소의 영업권과 가게를, 뇌졸중으로 돌아가신 아버지에게서 물려받은 지 아직 오 년 남짓밖에 되지 않았다. 하기야 나이는 마흔에 가깝고 아버지를 닮아 풍채는 나쁘지 않다. 자칫하면 쉰이 넘은 나이로 보일 때도 있다.

요네스케의 돌아가신 아버지는 잔소리가 많지만 설교에도 능한 고집쟁이로, 사람 보는 눈이 날카롭고 돈에 꼼꼼하며 기억력이 좋아 중개업소의 주인으로는 손색이 없는 인물이었다. 하지만 요네스케는 이 아버지와 성격이 맞지 않아, 열다섯 살이 되자마자 집을 뛰쳐나가 일용직이나 고용살이 일꾼 등 온갖 일을 전전하면서 내키는 대로 살다가 서른을 넘겼다. 오 년 전, 아버지가 쓰러져 이제 얼마 살지 못하게 되었을 무렵, 친하게 지내던 야나기바시의 관리인이 어떻게든 외아들을 찾아내 임종을 지키게 해 주고 싶다며 뛰어다녀 주지 않았다면 요네스케는 아버지가 돌아가신 사실도 모르고 있었을 것이다.

관리인의 설득에 집으로 돌아와 보니 어머니는 이미 돌아가시고,

아버지도 이야기를 할 수 있는 상태가 아니었다. 분별을 가질 만한 나이가 되어 있던 요네스케는 이쯤 되고 보니 멋대로 굴었던 자신이 부끄러웠다. 그래서 요네스케가 돌아오고 나서 닷새 후, 아버지가 한 번도 눈을 뜨지 않고 말을 나누지도 못한 채 숨을 거두었을 때, 관리인에게 중개업소의 일을 물려받을 수는 없겠느냐고 자신 쪽에서 말을 꺼냈다.

처음에는 어깨 너머로 본 것을 흉내 내느라 매우 헤맸다. 아버지는 신용과 인망이 있는 직업소개꾼이었지만, 어쨌거나 요네스케는 오랫동안 집을 떠나 있었기 때문에 주위에 알려져 있지 않았다. 갑자기 '아들내미입니다, 앞으로 제가 일을 물려받을 겁니다'라며 인사하러 다닌다 해도 거래처인 가게 사람들이 '예, 그러십니까' 하고 인정해 주지는 않는다. 본디 요네스케는 참을성이 없어서, 죽은 아버지처럼 잔소리가 심하고 남을 잘 돌보는 관리인이 붙어 있어 주지 않았다면 다 내팽개치고 달아나 버렸을지도 모른다.

죽은 아버지가 조갯국을 좋아했던 것, 일 년에 몇 번 큰돈을 지불하고 오쿠라 바지락을 사는 것이 유일한 사치였다는 것, 니혼바시 서쪽에 있는 비단 가게 '오가와야'의 대행수 마쓰베에라는 사람이 바둑 친구여서 오랫동안 친하게 지냈다는 것—그런 것들도 요네스케는 관리인이 가르쳐 주어서 알았다. 지난 이 년 사이에 겨우 직업소개업도 안정되기 시작했기 때문에 피안_{춘분과 추분을 중심으로 하는 칠 일간}이나 오봉, 아버지의 상월 기일에는 오쿠라 바지락을 넉넉히 쓴 국을 올리게 되었는데, 아버지보다 십 년이나 먼저 돌아가신 어머니가 좋아하던 것은 아무리 관리인이라도 기억에 없어서 별 수 없이 불단에 꽃만 올리고 있다.

오가와야의 대행수 마쓰베에와는, 처음에는 아버지의 조촐한 장례식 때 만났다. 본인은 바둑 이야기는 하지 않았지만, 나중에 관리인에게 들었기 때문에 사십구재를 마친 후에 요네스케 쪽에서 찾아가 이야기를 꺼내 보았다. 그는 슬픈 듯이 고개를 저으며, 자네 아버지만큼 좋은 바둑 상대는 이제 만날 수 없을 테니 나도 바둑을 끊으려고 한다고 마음 약한 소리를 했다. 그 모습이 너무나도 쓸쓸하고 재미없어 보였기 때문에, 아버지와 어지간히 마음이 맞았나 보다고 요네스케는 생각했다.

그런 마쓰베에가 앓아누웠다는 이야기를 들은 것은 지금으로부터 열흘 전의 일이다. 요네스케의 아버지 소개로 오가와야에서 고용살이를 한 지 벌써 삼십 년 가까이 된다는 하녀 우두머리 오몬이, 야나기바시에 있는 가게에 심부름을 왔다가 알려 주었다.

"의원님의 진찰로는 수종水腫이라고 하던데. 어쩐지 숨쉬기가 힘들어 보인다 했어."

"전부터 안 좋으셨나요?"

"지난 일 년 정도, 사다리 오르내리는 일은 하지 않았지요. 가슴이 아파 온다면서. 앓아눕기 전에도 가슴이 이렇게, 커다란 바위로 짓눌리는 것처럼 괴롭다고 했어요."

"아아, 그거 큰일이네요."

"나리도 걱정하셔서, 당장 무코지마의 숙사로 옮겼어요. 그래서 말인데요, 요네 씨, 일꾼이 교체되는 시기도 아니고 누가 온다 해도 대행수님만큼 일을 할 수는 없겠지만, 어쨌든 우리는 원래 일손이 부족한 곳이라서 곤란하게 됐어요. 고용살이 일꾼 한 명을 급하게 구해 주었으면 하는데."

"그것은 어렵지 않지만, 본가 쪽에서 사람이 오지는 않습니까?"

오가와는 도리 2번가에 있는 비단 도매상 가와즈야에서 갈라져 나와 생긴 분점이다. 가게 이름도 거기에서 따온 것이다.

"본가의 대행수님들과 마쓰 씨는 사이가 나빴거든요, 서로 경쟁이 되어서."

그렇게 말하며 오몬은 재미있다는 듯이 살짝 웃었다.

"그러니 빈자리를 메운답시고 본가에서 사람을 불렀다간 마쓰 씨가 마음 놓고 누워 있을 수 없을 거라고, 나리께서."

"그렇군요, 그렇다면 제 쪽에서 곧 어떻게든 해 보지요."

요네스케는 그렇게 약속하고 장부를 썼다. 다행히 두세 명 정도 괜찮은 사람이 있었다.

"마쓰 씨, 마음이 많이 불안한 것 같으니까 괜찮으면 문병도 좀 가 주세요."

돌아가는 길에 오몬은 험악한 얼굴인 것치고는 상냥한 말을 했다.

"요양에 방해가 되지 않는다면, 물론 찾아뵈어야지요."

"방해고 뭐고—."

오몬은 슬픈 듯이 커다란 머리를 흔들었다.

"상태가 별로 좋지 않아요. 만날 수 있는 동안에 만나 두세요. 나도 나이가 느껴져서 왠지 기분이 울적하다니까. 마쓰 씨와는 오랫동안 같이 일을 했으니까요."

요네스케는 오몬을 위로할 말이 없었다. 꼭 문병을 가겠다고 말했을 뿐이다.

다행히 빈자리를 메울 고용살이 일꾼은 금방 정해졌다. 로쿠타로라는 이름의, 가야초에 있는 공동 주택에 사는 스무 살 넘은 젊은이다. 열 살 때부터 고용살이를 해 온 우시고메시타의 헌옷 가게가 지난 달 말에 화재를 당해 주인 부부는 급사하고 가게는 전소되었다. 아는 사람에게 의지해 후카가와에 있는 공동 주택에서 지내고 있는데, 생계 수단을 잃고 막막해하고 있었다.

그런 형편이다 보니 지난번 고용살이를 하던 가게 주인의 보증서는 없었고 공동 주택 관리인의 소개로 요네스케를 찾아왔는데, 비단 가게라면 꼭 일하고 싶다며 처음부터 적극적이었다. 빠릿빠릿하고 눈치 빠르고 맵시가 단정해서 상인에 어울리는 젊은이로, 오가와야에서도 처음 만나자마자 곧 마음에 들었는지 이야기는 순조롭게 진행되어 결정이 났다.

요네스케는 크게 안도했다. 이렇게 되면 빨리 시간을 내서 마쓰베에의 문병을 가고 싶다—며 초조하게 며칠을 보내다가 오늘 겨우 나온 참이었다.

무코지마의 숙사는 엄밀하게 말하자면 오가와야의 소유는 아니다. 본가인 가와즈야에서 고용살이 일꾼들을 살게 하기 위해 지은 것이다. 가와즈야는 니혼바시에서도 시라키야나 에치고야 다음으로 꼽힐 정도로 큰 가게라서 숙사도 훌륭하다. 무코지마는 에도 시내에서도 시골 같은 풍정으로 논밭이나 절의 소유지가 많아서 조용하고 한가롭다. 요네스케의 걸음을 가로막는 것은 가끔 숲 속에서 들려오는 휘파람새 소리뿐이다.

숙사에 도착해 사람을 찾으니 곧 계집종이 나왔다. 요네스케의 신분을 알자 "아아, 오몬 씨에게 들었어요"라고 말했다.

"마쓰베에 씨는 좀 어떠십니까?"

"많이 약해지셨지만 오늘 아침에는 미음을 드셨어요. 지금은 깨어 계실 테니 곧 안내해 드릴게요."

"수고를 끼쳐 송구합니다. 그리고 이것은 문병 선물인—."

우물우물 말하며 요네스케는 바지락을 그릇째로 내밀었다. 계집종은 기뻐하며 받아들었다.

"수종에는 조갯국이 좋다고 하니까요."

마쓰베에는 넓은 밭에 면해 있는 밝은 세 평짜리 방에 누워 있었다. 많이 야위고 창백했지만 요네스케가 머리맡으로 다가가자 곧 알아보고 우직하게 몸을 일으키려고 했다. 요네스케는 말렸지만, 결국은 계집종에게 거들게 하여 이불 위에 앉더니 등에 솜옷을 걸치게 하고 나서야 마쓰베에는 겨우 차분해졌다.

"혼자 자리에서 일어나지도 못하다니, 이제 끝장이야."

쓴웃음을 지으면서 말하는 얼굴에서는 볼살이 홀쭉하게 빠져 있었다. 호흡도 가쁘고 괴로워 보인다.

"오래 끌어서 다른 사람들에게 폐를 끼치기 전에 빨리 나를 데리러 와 주었으면 좋겠는데."

요네스케는 그의 기운을 북돋워 주려고 이런저런 이야기를 골라해 보았지만, 어떤 이야기도 오래 가지는 않았고 침묵만이 우세했다. 그러자 바깥의 밭을 흐르는 용수로의 물소리만이 들려온다.

"조용한 곳이군요."

그래도 요네스케는 열심히 밝은 이야기를 하려고 노력했다.

"우리 아버지도 이렇게 조용하고 물이 맑은 곳에서 요양을 했다면 아마 좋아졌을 거예요."

계속 뭔가 생각에 잠긴 듯이 얼굴을 찌푸리고 있던 마쓰베에가 갑자기 얼굴을 들고 주위를 훔쳐보듯이 시선을 돌렸다. 안내해 온 계집종은 이미 없고, 밭을 둘러보아도 경작하는 사람은 보이지 않는다. 그것을 확인하는 것 같은 눈빛이었다.

"이보게, 요네스케 씨. 지금 그 얘기를 들으니 자네 아버지의 마지막이 생각났네."

요네스케는 그를 달랬다. "그런 쓸쓸한 생각은 떠올리지 마십시오."

"아니, 아니, 나는 우울한 이야기를 해서 격려를 받으려고 하는 게 아닐세."

마쓰베에는 살이 빠져 뼈만 남은 손을 가볍게 흔들었다.

"다만, 이참에 확인해 두고 싶은 걸세. 자네는 아버지가 병석에 눕고 나서 집에 돌아왔지—그리고 끝내 아버지와는 한마디도 이야기를 하지 못했나?"

요네스케는 어깨를 움츠렸다. "예, 아무 이야기도 하지 못했습니다. 아버지는 계속 잠든 것처럼…… 그대로 숨을 거두셨지요."

고목나무 같은 팔로 앙팍한 가슴 앞에서 팔짱을 끼며, 마쓰베에는 으음 하고 신음했다.

"그렇다면 아버지에게서는 아무것도 듣지 못했겠군. 하기야 아버지는 자네가 돌아왔다는 것도 알지 못했을 테니 자네가 중개업소를 물려받으리라는 것도 전혀 모른 채 죽었고, 그렇다면 이야기할 이유도 없을 테고."

중얼중얼 혼잣말을 한다. 무슨 말을 하는 건지 요네스케는 전혀 알 수가 없었다. 하지만 왠지 모르게 수수께끼 같다.

"마쓰베에 씨, 제가 아버지에게 들어 두어야 할 이야기가 있었습니까?"

마쓰베에는 대답을 하지 않고 또 으음 하고 신음한다.

"들어 두는 편이 좋은 일이고, 그것을 마쓰베에 씨는 아시는 겁니까?"

마쓰베에는 천천히 눈을 깜박거리면서 요네스케의 얼굴을 보았다. 눈가에 눈물이 살짝 고여 있지만 이것은 운 것이 아니라 병 때문이리라. 앓아눕고 나면 누구나 눈이 축축해지는 법이다.

"에도 전체의 중개업소 주인에게 물어본 것도 아니고." 마쓰베에는 중얼중얼 말했다. "에도 전체의 대행수에게 확인해 본 것도 아니야."

"예에……." 요네스케는 어떻게 맞장구를 쳐야 할지 곤란해졌다.

"그래도, 말일세."

마쓰베에는 뼈가 불거진 손으로 턱을 잡아당겼다.

"로쿠타로 일도 있고."

요네스케는 무릎걸음으로 앞으로 나섰다. "로쿠타로? 제가 소개한 고용살이 일꾼 로쿠타로 말입니까?"

마쓰베에는 야윈 턱을 끄덕였다. "그래, 그 로쿠타로 말일세."

"그자에게 뭔가 문제라도 있었습니까?"

"아니. 아주 괜찮은 사람이더군. 여기에도 인사하러 왔네. 여러 가지로 신경을 써 주었어."

칭찬의 말인데도 마쓰베에는 싫어하는 음식을 억지로 먹을 때 같은 말투로 말했다.

"가게에 도움이 되는 고용살이 일꾼이 되겠지. 오가와야에서는—본가도 그렇지만—쓸데없는 입은 먹이지 않는다는 것이 방침이라서 고용살이 일꾼은 항상 많은 일을 해낼 수 있는 재주가 있어야 하지만, 로쿠타로라면 괜찮을 걸세."

"말은 그렇게 하시지만 마쓰베에 씨, 표정이 좋지 않으신데요."

요네스케는 그렇게 말하며 마음속으로 생각했다. 역시 마쓰베에는 쓸쓸한 것이다. 병들고 쇠약해져 가는 자신에 비해 젊고 기운이 넘치는 인생이 이제부터 시작되는 로쿠타로를 생각하면, 그가 훌륭한 고용살이 일꾼으로 보이는 만큼 더더욱 얄밉게 느껴질 것이다. 그 본심이 말투에 배어나오는 것이다.

로쿠타로는 섣불리 이곳에 인사하러 오지 말았어야 했다.

언제 왔던 걸까, 누가 데려왔을까 하고 마음속으로 생각하고 있는데 마쓰베에가 말했다.

"나는 별로 로쿠타로에게 앙심을 품고 있는 건 아닐세."

슬픈 듯이 눈가를 문지른다.

"그러니 자네에게는 이런 이야기를 하지 않은 편이 좋을지도 모르겠네만."

요네스케는 또다시 영문을 알 수가 없었다.

"무슨 이야기 말입니까, 마쓰베에 씨?"

마쓰베에가 탄식하자 겨울바람이 가지를 흔들어 소리를 내듯이 목에서 새액 소리가 났다.

"하지만 역시 자네에게는 이야기해 둘까. 자네 아버지도 그럴 기회가 있었다면 틀림없이 전했을 테니까."

마쓰베에는 가능한 등을 곧게 펴고는 다시 요네스케를 향했다.

"요네 씨, 자네는 중개업소의 주인일세. 직업소개꾼이지."

새삼스러운 말투가 웃겼지만 요네스케는 웃지 않고 "예" 하고 대답했다.

"가게를 물려받은 지 얼마나 되었나?"

"오 년이 되었습니다."

"오 년이라. 그럼 아직 깨달을 기회가 없었을 테지."

마쓰베에는 이마에 손을 댄다. 요네스케는 무엇을 깨닫는단 말이냐고 재촉하고 싶은 마음을 참았다.

"나는 말일세, 본가의 사환 고용살이를 시작으로 가게가 나뉘어 오가와야가 생겼을 때 대행수가 되어 같이 옮기고 그 후 삼십 년—쭉 가게에서 일을 해 왔네."

마쓰베에는 이마를 누른 채 말했다.

"자네 아버지와 알게 된 것도 마침 그 삼십 년 전, 오가와야가 생겼을 때지. 고용살이 일꾼을 늘려야 했거든."

"바둑 친구가 된 것도 그 무렵인가요?"

요네스케는 미소를 머금고 물었다. 마쓰베에의 복잡한 얼굴을 누그러뜨려 주고 싶었던 것이다.

하지만 마쓰베에는 웃지 않았다. "그렇지. 본래는 그걸로 시작되었는데."

"무엇이 말입니까?"

"그러니까 온갖 잡다한 이야기를 다 한다는 뜻일세. 알게 된 지 얼마 안 되어서였어."

바둑판을 사이에 두고 한바탕 승부를 끝낸 후의 일이었다. 마쓰베에는 상대방에게, 아무래도 오늘은 건성인 것 같다고 물었다. 실제로 이상한 수만 두었기 때문이다.

"그랬더니 자네 아버지는 얼굴을 흐리면서, 아무래도 으스스해서—하고 이야기를 시작했네."

같은 인물이 중개업소를 되풀이해서 찾아온다는 말이었다.

"물론 어디에 소개를 해 주어도 고용살이를 오래 하지 못하고 자주 중개업소로 돌아온다—는 뜻은 아닐세. 똑같은 얼굴을 한 똑같은 인간이 십 년 정도의 시간을 두고 전혀 다른 이름으로, 전혀 다른 경력으로 찾아올 때가 있다는 거야."

이십 년 전에 어느 가게에 소개해 준 처녀가 십 년 후에 완전히 똑같은 모습으로 또 고용살이할 곳을 찾아 달라며 찾아온다. 다만 이름은 다르고, 태생도 다르다. 이상하다고 생각하면서도, 착각일 거라고 치부하며 고용살이할 곳을 찾아 준다. 그리고 곧 잊어버린다.

"그런데 또 십 년쯤 지나면 바로 그 처녀가 전혀 다른 이름으로 찾아오는 걸세. 고용살이할 곳을 찾고 있다면서. 당신 십 년 전에도 왔었지, 이십 년 전에도 왔었지 하고 물어도 어리둥절해하고. 동일 인물이라면 전혀 나이를 먹지 않은 셈이니 묘한 이야기지. 그러니 그냥 닮은 사람이었을 걸세. 하지만—."

"하지만?" 요네스케는 흥미를 느끼고 몸을 내밀었다.

"자네 아버지는 그런 경험이 있느냐고, 동료들에게 넌지시 물어보았다고 하네. 그랬더니 열 명쯤 되는 중개업소 주인 중에서 딱 한 명, 똑같은 경험을 한 남자가 있었다네."

나이를 먹지 않고, 모습을 바꾸지 않고, 오직 이름과 경력만이 다른 동일 인물이 어떤 일정한 세월을 거쳐 되풀이해서 고용살이할 곳을 찾으러 온다―.

"그 중개업소의 주인은 자네 아버지보다도 나이가 많았고, 물어보니 본인이 그런 일을 경험했을 뿐만 아니라 대대로 같은 생업을 해 온 아버지에게서도 똑같은 경험에 대해 들었다고 하네. 그리고 이렇게 타일렀다고 해."

세상에는 그런 인간이 있다. 나이를 먹지 않고 병에도 걸리지 않고 죽지도 않는다. 놈들은 한 군데에 오래 있으면 주위 사람들이 눈치 채고 수상하게 여기기 때문에, 고용살이를 할 곳은 적어도 십 년 정도마다 바꿔야 한다. 그래서 중개업소를 찾아온다. 괜찮은 중개업소를 찾아내려면 상당한 수고가 들기 때문에, 한 번 부탁해 보니 안심하고 일을 맡길 수 있다고 생각한 곳에는 되풀이해서 찾아온다. 고용살이도 마찬가지다. 삼십 년 전에 팔 년쯤 고용살이를 해 보니 지내기 좋았던 가게를 기억하고 있다가, 그 가게가 망하지 않았으면 삼십 년 후에 다시 그리로 들어가 고용살이를 한다. 분점이 있으면 분점이라도 좋다. 삼십 년이나 지나면 옛날에 고용살이를 하다가 그만두고 나간 하녀나 하인의 얼굴을 기억하는 사람도 줄어들기 때문에 곤란한 일은 벌어지지 않는다. 중개업소도 사정은 마찬가지여서, 주인은 많은 남녀의 고용살이처를 찾기 때문에 누군가 한 사람의 얼굴을 기억하지는 않으니 안심이다―.

"중개업소의 주인이란 의외로 사람의 얼굴을 잘 기억한다네." 마쓰베에는 천천히 말을 이었다. "아무리 십 년마다 온다 해도 두 번, 세 번이나 똑같은 얼굴이 오면 눈치를 채게 되지."

하지만 눈치 챘더라도 모르는 척해야 한다. 요네스케의 아버지는 그런 말을 들었다고 한다.

"그런 놈들은 나쁜 짓은 아무것도 하지 않네. 그냥 죽지 않고 나이를 먹지 않을 뿐이야. 그래서 숨어서 살아가지. 눈에 띄지 않도록 조심하면서 말일세. 단지 그것뿐이니, 괴롭히거나 쫓아다녀선 안 되네."

이 이야기가 어지간히도 깊이 마음에 새겨져 있었나 보다. 마쓰베에의 말에는 막힘이 없었다.

"자네 아버지는 그런 이야기를 내게 털어놓았네. 무슨 해가 있는 것은 아니지만 으스스하지? 하고 웃으면서 말이야. 나는 매우 놀랐어. 왜냐하면 나도 가와즈야에서 오가와야로 옮기면서 오랫동안 고용살이를 하는 동안에 비슷한 경험을 했기 때문일세."

마쓰베에가 사환 고용살이를 하고 있을 무렵에, 나리의 눈에 든 젊은 행수가 있었다. 몸집은 작지만 미남으로 아가씨의 사모를 받고 있었다. 그게 문제가 되었는지, 곧 해고를 당하고 가게에서 모습을 감추었다.

그로부터 이십 년쯤 후, 마쓰베에가 분점인 오가와야에서 대행수로 일하고 있을 무렵, 사환 시절에 가와즈야에서 만난 그 행수가 고용살이 일꾼으로 들어왔다. 그가 가와즈야에 있었을 때와 같은 나이, 같은 얼굴이었다. 하지만 이름과 출생은 전혀 다르다.

알아차린 것은 마쓰베에 혼자였고, 그냥 꼭 닮은 사람일지도 몰라서 아무 말도 하지 않았다. 다만, 어쩌다가 그 남자와 단둘이 있을 기회가 있었기 때문에 '나는 어릴 때 자네와 꼭 닮은 행수님을 알고 있었다'고 말해 보았더니 상대방은 웃으며 자신은 에도에는 가족이 없다고 말했다. 하지만 그 후로 마쓰베에를 피해 다니게 되었다. 그리고 오 년쯤 후에 고용살이를 그만두고 말았다. 무슨 이유로 그만두었는지는 알 수 없다. 나리는 꽤나 유감스럽게 생각했다.

"그런데 바로 그 남자가, 그로부터 십 년쯤 지나서 이번에는 또 가와즈야에 나타났네. 이름도 다르고 출생도 달라. 옛날에 그 녀석을 좋아했던 아가씨와는 부녀지간만큼이나 나이 차이가 났네."

그러나 가와즈야의 아가씨—이미 다른 집에 시집가서 마님이 되어 있지만—는 기억에 남아 있는 사랑하던 사람의 얼굴을 기억하고 있었다. 같은 얼굴과 모습을 한 남자가 가까운 곳으로 돌아오자 크게 마음이 흐트러졌다.

"그래서 뭐…… 하마터면 시댁에서 도로 쫓겨올 뻔했네." 말하기 어려운 듯이, 마쓰베에는 입을 일그러뜨렸다.

"그 남자는 어떻게 되었습니까?"

"아가씨에게 이혼 이야기가 나왔을 무렵, 사라지고 말았네. 행방은 알 수 없어."

"마쓰베에 씨—."

요네스케는 무릎을 가지런히 모으고 자세를 바로 한 후 노인의 얼굴을 들여다보았다.

"만약을 위해 여쭙겠는데, 저를 속이시는 것은 아니지요?"

"어째서 내가 자네를 속인단 말인가?" 마쓰베에는 지친 듯이 두 어깨를 축 늘어뜨렸다. "이것은 지어낸 이야기가 아닐세."

"그렇다면 안심했습니다. 그런데 마쓰베에 씨, 아까 로쿠타로 씨에 대해서 신경을 쓰셨지요? 제 섣부른 생각이 아니라면, 당신은 이번에 오가와야에서 고용살이를 하게 된 로쿠타로 씨도 지금 이야기해 주신 것처럼 죽지도 않고 나이도 먹지 않는 불가사의한 인간이라고 생각하시는 거지요?"

마쓰베에는 천천히, 마지못해 그렇게 할 수밖에 없는 것처럼 떫은 얼굴을 하고 고개를 끄덕였다.

"옛날에 만난 적이 있네. 한 번이 아니야. 두 번은 만났어."

"두 번 다 고용살이 일꾼으로요?"

"아니, 한 번은 가와즈야와 친분이 있던 실 가게의 데릴사위일세."

"데릴사위요? 그렇다면 그렇게 쉽게 모습을 감출 수는 없잖아요."

"그게, 사라졌다네. 사위로 들어간 지 삼 년쯤 지났을 때, 손궤에서 돈을 꺼내 가지고 말이야. 나는 당시 행수가 된 지 얼마 안 되었을 때였네. 그러니 삼십칠 년 전의 일이 되겠군."

"로쿠타로 씨는—당시의 그 사람과 똑같이 생겼군요?"

"모든 게 다 꼭 닮았네. 목소리까지 똑같아. 말투도."

"부자지간일지도 모르지요. 삼십칠 년이나 지났으니까요."

마쓰베에는 고개를 저었다. "한 번이 아니라 두 번이라고 했잖나? 두 번째는 십오 년 전—아니, 십삼 년 정도일까, 히가시료고쿠에서 큰 화재가 있었던 해니까. 그 로쿠타로가 또 가와즈야에서 고용살이를 하다가 이 년 만에 그만두고 떠났네."

요네스케는 눈썹을 찌푸리며 생각했다. 벗겨진 머리에 땀이 맺힐 것 같은 기분이 들었다.

마쓰베에는 확실히 건강 상태가 좋지 않다. 지금 앓고 있는 병은 목숨을 앗아가는 병일 것이다. 그것이 정신에까지 작용해서 헛소리 같은 말을 하게 만드는 모양이다.

"안 믿는 눈치군."

정신이 들어 보니 마쓰베에가 눈물 어린 눈으로 물끄러미 바라보고 있었다.

"무리도 아닐세. 나도 자네 아버지라는 사람과 서로 이런 이야기를 털어놓을 때까지는 이런 생각을 하는 내 머리가 어떻게 된 거라고 생각했으니까."

"마쓰베에 씨, 저는 그런 말씀은 드리지 않았습니다."

아무래도 분위기가 험악해지기 시작했을 때, 분위기를 다독이듯이 장지를 바른 문 너머에서 계집종이 말을 걸었다. 마쓰베에가 대답을 하자 밥상을 가져왔다.

"식사하실 때가 되었으니 손님도 같이 점심을 드시지요. 가져다주신 것으로 조갯국을 만들었어요."

계집종은 붙임성 있게 마쓰베에에게 상을 권했다.

"미음만 드셔서 질리시지요? 계란구이도 있답니다. 게다가 이 조갯국, 손님이 문병 선물로 가져다주신 오쿠라 바지락으로 만든 거예요."

마쓰베에는 식욕이 없었지만 계집종이 잔소리를 하며 보살피고 부탁하는 눈으로 재촉하는 바람에, 옆에서 보기에도 애쓰는 게 보일 정도로 노력해서 밥을 먹었다. 요네스케도 밥을 먹었다는 기분이 들지 않았다.

요네스케는 식사가 끝나고 상이 물려지기를 기다렸다가 슬슬 가봐야겠다는 말을 꺼냈다. 거북한 분위기는 상이 물려지는 동안에도 전혀 달라지지 않았다.

마쓰베에는 초췌한 모습으로 앉아 있다가 요네스케의 얼굴을 힐끗 보고는 작게 말했다.

"로쿠타로에 대해서는 자네 아버지도 알고 있었네. 어쩌면 자네가 중개업소를 물려받았을 때를 위해 뭔가 써서 남겨두었을지도 몰라. 찾아보게."

"마쓰베에 씨ㅡ."

요네스케는 저도 모르게 불렀지만, 그 뒤에 이어지는 말이 나오지 않았다. 이 얼마나 가엾은 노인인가. 이상한 생각에 완전히 사로잡혀 있다.

"중요한 것은 모르는 척해야 한다는 걸세." 마쓰베에는 말했다. "알아차린 것을 들키지 않으면, 그놈들도 별다른 짓을 하지 않네. 그들은 그들대로 가엾은 놈들이거든. 죽을 수 없다는 것도, 끝이 나지 않으니 괴로운 일이겠지. 섣불리 알려졌다간 불로불사의 비결을 가르쳐 달라며 돈에 눈이 먼 자들에게 쫓겨다니게 될 테고."

생각이 있는 사람이라면 끝까지 모르는 척해야 하네—하고 입속으로 계속해서 중얼거린다. 요네스케는 그가 애처로워져서, 짧은 변명과 함께 자리를 떴다.

마쓰베에가 무코지마의 숙사에서 죽은 것은 요네스케가 노인의 문병을 다녀간 다음 날의 일이었다.

아무리 오랫동안 일해 왔다 해도 고용살이 일꾼이라, 오가와야에서는 요란한 장례식은 치르지 않는다. 그래도 생전의 마쓰베에와 친교가 있었던 소수의 사람들을 초대해, 마쓰베에가 누워 있던 숙사 방에서 조촐한 상을 치르게 되었다고 해서, 요네스케도 서둘러 참석했다.

바람이 강하게 부는 밤이었다. 다행히도 보름달이 떠서 밤길은 밝았다. 등롱은 필요하지 않았고, 땅바닥에는 또렷하게 그림자가 드리워졌다.

가게를 닫고 나서 나왔기 때문에 요네스케는 꽤 늦었다. 어제 문병을 갔는데 오늘 죽었다니, 노인의 죽음이 믿어지지 않는다. 편안하게 돌아가셨을까. 괴롭게 가시지는 않았으면 좋겠는데. 그런 헛소리 같은 이야기를 들은 것은 자신이 마지막이었을까—.

어제 계집종이 맞이해 주던 뒷문에, 오늘 밤은 로쿠타로가 있었다. 강한 밤바람에 기모노 소매를 펄럭이면서 손님들을 맞이하고 있었다. 그는 멀리서 요네스케의 얼굴을 발견하고는 매우 정중하게 인사를 했다. 요네스케도 마주 인사하며 얼른 그에게 다가가려고 종종걸음을 쳤다.

그때, 후려칠듯 강한 바람이 옆에서 불어와 요네스케는 손을 든
채 비틀거렸다. 바람을 맞은 기모노 자락이 다리에 엉켜 신발이 벗
겨질 뻔했다.

요네스케의 발걸음이 위태로운 것을 보고 로쿠타로는 눈치 빠른
사람답게 얼른 손을 내밀며 앞으로 나섰다.

"이거, 엄청난 바람이군요―."

정말 그렇다고 대꾸하면서, 로쿠타로가 내민 팔에 붙들려 자세를
바로잡은 요네스케는 그때, 바람을 피해 얼굴을 숙이면서 별 생각
없이 땅바닥을 보았다.

머리 위에는 달이 빛나고 있다. 파란 빛이 주위에 온통 가득 차
있다.

땅바닥에 드리워진 요네스케의 그림자가 이상한 모습으로 누군
가에게 붙들려 있다. 아니, 아니다. 이상한 모습으로 보이는 것은
옆에 있어야 할 로쿠타로의 그림자가 보이지 않기 때문이다.

로쿠타로에게는 그림자가 없다.

순간적인 일이었다. 곧 요네스케는 얼굴을 들었다. 그러자 로쿠
타로와 눈이 마주쳤다.

―모르는 척해야 하네.

"자, 이쪽입니다."

로쿠타로는 웃는 얼굴로, 그러나 차분하게 요네스케를 안내했다.
요네스케는 아까 그가 부축해 주었을 때 붙잡힌 상박 언저리에서
축축하게 땀이 배어나오는 듯했다.

오가와야의 대행수 마쓰베에는 고통스러운 얼굴로 죽었다고 한다. 수종은 무서운 병이라고, 주위 사람들은 수군거렸다.

야나기바시에 있는 중개업소의 주인 요네스케는 젊을 때 집을 나가 실컷 떠돌이 생활을 한 끝에, 오 년쯤 전에 불쑥 돌아와 죽은 아버지의 일을 물려받은 특이한 사람이다. 방랑을 하고 있었다는 것은 남들에게 말하기에 좋은 과거는 아니지만, 당사자가 의외로 온화하고 성실한 사람이었기 때문에 이웃의 평판도 나쁘지 않았다.

그런데 요즘 요네스케가 아무래도 이상하다. 아버지가 글로 남긴 것을 찾는다며 온 집 안을 뒤집고 있다. 죽은 아버지와 친했던 관리인도 집으로 불러 옛날 일 중에서 뭔가 기억나는 일 없느냐고 바싹 다가앉아 캐묻는다. 옛날 일이라니 어떤 일 말인가? 아니, 이상한 이야기를 하지 않았느냐. 이상한 이야기라니 어떤 이야기 말인가? 그것은 말할 수 없다, 말하기가 무섭다.

이웃 사람들은 요네스케가 머리가 이상해진 모양이라고 생각했다. 언제부터 저렇게 되었을까. 그러고 보니 오가와야의 대행수님이 돌아가시고, 꽤나 침울한 얼굴로 장례식에서 돌아온 후로 저렇지 않은가.

그런 소문을 내면서, 요네스케는 허둥거리며 집 안을 휘젓고 있었다. 그리고 오가와야의 마쓰베에가 죽은 지 열엿새째 되던 날 모습을 감추었다.

요네스케의 시체가 아사쿠사 오쿠라의 사번 수로에 떠오른 것은 그로부터 사흘이 더 지난 후의 일이었다.

시체는 심하게 손상되어 있어서 요네스케가 왜 죽었는지 조사할 수는 없었다. 온몸에 크고 작은 수많은 상처가 있었고, 이것은 모두 물고기에게 먹힌 흔적 같았다. 눈알은 두 개 모두 완전히 사라지고 없었다. 그리고 기모노 양쪽 소매에는 어째서인지 바지락이 묵직하게 들어 있었다.

덕분에 그 후로 한동안, 평소에는 보통 바지락의 네 배, 다섯 배 되는 비싼 가격으로 거래되는 오쿠라 바지락 값이 절반 이하로 내려갔다.

그뿐만이 아니다. 공교롭게도 요네스케가 자주 오쿠라 바지락을 사 가곤 했던 탓도 있어서 그 남자는 잡아먹힌 바지락의 원한으로 죽은 거라는 이야기까지 튀어나왔다.

쌀을 먹고_{쌀을 나타내는 한자 米는 '요네'라고도 읽는다} 적을 죽이는 바지락이 무섭구나.

그런 낙서가 오쿠라의 벽에 끊임없이 휘갈겨졌다.

오쿠라 바지락 덕분에 큰돈을 벌고 있던 근처 생선 가게로서는, 매우 곤란한 사태였다. 그들은 머리를 맞대고 대책을 짜냈다.

그리고 여덟 개의 오쿠라 수로 중 네 번째, 바로 요네스케가 가라 앉아 있던 수로 끝에 바지락 모양을 한 돌을 쌓아 작은 사당을 만들고 바지락 무덤으로 공양하기로 했다.

이것을 계기로 오쿠라 바지락의 가격도 겨우 원래대로 돌아왔다. 인근 사람들의 이야기로는 메이지 유신을 거쳐 메이지 말까지, 이 작은 바지락 무덤은 마을 사람들의 공양을 받았다고 한다. 쌀 창고 가 없어지고 떨어지는 쌀도 없어져 이곳 바지락이 다른 곳의 바지락과 다를 바 없어져도, 전설만은 남아 있었던 것이리라.

아사쿠사 도리코에초에 사는, 올해 여든여덟 살의 노인도 어릴 때 짐마차 부리는 일을 하던 아버지에게서 이 이야기를 들었다고 한다.

"뭐, 지어낸 얘기지. 만일 그렇지 않다면 요네스케라는 그 죽은 사람이 생각한 것까지 이야기에 나올 리가 없잖나. 그래서 그 당시 에는 무섭다고 생각하지도 않았는데―."

당시, 노인의 아버지에게는 친하게 지내는 여자가 있었다. 술집 의 여급이었는데, 매우 세련된 미인으로 왼쪽 뺨에 눈에 띄는 눈밑 사마귀가 있었다. 두 사람은 몇 년 동안 깊은 사이였고 여자는 노인 도 귀여워해 주었다고 하는데, 비밀스러운 관계는 결국 노인의 어 머니에게 탄로가 났고 아버지는 여자를 버렸다.

"우리 아버지가 일흔 살에 돌아가셨을 때―." 노인은 말했다. "장 례식에 그 여자가 왔어. 엄청난 미인이었기 때문에 잊을 수가 없 어. 눈밑 사마귀도 틀림없이 있었다네. 젊을 때와 전혀 달라지지 않은 모습으로 나를 보고 생긋 웃더군. 태어나서 지금까지 그렇게 오싹했던 적은 없어. 그래서 어릴 때 들었던 이야기가 새삼 생각난 걸세."

그날 밤에는 비가 내려서 달은 뜨지 않았고, 여자의 발치에 그림 자가 있는지 없는지 확인할 수는 없었다고 한다.

"역시 모르는 척하는 게 좋지 않을까?" 노인은 말했다.

초판 5쇄 발행 2022년 7월 30일

지은이 미야베 미유키
옮긴이 김소연

발행편집인 김홍민 · 최내현
책임편집 조소영
편집 조미희
표지디자인 이혜경디자인
용지 한승
출력(CTP) 대원문화사
인쇄 제본 대원문화사
독자교정 임진수, 정다은, 정은희

펴낸곳 도서출판 북스피어
출판등록 2005년 6월 18일 제105-90-91700호
주소 (10595) 경기도 고양시 덕양구 동송로 23-28 305동 2201호
전화 02) 701-0427
팩스 02) 701-0428
홈페이지 https://blog.naver.com/hongminkkk
전자우편 editor@booksfear.com

ISBN 978-89-91931-43-5 (04830)
    978-89-91931-29-9 (세트)